Inhaltsverzeichnis

Prolog

Ich mag es, schöne Dinge zu betrachten.

Einen Sonnenuntergang etwa. Oder die aufgewühlte Oberfläche des Meeres bei Sturm. Eine Rosenblüte, benetzt mit Morgentau. Meinetwegen auch ohne, ich bin da nicht so.

Ich liebe solche Anblicke.

Manche Dinge, die man zu Gesicht bekommt, brennen sich so fest ins Gehirn ein, dass man die Bilder niemals wieder vergisst.

Leider sind das selten die Bilder, von denen man das gerne hätte.

In meinem Fall gehört dazu der nackte Arsch meines Mannes. Der nackte Arsch meines Mannes, der sich rhythmisch auf und ab bewegt, während er die achtzehnjährige Babysitterin unserer Tochter vögelt. In unserem Ehebett. Dem Bett, das ich ausgesucht habe, nach dem ich wochenlang gesucht habe, und das mein Mann immer zu weibisch fand. Zu weibisch, um Sandy darin zu vögeln war es ihm jedoch offenkundig nicht.

Ich klinge verbittert? Das liegt wahrscheinlich daran, dass ich verbittert bin. Sehr sogar. Betrogen zu werden ist schließlich an sich schon schlimm genug, aber wenn man mit einer Frau betrogen wird, die fast fünfzehn Jahre jünger ist als man selbst und das Ganze auch noch über Wochen hinweg und im eigenen Schlafzimmer geschieht, dann ist das einfach demütigend.

Mit zusammengebissenen Zähnen wische ich mir eine Träne aus dem Augenwinkel, ich will auf keinen Fall, dass mich jemand weinen sieht. Schon gar nicht Michael.

„Alles okay mit dir, Lilly?" Meine liebste Freundin Theresa legt mir von hinten eine Hand auf die Schulter. Ich nicke nur, weil ich mir sicher bin, dass meine Stimme mich verraten würde.

Eigentlich dachte ich, es würde mir besser gehen. Ich würde das heute schaffen, ohne in Tränen auszubrechen. Doch Michael zu sehen, unser ehemaliges Zuhause zu sehen, das jetzt nur noch zu ihm und nicht mehr zu mir gehört, bringt alle meine Gefühle wieder zum Vorschein, die ich in den vergangenen Wochen gelernt habe, irgendwie zu unterdrücken.

Ich beiße die Zähne fest zusammen und nicke, während ich den letzten Umzugskarton in den Kofferraum meines Minivans schiebe.

Abschiede sind furchtbar, ich konnte sie noch nie leiden, und ein Abschied wie dieser ist besonders schrecklich. Wir waren fast sechs Jahre verheiratet, schon vorher lange ein Paar und haben ein gemeinsames Kind. Die ganzen vergangenen Jahre waren wir eine Familie, Michael, Michelle und ich – das war *meine* Familie, aber die wird es so nie mehr geben.

Auch wenn in unserer Ehe nicht immer alles rosig gewesen ist, habe ich mir nie gewünscht, dass es zwischen uns zu Ende geht und finde es furchtbar, dass es nun doch geschehen ist.

Einen letzten Blick werfe ich noch auf das Haus, dann klettere ich auf den Beifahrersitz und schlage die Tür hinter mir zu.

„Fahr!", sage ich zu Theresa. „Bitte, mach schnell."

Kapitel 1

In Gedanken ganz bei meinem Kind, suche ich in meiner Handtasche nach meinem Handy, um nachzusehen, ob Michael sich gemeldet hat. Eigentlich habe ich mich in den letzten Monaten ganz gut mit der Situation arrangiert, mir bleibt ja auch nichts anderes übrig. Denn auch wenn wir uns als Paar getrennt haben, so sind wir doch immer noch Eltern – und diese Pflicht verbindet uns unweigerlich miteinander. Unser Kind kann schließlich nichts dafür, dass wir als Paar gescheitert sind, sodass wir beide versuchen, das Beste aus unserer Situation zu machen. Michael fällt das bestimmt leichter als mir, so wie es eben meistens ist, wenn man gegen seinen Willen verlassen wird.

Dennoch: Auch, wenn ich ihm noch nachtrauere, habe ich doch gelernt, damit umzugehen, und es ist erträglich, solange mir die bekloppte Sandy nicht über den Weg läuft.

Aber auch damit lerne ich zu leben, und es funktioniert mal mehr und mal weniger reibungslos. Außer an solchen Tagen wie heute.

Ich hasse es, wenn Michelle krank ist und ich mich nicht selbst um sie kümmern kann. Andere Kinder werden quengelig und anstrengend, wenn es ihnen nicht gut geht, meine Tochter zieht sich zurück und braucht Liebe und Zuneigung. Ich bin in solchen Momenten gerne für sie da, ich fühle mich einfach besser, wenn ich ihr die Hand auf die Stirn legen, ihr etwas vorlesen oder zu trinken bringen kann. Aber heute ist Papa-Wochenende, wie jedes andere zweite und vierte im Monat auch und sie hat sich so sehr darauf gefreut, dass ich es ihr trotz beginnender Erkältung nicht verbieten wollte, zu ihm zu fahren.

Natürlich weiß ich, dass Michael sich perfekt um sie kümmern wird, sie liegt ihm schließlich ebenso sehr am Herzen wie mir. Dennoch macht es mich beinahe rasend, mich nicht selbst um sie kümmern zu können, mich davon zu überzeugen, dass ihr Fieber nicht zu hoch wird und es ihr gut geht – soweit es einem Kleinkind mit einem grippalen Infekt eben gut gehen kann.

Michael allerdings scheint es überflüssig zu finden, mich über Michelle zu informieren, denn auf meinem Handy herrscht nichts als Leere; es gibt weder neue Nachrichten noch Anrufe in Abwesenheit. Ich will es gerade wieder zurück in meine Tasche stecken, als ich mit etwas kollidiere. Etwas hartem, warmen, großem. Einem Berg von Muskeln. Es handelt sich also nicht um etwas, sondern um jemanden, mit dem ich zusammengestoßen bin.

Einem Mann, um genau zu sein, einem ziemlich großen Mann, der erstaunlich durchtrainiert ist, um noch genauer zu sein. Er wirkt wie ein Pirat, groß und dunkel, mit selbstbewusstem Auftreten, dabei eine Spur gefährlich. Jemand, bei dem alte Damen grundlos die Straßenseite wechseln, wenn sie ihn aus der Ferne sehen und gestandene Frauen augenblicklich zu kichernden Teenies werden.

„Ich bitte um Verzeihung, Sir!“ Mit einem entschuldigenden Lächeln nehme ich meine Sonnenbrille ab und lege den Kopf in den Nacken, um ihm ins Gesicht zu blicken.

Erstaunt betrachte ich die mir so vertrauten braunen Augen in dem überrascht dreinblickenden Gesicht und kann nicht glauben, was ich sehe.

Seine Augen haben die Farbe von geschmolzener Zartbitterschokolade, mit hellen Sprenkeln von Karamell darin. Ohne das verräterische Funkeln darin würden sie sanft wirken, und wenn der Mann dazu ein anderer wäre. So versprechen sie eine Verlockung, der schwer zu widerstehen ist und die man hinterher bereut.

„Ryan!" Ich habe seinen Namen ausgesprochen, bevor ich überhaupt dazu gekommen bin, so wirklich zu verarbeiten, wer da vor mir steht.

Einen Moment blickt er genauso verwirrt drein, wie ich es vermutlich gerade tue. Dann macht sich ein Lächeln auf seinem Gesicht breit. Weiße Zähne blitzen zwischen festen, vollen Lippen auf und lassen ihn mit einem Mal viel weicher wirken.

„Lilly!" Auch noch nach all den Jahren löst es etwas in mir aus, wenn er meinen Namen sagt. Etwas, über das ich gar nicht genauer nachdenken, das ich lieber gar nicht genauer benennen möchte. „Ich habe mich schon gefragt, ob wir uns wohl begegnen werden!" Offenkundig hat sich Ryan deutlich schneller gefangen als ich, denn ich stehe immer noch da und starre ihn an, als wäre mir gerade ein Geist erschienen. Tatsächlich fühlt es sich auch so an, als wäre mir einer erschienen. Ein Geist aus längst vergangenen Zeiten, dem die Jahre im Gegensatz zu mir gut bekommen sind.

„Ich wusste gar nicht, dass du wieder in Midway bist", sage ich möglichst gleichgültig und setze meine Sonnenbrille auf, um mich dahinter ein bisschen verstecken zu können.

„Ach so?" Ryan runzelt die Stirn und verschränkt gleichzeitig seine Arme vor der Brust. „Merkwürdig. Da scheinst du wohl so ziemlich die Einzige zu sein – die Zeitungen müssen voll davon gewesen sein."

Was bei anderen vielleicht wie Prahlerei wirken würde, klingt bei Ryan völlig sachlich. Und ich glaube es ihm gern, denn Midway ist eine kleine Stadt, in der nicht sonderlich viel los ist und die erfolgreiche Eishockeymannschaft ist der ganze Stolz der meisten Einwohner. Jedes noch so kleine Ereignis rings um die Midway Icefoxes wird von der Presse dementsprechend ausgiebig dokumentiert und ausgeschlachtet. Aber obwohl ich wie die meisten hier Eishockey liebe – wahrscheinlich nimmt man die Leidenschaft dafür bereits mit der Muttermilch auf, wenn man in Midway aufgewachsen ist – vermeide ich es, die Berichterstattung darüber in der Zeitung zu lesen. Das war früher mal anders; es gab Zeiten, in denen ich jeden Artikel förmlich inhaliert habe, immer in der Hoffnung, dass ich etwas über Ryan finden könnte. Ich habe erst damit aufgehört, als ich mit Michelle schwanger war, weil spätestens da mein schlechtes Gewissen so groß geworden ist, dass ich es nicht mehr mit mir selbst vereinbaren konnte. Ich meine, welche glücklich verheiratete Frau liest schon alles über ihren Exfreund? Vor allem, wenn die Beziehung bereits über zehn Jahre vorbei ist und ohnehin nur wenige Monate gehalten hat?

Wahrscheinlich stimmt es, dass man seine erste große Liebe niemals wirklich vergisst.

Bei mir zumindest ist es definitiv der Fall.

Doch auch, wenn ich ab und zu noch an Ryan gedacht haben mag, ich habe Michael niemals betrogen. Bei dem Gedanken daran kriecht die vertraute Bitterkeit erneut in mir hoch, die in den letzten Wochen meine ständige

Begleiterin gewesen ist, denn verdient hatte er meine Treue wahrlich nicht.

Ich seufze tief, dann stelle ich fest, dass Ryan mich noch immer anschaut.

„Ich interessiere mich nicht mehr besonders für Eishockey.“ Das ist natürlich eine faustdicke Lüge, aber ich werde einen Teufel tun, ihm die Wahrheit zu sagen.

Die Falten zwischen Ryans Augenbrauen werden noch ein bisschen ausgeprägter und ich kann erkennen, wie er Luft holt, um noch etwas zu sagen, doch in diesem Moment klingelt mein Handy.

„Entschuldige mich bitte, das ist mein Mann, unsere Tochter ist krank!“, sage ich mit einem Blick auf das Display. „War schön, dich mal wiederzusehen!“ Mit diesen Worten ergreife ich mehr oder weniger die Flucht und lasse Ryan einfach auf der Straße hinter mir stehen.

Das mag wahnsinnig unhöflich sein, aber ich bin viel zu froh, ihm entkommen zu können, um diese Gelegenheit nicht zu nutzen. Im Weggehen nehme ich Michaels Anruf an, und bemerke erst jetzt, wie heftig mein Herz schlägt. Es klopft in rasender Geschwindigkeit gegen meine Rippen, was sicher nicht am Klingeln des Telefons liegt.

„Hallo Michael – alles in Ordnung mit Michelle?“ Nur mühsam gelingt es mir, nicht völlig atemlos zu klingen, doch zum Glück fällt meinem Noch-Mann nichts auf, so wie ihm schon lange nichts mehr an mir aufgefallen ist. Keine neue Kleidung, keine neue Frisur und erst recht nicht so feine Nuancen wie eine temporäre Atemlosigkeit. Vermutlich ist das etwas, das in vielen längeren Beziehungen irgendwann mal auftritt, man nimmt einander nicht mehr wirklich wahr.

Ein genervtes Seufzen dringt durch den Hörer.

„Michelle geht es prima, Lilly. Du brauchst nicht ständig anzurufen. Ich bin durchaus in der Lage, mich um sie zu kümmern, wenn sie Fieber hat."

Das weiß ich. Natürlich weiß ich das – wie bereits erwähnt ist Michael ein toller Vater, trotzdem macht es mich einfach irre, wenn ich mich nicht selbst um mein krankes Baby kümmern kann.

Von wegen Baby, deine Tochter ist bereits drei Jahre alt!

Wütend ignoriere ich die Stimme in meinem Kopf und versuche mich stattdessen wieder auf das Gespräch mit Michael zu konzentrieren.

„In Ordnung. Aber du versprichst mir, dich sofort zu melden, wenn es ihr irgendwie schlechter gehen sollte?"

„Ich verspreche es." Ich kann beinahe hören, wie er genervt die Augen verdreht. „Hatten deine sieben Anrufe sonst noch einen Grund?"

Sieben? Mir war so, als wären es höchstens drei gewesen. Plötzlich bin ich heilfroh, dass Michael mich in diesem Moment nicht sehen kann, denn ich werde umgehend rot.

Es ist mir peinlich, dass ich so überfürsorglich bin und manchmal sicherlich etwas übertreibe. Dennoch kann ich nicht aus meiner Haut, wenn es um solche Dinge geht.

„Liebling, möchtest du noch ein Glas Wein?" Die süßliche, hohe Stimme Sandys dringt durch das Telefon etwas verzerrt an mein Ohr, danach raschelt es kurz, als würde Michael den Hörer mit der Hand abdecken. Anschließend kann ich wie aus weiter Ferne seine Stimme hören, jedoch nicht verstehen, was er sagt. Vermutlich flüstert er seiner dämlichen Sandy genau in diesem Moment irgendwelche Liebesschwüre zu, bevor sie es abermals in meinem Bett treiben, während meine Tochter krank in ihrem Zimmer schläft. Mir wird schlecht. Meine Gesichtsfarbe wechselt in diesem Moment vermutlich von rot zu weiß.

„War sonst noch etwas, Lilly?“, fragt Michael, nun erneut an mich gewandt.

„Nein … nein, das war alles“, murmle ich und lege grußlos auf.

Als ich ein paar Minuten später in mein Auto steige und damit von Parkplatz fahre, ramme ich um ein Haar einen roten Sportwagen. Als ich dem entgeisterten Fahrer einen entschuldigenden Blick zuwerfe, schaue ich wieder in Ryans braune Augen.

Himmel, dieser Tag kann eigentlich kaum noch schlimmer werden!

+++

Ryan benötigt mehrere Augenblicke, um zu erkennen, dass es sich bei der Irren, die ihm beinahe ins Auto gekracht wäre, um Lilly handelt.

Kopfschüttelnd schaut er ihr einen Moment lang hinterher, während sie in ihrem praktischen Minivan, mit dem sie anscheinend nicht umgehen kann, davonrauscht.

Lilly. Seine Lilly. Sie wiederzusehen ist irgendwie seltsam. Zumal sie auch nicht mehr seine Lilly ist. Schon lange nicht mehr. Sehr lange nicht mehr. Vielleicht ist sie es auch nie tatsächlich gewesen, aber früher hat er es zumindest mal so empfunden, zumindest an guten Tagen. An weniger guten war da immer das nagende Gefühl, ihr irgendwie nicht zu genügen. Natürlich ist das Jahre her, fünfzehn, um ganz genau zu sein. In all der Zeit hat er immer an Lilly gedacht, mehr als an andere Frauen, mit denen er irgendwann mal zusammen gewesen ist.

Wahrscheinlich, weil sie die erste Frau gewesen ist, für die er etwas empfunden hat, als sie beide blutjung waren, und so etwas einfach mehr prägt als seine späteren Frauengeschichten.

Nicht, dass er danach noch viele Frauenbeziehungen gehabt hätte. Sein Job lässt ihm zu wenig Zeit, um ernsthafte Beziehungen einzugehen und anonymer Sex hat irgendwann den Reiz für ihn verloren. Natürlich hat er es eine Zeit lang genossen, dass Frauen nach den Spielen in den entsprechenden Bars auf die Jungs warten, sich ihnen regelrecht an den Hals werfen. Gerade zu Beginn seiner Karriere gehörten die Frauen immer mit dazu. Und welcher Mann hätten ihnen auch widerstehen können? Vor allem, welcher ungebundene Mann Anfang zwanzig? Doch irgendwann hat er sich gelangweilt. Egal, wie schön die Frauen waren, die Abende liefen immer gleich ab, der Sex war schnell und anonym und letztendlich kam sich paradoxerweise Ryan dabei benutzt vor. Denn keine der Frauen ist wegen seiner schönen braunen Augen, seines tollen Wesens oder seines großen Herzens mit ihm in die Kiste gestiegen. Wäre er beispielsweise der Barkeeper und nicht der erfolgreiche Spieler einer der besten Eishockeymannschaften der USA gewesen, hätten sie nicht mehr als das Nötigste mit ihm geredet. So aber waren sie diejenigen, die sich eine Kerbe in den Bettpfosten machen konnten, sich mit ihren Eroberungen rühmten. Natürlich war auch die eine oder andere dabei, die sich mehr erhofft hat: eine schicke Villa, einen netten Sportwagen, einen berühmten Mann und nie wieder Geldsorgen zum Beispiel. Vielleicht hätte es sogar funktioniert. Ryan gehört nicht zu den Männern, die jede Frau gleich für eine Schlampe halten, bloß weil sie Spaß an Sex hat und nicht erst nach unzähligen Dates mit einem Kerl ins Bett steigt. Ganz im Gegenteil. Er weiß eine gewisse Offenheit in solchen Dingen durchaus zu schätzen. Schließlich leben wir im einundzwanzigsten Jahrhundert und eine gewisse Erfahrung macht eine Frau alles andere als uninteressanter, wenn es um Sex geht.

Keine der Frauen, nicht eine einzige, konnte ihn dazu bringen, auch nur ansatzweise so etwas wie Gefühle für sie zu entwickeln. Nicht zuletzt deshalb, weil wohl keine von ihnen Gefühle für ihn hatte. Obwohl Sex an sich ein intimer Akt ist, ist mit keiner der Frauen echte Intimität aufgekommen.

An einem Morgen ist er aufgewacht, mit einem dicken Schädel sowie einer Blondine und einer Brünetten in seinem Bett, deren Namen er nicht kannte und, wie er nach kurzer Betrachtung feststellte, auch lieber nicht kennen wollte.

Gefickt hast du sie trotzdem!

Die lästige Stimme in seinem Kopf war weder zu überhören, noch war der Wahrheitsgehalt der Aussage abzustreiten. Er wollte nichts von diesen Frauen und hatte sie genauso benutzt wie sie ihn. Irgendwie hat er sich an diesem Morgen vor sich selbst geekelt. Wie ein Dieb hat er seine Sachen zusammengepackt und ist in sein eigenes Zimmer geflohen. Zum Glück hatte er die beiden Frauen nicht dorthin mitgenommen. Eigentlich hat er das nie gemacht – er hat sich immer ein anderes Zimmer geben lassen.

Nach dieser Nacht hat er das nie mehr gebraucht. Dass kurz darauf sein Teamkollege Eddie irgendeine ekelhafte, meldepflichtige Geschlechtskrankheit hatte, hat Ryan in seinem Beschluss noch deutlich bestärkt.

Danach hatte er noch ein paar lose Beziehungen; einmal war er sogar kurz davor, einer Frau einen Heiratsantrag zu machen, bis er festgestellt hat, dass sie schon verheiratet war – und obendrein drei Kinder hatte. Nicht, dass ihn Kinder stören würden, aber ein Mindestmaß an Ehrlichkeit sollte bei einer Beziehung dann doch vorhanden sein. Auch wenn Ryan diesen Anspruch für nicht sonderlich überzogen hält, scheinen das einige Frauen anders zu sehen. Eine weitere seiner Freundinnen verkaufte private Informationen über ihn an die Presse, und besserte so ihr Budget auf, als sie fand, dass er ihr nicht genug Geschenke machte. Wieder eine andere hat ihn mit mindestens drei Spielern aus einem gegnerischen Team betrogen. Irgendwann war sich Ryan nicht mehr sicher, ob Frauen generell total durchgeknallt sind, oder ob er nur einfach kein glückliches Händchen beim anderen Geschlecht hat. Kurzzeitig hat er darüber nachgedacht, ob es nicht sinnvoller wäre, schwul zu werden. Leider findet er andere Männer so ganz und gar nicht körperlich anziehend, sodass er diese Idee beinahe umgehend verworfen hat.

Mangels anderer Alternativen hat er es das letzte Jahr so gehandhabt, wie Millionen anderer Single-Männer auch: Morgens eine schnelle Nummer mit sich selbst unter der Dusche, und ansonsten hat er es genossen, für niemanden verantwortlich zu sein, außer für sich selbst, und sich abends nicht um die Fernbedienung streiten zu müssen. Oder darüber, dass er zu spät nach Hause kommt und seine Klamotten auf dem Flur verteilt, oder über die vielen anderen Dinge, über die sich Männer herumstreiten müssen, die eine Frau zu Hause haben.

Er hatte nie das Gefühl, eine Frau in seinem Leben zu brauchen, ganz im Gegenteil. Nie hat er so enden wollen, wie sein Vater, der Ryans Mutter ins Grab brachte, als dieser gerade sechs Jahre alt gewesen ist. Seine Eltern haben sich durchgehend gestritten, seine Mutter hat ständig geweint, sein Vater hat getrunken.

Irgendwann nahm seine Mutter immer weniger am Leben teil, manchmal hat sie den ganzen Tag im Bett verbracht. Dann war sie auf einmal weg. Zwei komplette Tage lang hat man nach ihr gesucht, bis sie schließlich gefunden wurde. Sie war von einer Brücke in einen Fluss gesprungen, der sie meilenweit fortgetragen hatte.

Auf ihrer Beerdigung war Ryan wie versteinert. Und kaum zwei Monate später sind sein Vater und er umgezogen, weil Daddy schon wieder eine Neue hatte.

Ryan hat ihm sein Leben lang die Schuld am Tod seiner Mutter gegeben. Auch wenn ihm heute natürlich klar ist, dass seine Mutter krank war und Depressionen hatte, so ist sie in seiner Erinnerung doch ein zartes, zerbrechliches Pflänzchen, das die Brüllerei seines Vater einfach nicht mehr ertragen konnte. Hätte sich sein Dad besser um seine Mom gekümmert, hätte sie sich vielleicht niemals umgebracht.

Und wenn er ein braverer Junge gewesen wäre …

Der Gedanke hat seine gesamte Kindheit und Jugend begleitet, und bis heute kann er sich nicht gänzlich davon befreien. Er war nicht genug. Er war einfach nicht genug Grund für seine Mutter, am Leben zu bleiben. Er war nicht gut genug. Unzureichend.

Egal, wie oft er versucht hat, sich selbst zu verdeutlichen, dass er nur ein kleines Kind, und seine Mutter unglücklich und schwer krank war, das Gefühl ist bis heute geblieben. Manchmal wiegen die Verletzungen einer Seele schwerer als es jede intellektuelle Verarbeitung auffangen könnte.

Liebe ist etwas, an das er sich kaum erinnern kann.

Wenn es in seinem Leben etwas gab, das Liebe zumindest nahe kam, war es Lilly.

Bis zu ihrem Wiedersehen ist er immer davon ausgegangen, dass sie ihm nur deshalb als besonders in Erinnerung geblieben ist, weil sie damals so jung waren. Erlebnisse in Kindheit und Jugend sollen ja besonders prägend sein. Angeblich haben die meisten Leute ihr Lieblingsbuch vor ihrem zwanzigsten Lebensjahr gelesen – warum sollte es mit der Lieblingsfrau anders sein?

Ihr nach all den Jahren wieder gegenüberzustehen war allerdings mehr als verwirrend. Damals ist es so schnell zwischen ihnen zu Ende gegangen und sie waren so unendlich jung, dass ihm die ganze Beziehung im Nachhinein manchmal beinahe surreal erscheint.

Keine andere Entscheidung in seinem Leben hat er so oft hinterfragt, wie die Trennung von Lilly. Hätte er mehr um sie kämpfen müssen? Doch auch ihr war er nie genug, denn sie hat ebenfalls nicht gekämpft.

Schließlich hat er erfahren, dass sie Michael geheiratet hat.

Michael und er waren mal Brüder.

Oder etwas ähnliches zumindest.

Ryans Vater war ein Jahr lang mit Michaels Mutter verheiratet, dann ging die Ehe in die Brüche, was ganz klar vor allem an seinem Vater gelegen hat, der es nicht schaffte, die Finger von anderen Frauen zu lassen, vom Alkohol mal ganz abgesehen. So wie die meisten Frauen war auch Michaels Mutter irgendwann nicht mehr bereit, über die vielen anderen hinwegzusehen und hat Ron den Laufpass gegeben.

Ryan war das mehr oder weniger egal. Er konnte Michael noch nie wirklich leiden. Der Typ ist irgendwie komisch, sie haben sich niemals gut verstanden, immer in einem merkwürdigen Konkurrenzverhältnis gelebt, das allerdings nicht von Ryan, sondern eindeutig von Michael ausging.

Bevor sein Vater und er in Midway landeten, hatten sie ein paar Jahre in Nebraska gelebt. Auch dort hatte Ryan einen Stiefbruder, mit dem er sich viel besser als mit Michael verstand. Zu Alex hat er bis heute Kontakt und auch wenn sie sich nicht regelmäßig treffen, dafür aber ständig vergessen, sich zum Geburtstag anzurufen, weiß er sicher, dass sie füreinander da wären, wenn es hart auf hart käme.

Michael hingegen hat irgendetwas an sich … Ryan würde ihm gerne mal eine reinhauen, ist aber mittlerweile viel zu zivilisiert für solch ein Verhalten. Außerdem bringt das unweigerlich schlechte Presse mit sich, und er hasst schlechte Presse.

Nachdenklich fährt er sein Auto in die Tiefgarage eines alten, mehrstöckigen Fabrikgebäudes, in dem nun ziemlich schicke und moderne Wohnungen entstanden sind.

Beim Betreten seiner neuen Bleibe riecht alles noch nach frischer Farbe und frisch bearbeitetem Holz, im Wohnzimmer stapeln sich die unausgepackten Kisten, doch ihn stört das nicht. Er mag das Gefühl von Neuanfängen, selbst wenn sie an schon bekannten Orten stattfinden.

+++

Kapitel 2

Der Wintergarten, der zu Theresas Haus gehört, ist eindrucksvoll. Eine alte Backsteinwand und viel Glas dominieren hier; die unglaubliche Höhe bis zum Dach des zweistöckigen alten Schulhauses imponiert mir stets aufs Neue. Im Sommer lässt sich ein Teil des Daches öffnen und im Innern herrscht zu beinahe jeder Jahreszeit ein angenehm mildes Klima, so als würde an diesem Ort ewiger Frieden herrschen. Es würde mich nicht wundern, wenn plötzlich ein Kolibri um die Ecke geschwirrt käme, aber erstaunlicherweise ist dieser wunderschöne Wintergarten sogar frei von nervigen Insekten, welche Technik auch immer dafür zum Einsatz kommen mag. Theresa lebt hier mit ihrem Mann Devon, der mich gerade zur Tür hereingelassen hat, jedoch anscheinend in ein wichtiges Telefonat verwickelt ist und mir so nur per Zeichensprache mitgeteilt hat, wohin ich gehen soll.

Theresa und Sarah sitzen inmitten des grünen Dschungels auf bequemen Korbsesseln.

„Himmel, was ist denn mit dir los?" Meine beiden besten Freundinnen, Seelentrösterinnen und Retterinnen in allen schlechten Zeiten, lassen synchron ihre Kuchengabeln sinken und starren mich an, als ich näherkomme.

Beinahe muss ich lächeln, denn obwohl sie eigentlich so unterschiedlich sind - die eine blond und zart, die andere dunkelhaarig und üppig - sehen sie sich unglaublich ähnlich, wenn sie auf einmal einen beinahe identischen Gesichtsausdruck haben.

Ich lächle nur nicht, weil ich diejenige bin, die diesen Ausdruck auf ihren Gesichtern verursacht – vermutlich deshalb, weil man mir deutlich anmerkt, dass mir gerade so gar nicht nach Lächeln zumute ist.

Ich sage erst einmal nichts und lasse mich stattdessen auf den freien Stuhl sinken, während Theresa mir ein riesiges Stück Schokoladenkuchen herüberschiebt, auf das Sarah ungefragt einen großen Berg Sahne häuft.

„Iss und mach dir keine Sorgen. Den hat Sarah gebacken!" Theresa zwinkert mir zu und es ist in der Tat beruhigend, dass nicht sie selbst für die Zubereitung zuständig war, denn sie ist eine wirklich miserable Köchin. Im Gegensatz zu Sarah.

Der Kuchen ist mit Sicherheit köstlich, wie so ziemlich alles, was aus Sarahs Ofen stammt, aber ich bin viel zu sehr neben der Spur, um ihn genießen zu können. Ich weiß, dass die beiden nur darauf warten, dass ich ihnen erzähle, was mit mir los ist. Doch ich bin mir nicht sicher, ob ich wirklich darüber sprechen möchte.

Mein Zögern liegt nicht daran, dass ich den beiden nicht genügend vertrauen würde. Das Gegenteil ist der Fall, ich würde ihnen ohne zu zögern mein Leben anvertrauen, wenn ich müsste. Aber manche Dinge erscheinen einem viel realer, wenn man sie ausgesprochen hat.

Vorher sind es nur Hirngespinste, wirre Gedanken und Fantasien. Spricht man sie jedoch aus und teilt sie mit anderen, ist es, als ob sie eine Art Eigenleben bekommen.

Will ich ihnen erzählen, dass ich Ryan getroffen habe und dass das Wiedersehen mit ihm mich völlig verwirrt?

Ich bin mir nicht sicher. Irgendwie ist es mir unangenehm zuzugeben, dass er mein Herz noch immer dazu bringt, höher zu schlagen. Es ist fast so, als würde man gestehen, dass man immer noch weiche Knie bekommt, wenn man an seinen Teenie-Star denkt, dessen überlebensgroßes Portrait man mit fünfzehn über dem Bett hängen hatte. Es ist eine enorme Schwäche, und wer hat die schon gern? Und wenn man sie schon hat: Wer gibt sie auch noch gerne laut zu?

Andererseits kann es sehr befreiend wirken, über Dinge zu sprechen. Zudem ist es auch vollkommen egal, weil die beiden ohnehin keine Ruhe geben werden, bevor sie eine vernünftige Antwort von mir zu hören bekommen haben.

„Als ich vorhin in der Stadt war, bin ich Ryan Stanford begegnet."

Theresa schnappt nach Luft. Sarah sieht etwas verwirrt aus.

„Er steht ab der kommenden Saison wieder bei den Ice-Foxes unter Vertrag. Wir sind sehr froh, dass wir ihn für uns gewinnen konnten", erklärt Sarah, ganz die geschäftstüchtige Tochter des Teambesitzers. Sie holt gerade erneut Luft, als ihr einfällt, dass Ryan mich vermutlich nicht als Eishockeyspieler interessiert. „Oh!", sagt sie schließlich und verstummt dann. Im Gegensatz zu Theresa ist Sarah in Boston und in New York aufgewachsen, und war nur während der Ferien bei ihrem Vater zu Besuch in Midway. Deswegen hat sie meine frühere Beziehung zu Ryan kaum mitbekommen. Nach einem Moment des Zögerns erhellt ein breites Lächeln ihr Gesicht. „Ich bin ihm übrigens gestern begegnet und finde, er sieht immer noch verdammt gut aus." Dabei fixiert sie mich wie eine Katze ihre Beute. „Vielleicht solltest du an frühere Gewohnheiten anknüpfen und ihn zum Abendessen einladen. Um der alten Zeiten willen …"

Ich runzele die Stirn und ziehe die Schultern hoch.

„So etwas ist meistens keine gute Idee, wenn zu viele Erinnerungen daran hängen! Man interpretiert zu schnell Dinge in solche Sachen, die einfach nicht dorthin gehören", murmele ich entschuldigend und versuche das Thema zu wechseln. Das gelingt mir allerdings erst, als ich auf die neuen Regeln für die Saison zu sprechen komme, die sich alle naselang zu ändern scheinen.

Früher hat sich Theresa nie für Sport interessiert, aber seit sie mit Devon zusammen ist, ist sie genauso besessen vom Hockey wie Sarah und ich. Die beiden sind also eine Weile beschäftigt, und ich habe Zeit, meinen Erinnerungen nachzuhängen.

Ich erinnere mich noch genau an Ryan. Leider erinnere ich mich *viel* zu genau an ihn. Ich erinnere mich an das Prickeln, das mich bei jeder unserer Begegnungen erfasst hat und an die Schmetterlinge in meinem Bauch.

Er war der Bad Boy und ich das brave Mädchen, wir waren so unterschiedlich, wie zwei Menschen nur sein können. Und dennoch, oder vielleicht auch gerade deshalb, haben wir uns nahezu magisch voneinander angezogen gefühlt.

Als ich ihn das erste Mal gesehen habe, war ich dreizehn Jahre alt. Ich war ein kleines, etwas zu dickes Mädchen mit langen, flachsblonden Zöpfen, die meine Tante immer so streng geflochten hat, dass mir abends davon die Kopfhaut schmerzte. Meine Bekleidung wäre selbst für eine Klosterschülerin noch brav gewesen, meine Tante bestand auf dunkelblauen Faltenröcken mit weißen Blusen; sie war energische Verfechterin davon, Schuluniformen in allen Staaten der USA einzuführen. Überhaupt mochte Tante Gladice es gerne sauber und ordentlich, ich war fleckenfrei und adrett wie ihr kleines Häuschen, das den Anschein hatte, als wäre es einem Katalog der Fünfzigerjahre entsprungen. Strahlende Keimfreiheit, die auf pastellfarbene Rosenmuster trifft, das Ganze kombiniert mit Schonbezügen aus Kunststoff, Kissen mit Handkantenfalte und dem einmaligen Geruch aus Desinfektionsmittel und Zitronenscheuermilch.

Dieser Geruch haftete auch meiner Tante an; bei den wenigen Malen, die sie mich umarmt hat, hatte ich immer den Eindruck, sie würde diesen Geruch ausströmen und im gesamten Haus verteilen – auch wenn es wahrscheinlich umgekehrt gewesen ist.

Bis heute erweckt der Geruch von Zitronenscheuermilch Tante Gladice in meinem Kopf zum Leben und ich setze mich unwillkürlich ein wenig aufrechter hin, oder kontrolliere, ob meine Fingernägel auch ordentlich geschnitten sind.

Ryan dagegen war das genaue Gegenteil von mir. Während andere Jungs mit vierzehn noch wirken mögen wie kleine Kinder, kam er mir damals schon wie ein Mann vor. Aus heutiger Sicht würde ich darüber natürlich lächeln, wenn jemand einen Bengel in diesem Alter als Mann bezeichnen würde. Aber mit dreizehn ist es mir wirklich so vorgekommen!

Ryan war immer braun gebrannt, so wie Kinder es eben sind, wenn sie viel Zeit im Freien verbringen, was einen schönen Gegensatz zu seinem blonden, von der Sonne ausgeblichenem Haar bildete. Das hatte etwas von einem wilden Krieger, der todesmutig die Wildnis durchstreift. So kam es mir zumindest damals vor. Er hatte keinen sehr guten Ruf. Genaugenommen war er sogar ziemlich schlecht, wenigstens dann, wenn man ein braves, kleines Mädchen ist.

Der Junge, der mir ein Bein gestellt hatte, spielte allen Kindern Streiche. Einmal hat er dem armen Jamie Macintosh Tabasco unter das Essen gemischt, so viel davon, dass der Arme knallrot angelaufen ist und beinahe keine Luft mehr bekommen hat. Gerüchte besagten, dass er mal im Supermarkt Schnaps geklaut hätte, doch das ist bis heute nicht sicher belegt, weil er nicht erwischt wurde. Dafür wurde er dabei erwischt, als er das Motorrad seines Nachbarn stibitzte und damit ein paar Runden drehte, bis er es schließlich im Straßengraben versenkte.

Er war so unbeherrscht, und manchmal wirkte er regelrecht wütend; dann wieder, als sei ihm ohnehin alles egal.

Als er fünfzehn wurde, gab es die ersten Gerüchte über Geschichten mit Mädchen. Mit sechzehn wäre er beinahe von der Schule geflogen, weil er sich mit Amy aus dem Cheerleader-Team halbnackt in der Umkleidekabine hat erwischen lassen. In diesem Jahr brach er reihenweise Herzen und das, obwohl er nie einer von ihnen ernsthafte Hoffnungen machte, soweit ich weiß. Und nur ein Jahr später hat er das meine gebrochen.

Vielleicht ist das nicht ganz richtig. Denn genaugenommen gehörte es ihm schon, als er mir damals das Bein gestellt hat und ich das erste Mal bewusst in seine Augen gesehen habe, dunkel wie geschmolzene Schokolade und so tief, dass ich das Gefühl hatte, darin zu versinken. Vor lauter Erstaunen habe ich die Peinlichkeit des Hinfallens und die Gemeinheit dahinter fast vergessen und Ryan vermutlich angestarrt wie ein waidwundes Reh.

Ich war so jung.

Und so unendlich naiv.

Außerdem war ich leicht zu beeindrucken und – nicht zu vergessen – innerhalb von einer Sekunde auf die andere unsterblich verliebt.

Tapfer habe ich meinen Schmerz heruntergeschluckt und mich wieder aufgerichtet.

„Na, was Interessantes auf dem Boden gefunden?“, hat Ryan mich spöttisch gefragt. Seine Augen haben dabei übermütig geblitzt und in meinem Kopf setzte etwas aus. Nicht auf die gute Art und Weise, wie noch einige Sekunden zuvor, als ich ihn verliebt angestarrt hatte. Ich bin stattdessen wütend geworden, und ich habe ihm so kräftig gegen sein Schienbein getreten, dass er erstaunt aufgeschrien hat. Meine Tante hätte das sicherlich nicht goutiert, wenn sie es jemals erfahren hätte, schließlich machen anständige Mädchen solche Dinge nicht. Aber ich fand in diesem Moment, dass er es mehr als verdient hatte. Und wenn ich schon kein braves Mädchen war, wenn es mir schon in diesem Moment nicht gelang, alle meine Gefühle hinter einer beherrschten Maske zu verstecken, dann wollte ich doch wenigstens für ein bisschen Gerechtigkeit sorgen.

Ohne ihn noch eines weiteren Blickes zu würdigen, sammelte ich meine Sachen zusammen und spazierte hocherhobenen Hauptes von dannen. Das Gelächter der anderen Jungs schallt bis heute in meinen Ohren nach. Allerdings galt es nicht mir, sondern Ryan, der sich hüpfend das Schienbein hielt. Anscheinend hatte ich sehr gut getroffen; mir hat sogar selbst der Fuß ein wenig wehgetan, trotz der festen Sohle meiner Schuhe.

Erst, als ich schon längst wieder im Unterricht saß, ist mir die Sache peinlich geworden. Zwischen zwei

Multiplikationen von Brüchen wurde mir schlagartig klar, dass ich den coolsten Jungen der Schule vor seinen besten Freunden gedemütigt hatte; und das, obwohl ich mich gerade in ihn verliebt hatte. Ob er es nun verdiente oder nicht war ein völlig anderes Thema. Er hatte sich fies verhalten und hätte auch noch einen weiteren Tritt verdient gehabt. Aber auf einmal befürchtete ich die Konsequenzen, die das Ganze haben könnte. Vielleicht war es feige von mir, doch plötzlich bereute ich, was ich da getan hatte.

Wenn er sich nun rächen würde?

Oder wenn mich der Tritt unbeliebt machen würde?

Mit meinen schrecklichen Klamotten und den streberhaft guten Noten gehörte ich ohnehin nicht zu denjenigen, mit denen die anderen gerne etwas zu tun haben wollten. Ich hatte in der Schule zwar nichts auszustehen, aber das lag vor allem daran, dass ich viel zu unauffällig war, um überhaupt wahrgenommen zu werden. Das war mir völlig klar und die Angst darüber, dass dies durch meine Unachtsamkeit, nun vorbei sein könnte, ließ meinen Magen zu einem eisigen, schmerzhaften Klumpen werden. Ich war so dumm, so unendlich dämlich. Ich hätte auf meine Tante hören sollen.

„Geht es dir nicht gut, Elizabeth?" Die Stimme von Mrs. Heathrow, unserer Mathelehrerin, ließ mich zusammenzucken. „Du bist so blass, möchtest du lieber nach Hause gehen?"

Nichts wäre mir lieber gewesen als das. Nach Hause gehen, mich in meinem Bett verkriechen; mich in einem warmen, sicheren Kokon verstecken, der nach frisch gewaschener Bettwäsche und nach zu Hause riecht. Tief vergraben zwischen Decken und Kissen in meinem kleinen Zimmer, wo einem der Rest der Welt ein Stück weiter weg erscheint, als er tatsächlich ist und die Realität nicht mehr so real wirkt.

Ich hätte nichts lieber getan als das.

Doch wie so oft im Leben gab es auch hier ein Aber. Sogar ein ziemlich großes. Ich wäre gerne nach Hause gegangen, aber dort war Tante Gladice. Und wenn ich vorzeitig nach Hause gegangen wäre, hätte sie mich mit diesem durchdringenden Blick angesehen, unter dem jeder noch so unverfrorene Schwerverbrecher umgehend die Wahrheit gestanden hätte. Das allerdings kam für mich auf gar keinen Fall infrage, denn sie hätte nichts von alldem verstanden, wahrscheinlich hätte sie mich sogar umgehend zurück in die Schule geschickt. In ihren Augen war die Welt ganz simpel: Es gibt Regeln und an die muss man sich halten. Wer nicht krank ist, gehört in die Schule und nicht nach Hause ins Bett. Wer einem anderen vors Schienbein tritt und deswegen Bauchschmerzen bekommt, ist nicht krank. Punkt.

Doch selbst wenn es mir gelungen wäre, sie davon zu überzeugen, dass ich tatsächlich körperlich krank war, hätte ich mich nicht einfach verkriechen können. Natürlich hätte sie mich ins Bett gesteckt, aber sie hätte mich auch gezwungen, ihren scheußlichen Tee zu trinken. Fenchel-Kümmel-Anis. Ich hasse Fenchel-Kümmel-Anis. Mir wird schlecht davon, selbst wenn es mir eigentlich gut geht.

Also kam eine Flucht nach Hause nicht infrage. Ich musste den Tag irgendwie durchstehen, egal wie. Den letzten Rest meiner Courage zusammensuchend richtete ich mich auf und lächelte.

„Nein, alles in Ordnung, Ma'am", murmelte ich – und sah zu, dass ich dabei nicht in Tränen ausbreche.

Wie lächerlich einem solche Dinge erscheinen, wenn man sie mit genügend Abstand betrachtet. Früher dachte ich immer, wenn man erst erwachsen ist, dann hat man keine Probleme mehr. Heute kommen mir die Ängste, die ich als Kind oder Jugendliche hatte, zum Teil lächerlich gering vor. Leider ändert das nichts. Denn viel entscheidender als das Ausmaß des Problems an sich ist meistens das Gefühl, das es in einem auslöst, die Sorgen, die man sich deswegen macht. Und diese scheinen sich in ihrer Intensität kaum zu verändern – selbst wenn es die Probleme an sich tun mögen.

„Wie sieht es eigentlich mit dem Scheidungstermin aus, Lilly? Habt ihr schon einen?" Sarah holt mich schneller ins Hier und Jetzt zurück, als mir lieb ist.

„Es dauert noch ein bisschen. Unsere Anwälte klären noch die Details", sage ich und greife nach der Tasse Kaffee, die vorhin noch nicht dagewesen, aber durchaus willkommen ist. Ich war mit meinen Gedanken so weit weg, dass ich nicht einmal mehr mitbekommen habe, dass es Kaffee gibt! Ich sollte mir wohl neben einem guten Scheidungsanwalt auch noch einen guten Therapeuten suchen.

Es ist schon komisch, selbst unsere Trennung verläuft ohne größere Streitereien, genauso, wie unsere Ehe auch. Wir einigen uns still und freundlich.

So war es immer mit Michael – still und freundlich. Es war gut, sicher und vertraut, bis es das eines Tages nicht mehr war, weil er plötzlich Sandy hatte, mit der er sich nun ständig streitet, soweit ich das mitbekomme.

Vielleicht hat ihm die Leidenschaft gefehlt in unserer Ehe, die sie ihm entgegenzubringen scheint. Vielleicht hätte ich mich nicht immer nach ihm richten sollen, aber für mich hat es sich eine lange Zeit gut angefühlt, und vermutlich hätte ich auch noch ewig so weitergemacht, wenn er dem Ganzen kein Ende bereitet hätte.

Kapitel 3

Ich bin immer wieder erstaunt, wie schnell eine Woche vorbeigehen kann, wenn man genug zu tun hat; was aber ja mit einem Kind generell der Fall ist, und mit einem kranken Kind erst recht.

Die ganze letzte Woche habe ich damit verbracht, meine kleine Tochter nach allen Regeln der Kunst gesundzupflegen. Obwohl ihr Fieber bereits gesunken war und sie nur noch leicht erhöhte Temperatur hatte, als Michael sie brachte, war sie noch die gesamte Woche über kränklich. Ich habe sie lieber zu Hause behalten, als sie in den Kindergarten zu schicken. Schon allein, damit sie in aller Ruhe gesund werden kann und sich nicht sofort bei dem nächsten schniefenden Kind mit der nächsten Erkältung ansteckt. Zwischendrin hat meine Schwiegermutter uns ein paar Mal besucht; ich bin froh, dass sich an unserem guten Verhältnis nichts verändert hat.

Mariah ist eine tolle Frau, die in ihrem Leben selbst einige Trennungen erlebt hat.

„Michael und Sandy haben sich wirklich rührend um Michelle gekümmert, als sie am Wochenende so hohes Fieber hatte.“ Sie lächelt mir über den Rand ihrer vergoldeten Brille liebevoll zu und pustet auf den heißen Kaffee in ihrer Tasse. „Auch wenn ich weiß, wie schwer es für eine Mutter ist, sich nicht selbst um ihr krankes Kind kümmern zu können.“ Einen Moment lang schweigt sie. „Wenn etwas sein sollte, weißt du, dass du dich immer an mich wenden kannst, oder? Selbst wenn ich nur für dich nach dem Rechten schauen soll, wenn Michelle bei Michael ist.“

Ich zucke mit den Schultern.

„Er ist ein wunderbarer Vater, das weiß ich auch so."

Mariah lächelt erneut.

„Natürlich ist er das. Aber du hast dir bestimmt trotzdem Sorgen gemacht." Sie zögert einen Moment und nippt an ihrem Kaffee, bevor sie fortfährt. „Michelle ist meine Enkeltochter und ich liebe sie über alles. Ich will, dass es ihr gut geht. Und je besser Michael und du miteinander zurechtkommen, je besser es dir geht, desto besser wird es auch Michelle gehen. So einfach ist das." Dann macht sie eine erneute Pause. „Außerdem liegst du mir auch am Herzen, Lilly. Du bist wie die Tochter, die ich niemals hatte."

Als ich über den Tisch nach ihrer Hand greife, um sie zu drücken, habe ich Tränen in den Augen. Denn sie ist auch wie die Mutter für mich, die ich viel zu früh verloren habe, und sie hat mir in den letzten Jahren immer die Geborgenheit einer Familie gegeben.

Am Montag sehe selbst ich keinen Grund mehr dafür, Michelle noch länger hier zu behalten, außerdem beginnt sie langsam, sich zu Hause zu langweilen. Das Programm, das im Kindergarten läuft, biete ich ihr eben doch nicht und die anderen Kinder kann ich ihr ohnehin nicht ersetzen.

Ich ziehe meine Laufsachen an und bringe Michelle zu Fuß in den Kindergarten. Seit unserem Umzug ist es zum Glück nicht mehr weit.

Michael konnte es nicht leiden, wenn ich nicht wie aus dem Ei gepellt ausgesehen habe, sobald ich mich in der Öffentlichkeit blicken ließ. Ihm war seine Außenwirkung immer sehr wichtig, nicht zuletzt, weil er als

Unternehmensberater bis zu einem gewissen Grad darauf angewiesen war.

Und ich war immer bemüht, ihm zu gefallen. Im Nachhinein denke ich manchmal, dass ich es damit ein wenig übertrieben habe. Vielleicht wird es auch langweilig, wenn der andere immer versucht, einem alles recht zu machen?

Andererseits ist es natürlich normal, dass man sich ein bisschen an seinen Partner anpasst. Man geht eben Kompromisse ein, geht aufeinander zu … und welche Frau zieht nicht die Dinge besonders gerne an, für die sie von ihrem Mann Komplimente bekommt?

Auch wenn es albern sein mag – denn Michael hat mich ja letztendlich zu nichts gezwungen – empfinde ich momentan eine beinahe kindliche Freude daran, Dinge zu tun, von denen ich weiß, dass sie ihn verärgert hätten. Dazu gehört es, mein Kind ungeschminkt und in Sportsachen zum Kindergarten zu bringen. Mal ganz abgesehen von meinen lächerlichen und sehr zaghaften Wünschen nach Rebellion spart es Zeit und ist praktisch, wenn ich gleich morgens in aller Frühe laufen gehen kann und mich erst danach dusche und zurecht mache.

Michelle scheint mein Aufzug egal zu sein. Sie mustert mich kurz, bevor sie ihren Schnuller aus dem Mund zieht.

„Du siehst hübsch aus, Mommy!“, sagt sie und streicht mit ihrer kleinen Hand über mein neonpinkes Oberteil, bevor sie den Schnuller zurück in ihrem Mund schiebt. Ich habe zwar den Verdacht, dass ich selbst in ihren Augen auch noch hübsch aussehen würde, wenn ich herumliefe wie ein halbverwester Zombie, solange ich nur pink trage; ich freue mich dennoch über das Kompliment meiner Tochter.

„Du siehst auch hübsch aus, mein Schatz!“ Ich wuschele ihr durch die hellen Locken, während ich ihr ihre Jacke anziehe. Eigentlich soll sie das alleine machen, der Kindergarten schimpft manchmal, weil sie so bequem ist und sich gerne helfen lässt; aber ich habe morgens wirklich keine Lust, wegen solcher Dinge Streit mit ihr zu bekommen. Es ist ja nicht so, als würde sie es nicht können, wenn sie wollte – meist will sie bloß schlichtweg nicht. Und mal ehrlich: Werden Kinder nicht auch so schnell genug groß? Müssen sie im Alter von drei oder vier Jahren wirklich schon alles können? Klettern, schnell laufen, alleine in ihrem Zimmer schlafen, sich an- und ausziehen, selbständig sein … Irgendwann kommt die Zeit, wo sie unsere Hilfe nicht mehr wollen doch ganz von selbst. Spätestens dann sehnen wir die Tage zurück, als sie noch so klein waren, so innig mit uns, und würden uns wünschen, dass wir ihnen das ein oder andere Mal die Jacke anziehen oder sie nachts zu uns ins Bett holen dürfen, weil sie schlecht geträumt haben.

Bis zum Kindergarten sind es nur wenige Minuten zu Fuß. Dort angekommen, muss ich ein paar Minuten mit Michelle darüber diskutieren, ob sie ihren Schnuller mitnehmen darf oder nicht, aber schließlich gibt sie nach und drückt mir das eingespeichelte Ding in die Hand. Sie ist ohnehin schon viel zu groß dafür. Andererseits hat sie durch die Trennung von Michael und mir und die ganzen damit verbundenen Veränderungen in den letzten Monaten genug hinter sich, sodass ich finde, der Schnuller steht ihr noch ein Weilchen zu. Sie rückt ihn zwar nicht gerne raus, aber ich will nicht, dass die anderen Kinder über sie lachen.

Als ich sie zur Tür ihres Gruppenraumes bringe, lächelt sie tatsächlich bereits wieder und gibt mir einen dicken

Kuss zum Abschied. Ich bin schon halb zu Tür hinausgegangen, als sie mich noch einmal zurückruft.

„Mommy?"

Schnell drehe ich mich zu ihr um und sehe sie ein wenig verloren im Gruppenraum stehen; nachdenklich wickelt sie sich eine Haarsträhne um den Finger.

„Was denn, mein Engelchen?"

„Kannst du mich heute zusammen mit Daddy abholen? Und können wir dann alle die Enten füttern gehen?" Ihre wunderhübschen Kulleraugen sind vor lauter Hoffnung noch ein bisschen größer geworden. Ich muss zweimal schlucken, bevor ich in der Lage bin, ihr zu antworten.

„Michelle, meine Süße … das geht leider nicht. Ich weiß, dass du dir das wünscht, aber Daddy und ich haben uns getrennt."

Einen Moment lang betrachtet sie mich mit schiefgelegten Kopf und ich will gerade erleichtert durchatmen, dass sie diese Antwort so akzeptiert, als ihre Augen noch ein Stück größer werden.

„Aber doch nicht für immer, Mommy, oder?" Ihre Augen füllen sich mit Tränen – genauso wie meine.

„Doch, mein Engelchen. Ich befürchte, dass es für immer ist."

Ich hasse solche Gespräche, ich hasse es. Schlimm genug, dass Michael mich verlassen hat, aber er hat auch die heile Welt meiner kleinen Tochter zerstört. Natürlich sollte man nicht zusammenbleiben, wenn man sich nicht mehr liebt. Natürlich macht man seine Kinder nicht glücklich damit, wenn man ihnen etwas vorspielt. Dennoch bin ich wütend und hilflos, dass er mich nicht mehr liebt. Nicht nur um meinetwillen, sondern vor allem wegen Michelle. Sobald man Kinder hat hängt an einer Beziehung eben viel mehr, als bloß das persönliche Glück oder Unglück.

Gott sei Dank lassen sich kleine Kinder noch recht schnell ablenken, und Michelle wendet ihre Aufmerksamkeit der Erzieherin zu, die hinter ihr gerade mit einem Glöckchen klingelt, und damit zur Stuhlkreisrunde aufruft. Also verabschiede ich mich schnell von ihr und gebe ihr einen letzten Kuss, bevor ich zu meiner morgendlichen Laufrunde aufbreche.

Ich selbst bin leider weniger schnell auf andere Gedanken zu bringen, auch nach dem sechsten Kilometer fühle ich mich noch elend und grüble über Michael, Michelle, die Trennung und die Zukunft nach.

Kurz nachdem ich ihn mit seiner doofen Sandy im Bett erwischt habe, war ich wie gelähmt. Es hat sich angefühlt, als wäre die ganze Situation nicht real.

Michael tat das alles sehr leid, aber ich glaube, er war gleichzeitig auch erleichtert, dass die Heimlichtuerei nun ein Ende hatte.

Dann war ich traurig und verzweifelt, schockiert und wahnsinnig wütend.

Wenn Michelle nicht gewesen wäre, hätte ich vermutlich zwei Wochen lang durchgeheult, aber so habe ich es irgendwie geschafft, mich zusammenzureißen. Letztendlich hilft ja auch alles andere nicht, keine der vielen Tränen bringt ihn zu mir zurück – was mich allerdings nicht davon abgehalten hat, dennoch unzählige davon zu vergießen. Vielleicht braucht man das auch irgendwie, die Tränen, die Verzweiflung und all das. Wahrscheinlich hilft es einem dabei, etwas Altes abzuschließen, um danach wieder von vorne anfangen zu können, einen Neubeginn zu wagen.

Denn genau das muss ich jetzt dringend tun. Ich muss einen Neubeginn wagen, für Michelle und auch für mich. Ich habe mich in den letzten Jahren so sehr auf Michael und seine Interessen konzentriert, dass ich selbst dabei völlig auf der Strecke geblieben bin. Wahrscheinlich bin ich es auch ein kleines bisschen selbst schuld. Es ist mit Sicherheit nicht gut, sich selbst in einer Beziehung so sehr aufzugeben und zu vernachlässigen. Aber trotzdem habe ich immer das Gefühl gehabt, dass es mit uns nur so funktioniert. Und ich wollte, dass es funktioniert, wollte es unbedingt. Michael ist die Art von Mann, die ich mir stets erträumt habe. Hübsch anzusehen, mit einem vernünftigen Beruf sowie einem geregelten Einkommen, seriös ...

Und eine Spur langweilig.

Irritiert über diesen Gedanken runzele ich die Stirn, während ich noch eine weitere Runde laufe. Wahrscheinlich ist es das Wiedertreffen mit Ryan, das mich auf solche Gedanken kommen lässt, weil er das exakte Gegenteil von Michael war.

Michael ist eben ruhig und verlässlich. Zumindest bin ich davon bis vor zwei Monaten ausgegangen. Es mit dem Babysitter unserer Tochter zu treiben ist natürlich alles andere als das. Aber zumindest fährt er auch diesbezüglich eine klare Linie und lässt die dusselige Kuh bei sich wohnen.

Soll sie sich doch von nun an mit ihm herumärgern!

Ha! Ganz genau.

Ich wollte immer ein eigenständiges Leben führen, auch mit Kind wäre ich gerne wieder arbeiten gegangen, wenigstens ein bisschen. Ich habe meinen Job als Steuerberaterin sehr gemocht. Auch wenn es vielleicht schwierig geworden wäre, etwas in Halbzeit zu finden, wäre es bestimmt irgendwie machbar gewesen. Doch mein Mann, der bald mein Ex-Mann sein wird, ist diesbezüglich von der alten Schule. Er fand es nie gut, dass ich einen Job hatte und als wir dann ein Kind hatten, habe ich nachgegeben und bin zu Hause geblieben. Immerhin war ich clever genug, ab und zu mal einen Onlinekurs zu machen, um mich auf dem Laufenden zu halten, da ich immer geplant hatte, irgendwann wieder einzusteigen.

Die meiste Zeit habe ich es auch genossen. Gerade, als Michelle noch sehr klein gewesen ist, fand ich es schön, permanent für sie da sein zu können. Ich bin gerne Mutter. Was mir wirklich gefehlt hat – und es bis heute noch tut –, ist der Austausch mit Erwachsenen. So sehr ich meine kleine Tochter auch liebe, so erfüllend es auch sein mag, ihr beim Spielen und beim Großwerden zuzusehen, mir fehlen Gespräche mit Erwachsenen. Gespräche, bei denen sich nicht alles um Puppen oder Tiere dreht, in Sätzen gehalten, die aus mehr als fünf Wörtern bestehen und außerdem Nebensätze beinhalten.

Und genau deshalb werde ich auch am Wochenende mit Sarah ausgehen, wenn Michelle wieder bei ihrem Vater ist. Ich werde ausgehen, Spaß haben und Gespräche über lauter erwachsene Sachen führen. Vielleicht schaffe ich es sogar, das Ganze zu genießen.

+++

Ursprünglich war Ryan nur in seinen Wagen gestiegen, um noch ein paar Einkäufe zu erledigen, und dann in seiner Wohnung Umzugskartons auszuräumen.

Auf dem Rückweg hat er sich jedoch verfahren, ohne Navi scheint er sich in Midway doch nicht mehr so gut auszukennen, wie er angenommen hatte; nun steht er seit fast einer halben Stunde vor seinem ehemaligen Wohnhaus und hängt seinen Gedanken nach.

Fast vier Jahre hat er hier gewohnt, vier Jahre, in denen er ein wütender, verzweifelter Junge gewesen ist. Wütend auf sich selbst und auf alle anderen, so sehr von dem ewigen Gefühl gequält, nicht genug zu sein, dass es ihm irgendwann völlig egal war, was andere über ihn dachten.

Nach dem Tod seiner Mutter war Mariah die vierte Partnerin seines Vaters; er hielt es mit keiner lange aus. Oder vielmehr hielt es keine der Frauen lange mit seinem Vater aus.

Seinem Vater selbst kamen die ständigen Umzüge wahrscheinlich jedes Mal gerade gelegen, denn in seinem Trödelladen ging nicht immer alles mit rechten Dingen zu. Er hatte Dreck am Stecken, was zwangsläufig ständig zu Ärger führte. Dazu kamen die Alkoholprobleme, die das Leben weder für den Vater noch für den Sohn vereinfacht haben.

Während sein Vater es also kaum erwarten konnte, aus Greenwish, Nebraska zu fliehen, nachdem seine letzte Partnerin Abigail ihn herausgeworfen hatte, war es für Ryan ein halber Weltuntergang, von dort wegziehen zu müssen.

Er hatte das Landleben in Nebraska geliebt, genau wie er seinen Stiefbruder Alex geliebt hatte. Noch mehr geliebt hatte er allerdings seine Stiefmutter Abby, in der er zum ersten Mal wieder eine Mutterfigur gefunden hatte. Sie war liebevoll und geduldig mit ihm gewesen, hatte ihn nachts getröstet, wenn er weinend aufgewacht war und nichts davon seinem Vater erzählt, der stets der Meinung war, der Bengel sei zu alt, nachts noch herumzuheulen.

Ryan ist es bis heute ein Rätsel, wie sein Vater es geschafft hat, all die warmherzigen Frauen kennenzulernen und wenigstens kurzfristig für sich zu gewinnen. Aber er war ziemlich attraktiv, bevor der Alkohol ihn zerstört hat, und konnte wohl wenigstens für eine Weile auch sehr charmant sein. Ein Schmeichler und Blender, wie er im Buche steht.

Als sie nach Midway gezogen waren, war Ryan vierzehn Jahre alt. Wahrscheinlich wäre das allein zu diesem Zeitpunkt für die meisten Jungs schon schwierig genug gewesen, für Ryan aber kam es einer Katastrophe gleich.

Er hatte Midway gehasst. Die Menschen hier, die Schule, seine neue Stiefmutter, von der er immer das Gefühl hatte, sie sei Schuld an der Trennung seines Vaters von Abby. Natürlich war er längst alt genug, um zu begreifen, dass es allein die Schuld seines Vaters war, aber er war zu frustriert, zu pubertär und zu emotional, um es auch zuzugeben.

Mariah war eine liebevolle, warmherzige Frau, aber Ryan hatte ihr niemals eine Chance gegeben. Er hat weder sie noch Michael an sich herangelassen und sich stattdessen hinter einer Fassade von Coolness und Gleichgültigkeit versteckt und angefangen, am laufenden Band Mist zu bauen.

Wenn er andere ärgern konnte, kam er sich stark und dadurch besser vor. Wenn er gegen Gesetze verstieß, hat er sich gefühlt, als ginge ihn all das nichts an, als würde er sich tatsächlich nicht dafür interessieren, was andere von ihm dachten.

Michael, der eher brav und angepasst war, fand das schrecklich, so wie viele andere seiner Mitmenschen auch. Sein Vater hatte versucht, noch strenger mit Ryan zu sein, als er es sowieso schon war und ihn hart zu bestrafen und zu disziplinieren. Natürlich ziemlich erfolglos, denn Ryan verlor nach und nach jeglichen Respekt vor ihm.

Sein Dad und Michael schlossen sich zusammen, oder so kam es Ryan damals vor. Michael petzte, weil ihm Ryans Verhalten unheimlich war und er es Ryan übel nahm, dass er sich nicht in seine ach-so-tolle Familie eingliedern wollte. Sein Vater bestrafte ihn, weil er seinen wütenden Jungen nicht verstand und auch nicht verstehen wollte.

Einzig Mariah ertrug das alles mit nahezu stoischer Ruhe und gleichbleibender Freundlichkeit. Leider war sie die einzige Person, von der Ryan keine Nähe annehmen wollte, weil sein Herz noch immer an Abby hing, und es als Betrug empfand, eine andere zu akzeptieren. Stattdessen schrieb er immer wieder Briefe an Abby, die versucht hat, ihm so gut wie möglich zu helfen.

Erst, als er mit dem Sport angefangen hat, ging es ihm langsam besser.

Er war talentiert, im Team wurde er trotz seiner Probleme schnell akzeptiert, weil er ein guter Spieler war. Hier fand er die Anerkennung, die ihm sonst immer gefehlt hatte, und es führte sogar dazu, dass er weniger Probleme mit seinen Mitschülern hatte. Insgesamt stellte er deutlich weniger dummes Zeug an, weil er wusste, dass er aus der Mannschaft ausgeschlossen werden würde, wenn er es übertrieb. Eishockeyspielen war alles, was er hatte, bis heute ist es der Inhalt seines Lebens und er kann sich nicht vorstellen, jemals damit aufzuhören.

Als er in die Jugendmannschaft der Ice-Foxes aufgenommen wurde, schickte Abby ihm einen Gürtel mit dem Emblem der Mannschaft darauf, wo auch immer sie das aufgetrieben hatte. Ryan trägt den Gürtel bis heute.

Eine gefühlte Ewigkeit lang überlegt er, ob er an dem Haus, vor dem er immer noch steht, klingeln soll, nur um zu schauen, ob Mariah dort immer noch lebt.

Dann fährt er doch weiter. Vielleicht wird es sich eines Tages mal für sein damaliges Verhalten bei ihr entschuldigen, aber heute ist einfach noch nicht der Tag dafür.

+++

Kapitel 4

Für morgen Abend bin ich mit Sarah verabredet, aber da ich auch heute schon kinderfrei habe und morgen ausschlafen kann, gehe ich alleine ins Kino. Das habe ich noch nie vorher gemacht und hatte es eigentlich auch niemals vor, aber es erschien mir immer noch besser, als alleine zu Hause herumzusitzen wie eine alte, vertrocknete Jungfrau.

Du hast ein Kind, Lilly! Und bist schon lange keine Jungfrau mehr.

Nein, das bin ich allerdings nicht, dafür hat Ryan gesorgt. Zumindest für letzteres. Und für ersteres ... ach, darüber will ich lieber gar nicht genauer nachdenken.

Stattdessen kaufe ich mir eine extragroße Portion Popcorn sowie eine koffeinfreie Cola. Obwohl das Kino beinahe leer ist, suche ich dennoch den Platz auf, der auf meiner Karte steht. Seltsam, wie sehr man an solchen Vorschriften festhält, aber mir ist die Vorstellung, von einem falschen Platz vertrieben zu werden, einfach zuwider.

Kaum habe ich meinen Platz bezogen, merke ich, dass überall um mich herum nur verliebte Pärchen zu sitzen scheinen, und warum zum Henker müssen die alle herumknutschen?

Seit ich getrennt bin, habe ich das Gefühl, dass verliebte Paare wie Pilze aus dem Boden sprießen und für die nächsten Minuten sehne ich mich nach den guten alten Zeiten zurück, in denen solcherlei Liebesbekundungen in der Öffentlichkeit noch verboten waren. Gibt es dagegen nicht sogar noch in einigen südlich gelegenen US-Staaten

Gesetze? Ich nehme mir fest vor, das herauszufinden, sobald ich wieder zu Hause bin.

Zum Glück geht der Film bald los und es wird dunkel, sodass ich den Rest des Kinosaals ausblenden kann. Ich kuschle mich seufzend tiefer in meinen Sitz und stopfe mir gleich händeweise Popcorn in den Mund.

Ich habe mich für einen Actionfilm entschieden. Michael mochte so etwas nie, er ist eher der Typ für Dokumentationen oder Filme, die so anspruchsvoll sind, dass es sich nicht einmal lohnt, sie synchronisieren zu lassen, weil sich die Kosten niemals rentieren würden. Ich habe mich jahrelang durch Filme mit Untertitel gequält, bis wir uns darauf geeinigt haben, einfach nicht mehr zusammen ins Kino zu gehen.

Umso mehr freue ich mich auf anderthalb Stunden voller halbnackter, durchtrainierter Männerkörper, sinnlosem Geballere und noch sinnloseren Dialogen. Ein bisschen kommt es mir so vor, als würde mein IQ vom bloßen Zusehen minütlich sinken, aber es fühlt sich verdammt gut an! Und ich bin stolz auf mich selbst, dass ich heute Abend hierhergekommen bin, statt zu Hause zu sitzen und in Selbstmitleid zu versinken.

Erst als ich später in ein leeres Haus zurückkomme, holt mich das Gefühl der Einsamkeit wieder ein. Das letzte Mal, dass ich im Kino war, war mit Michael, und auch wenn ich den Film langweilig fand, bin ich dennoch gerne mit ihm hingegangen.

Und das letzte Mal, als ich in einem Actionfilm gewesen bin, war ich mit Ryan im Kino. So lange ist es schon her. Da wir unsere Beziehung verheimlicht haben, vor allem vor meiner Tante, hatten wir uns verabredet und er hat sich erst neben mich gesetzt, als das Licht schon ausgegangen war. Das hat sich schön angefühlt, ein bisschen verboten. Gleichzeitig hatte es etwas Vertrautes, etwas, das uns verbunden hat, eben die Empfindung, die man hat, wenn man sich ein Geheimnis teilt.

Bevor ich einschlafe, muss ich an unser erstes Date denken.

Unser erster Kuss war weder sonderlich innig noch besonders intensiv. Er war heimlich und verstohlen, schnell und kurz. So kurz, dass ich mir hinterher gar nicht mehr sicher gewesen bin, ob er wirklich passiert ist.

Wir waren zusammen aus. Na ja, eigentlich waren wir das nicht wirklich, denn meine Tante hätte mir das niemals erlaubt, als ich sechzehn war. Also habe ich stattdessen behauptet, Nachhilfe zu geben – was ich auch getan habe. Ich habe Tante Gladice jedoch verschwiegen, wem ich Nachhilfe gebe. Es war das erste Mal, dass ich sie wirklich bewusst angelogen, beziehungsweise ihr bewusst etwas verschwiegen habe, von dem ich wusste, dass sie es nicht gebilligt hätte.

Gegen den Nachhilfeunterricht an sich hatte sie nichts. Schwächere zu unterstützen war etwas, was sie befürwortet hat. Überhaupt war sie kein schlechter Mensch, ganz im Gegenteil. Ich bin fest davon überzeugt, dass sie ein so guter Mensch war, wie sie konnte. Sie hat einen Teil des wenigen Geldes, das wir zur Verfügung hatten, regelmäßig dem Armenhaus gespendet. Sie hat mich aufgenommen, obwohl sie selbst niemals Kinder haben wollte und kein gutes Verhältnis zu ihrer jüngeren Schwester, also meiner Mutter, hatte. Außerdem bin ich mir sicher, dass sie mich so lieb hatte, wie es im Rahmen ihrer Möglichkeiten lag. Es hat sich nur nie nach genug für mich angefühlt.

Ich war ein kleines, traumatisiertes Mädchen, das um seine Mutter trauerte, als ich zu ihr kam. Ich hätte jemanden gebraucht, der liebe- und verständnisvoll ist, in dessen Arme ich mich nachts flüchten kann, wenn die fürchterlichen und immer wiederkehrenden Alpträume mich heimgesuchten. Niemanden, der mich zurück in mein Bett schickt und mir sagt, ich sei mit neun Jahren viel zu groß, um nachts noch Angst zu haben. Ich solle mich wieder hinlegen und beten, dann würde alles gut werden. Doch nichts wurde gut davon. Aber ich habe gelernt brav zu sein und zu tun, was meine Tante mir sagt. Ein artiges Mädchen zu sein, mir immer die Hände zu waschen, immer adrett und sauber zu sein. Ich habe gelernt, zu lächeln und gute Miene zum bösen Spiel zu machen, ganz egal, was gerade in mir vorging. Wenn ich Glück hatte, hat sie mir manchmal liebevoll den Kopf getätschelt und gesagt, wie brav ich bin. Das hat mir mehr bedeutet als alles andere auf der Welt, weil ich eben nur noch sie hatte.

Allerdings kommt wahrscheinlich bei so ziemlich jedem Teenager einmal die Phase, in der er sich gegen seine Erziehungsberechtigten auflehnt, in der er etwas tut, was diese niemals billigen würden.

Auch wenn ich bisher ein wohlerzogenes Mädchen gewesen war – so wurde es ja gefordert – kam bei mir diese Phase, als Ryan zum zweiten Mal in mein Leben trat. Und plötzlich Interesse an mir zeigte. Wahrscheinlich hätte ich es gelassen, wenn ich ihn nicht so sehr gewollt hätte; denn ich war mir völlig darüber im Klaren, wie enttäuscht Tante Gladice sein würde, wenn sie von ihm und mir erfahren würde. Für nichts vorher bin ich dieses Risiko eingegangen.

Keine Übernachtungen bei Freundinnen, keine Partys, keine geschwänzten Schultage. Die Gefahr, dass Tante Gladice es herausfinden und mich nicht mehr lieben könnte, erschien mir immer zu groß. Das war es mir niemals zuvor wert gewesen. Doch Ryan hatte etwas an sich, das mich sämtliche Gefahren vergessen ließ. Mit ihm war alles berauschend, kribbelnd, spannend. Mein Herz schlug in seiner Nähe ein bisschen schneller, meine Haut war ein wenig sensibler, die Sonne erschien mir etwas heller und der Regen etwas nasser.

Ich habe mich lebendig mit ihm gefühlt wie noch niemals davor in meinem Leben und das erschien mir wesentlich wichtiger als Tante Gladice.

Die Nachhilfestunde mit Ryan war die aufregendste, die ich jemals jemandem gegeben habe, was wahrscheinlich daran lag, dass wir unsere Bücher nicht einmal ausgepackt haben. Stattdessen haben wir uns an einem der schmalen, dunklen Holztische in der Bibliothek gegenüber gesessen. Ryan hat über Eishockey erzählt und ich habe dagesessen und ihn angelächelt. Obwohl das an sich ziemlich unspektakulär ist, habe ich mich erwachsen dabei gefühlt und ein bisschen verwegen, in etwa so, als würde man das erste Mal in seinem Leben mit einem Auto alleine irgendwo hinfahren. Einem großartigen Auto, einem niegelnagelneuen Cabrio mit offenem Verdeck oder so etwas. Mindestens. Dazu kam mein Herzschlag, dröhnend laut in meinen Ohren, das Kribbeln in meinem Bauch, wie eine Horde Ringelreihen tanzender Schmetterlinge. Und der Stolz. Denn niemand zuvor hatte mich je so angesehen, als wäre ich etwas Tolles. Ich konnte nicht genug davon bekommen und wahrscheinlich würden wir heute noch dort sitzen, wenn es kein zeitliches Limit gegeben hätte. Ich hatte versprochen, um 18:00 Uhr zu Hause zu sein und ein letztes bisschen Selbsterhaltungstrieb war sogar in meinem verliebten und dadurch arg beeinträchtigten Teenagerhirn noch vorhanden.

Um zwanzig Minuten vor sechs löste ich mich also aus meiner Starre, um mich zu räuspern.

„Wir müssen los." Meine Stimme klang seltsam heiser, so als hätte ich sie jahrelang nicht gebraucht.

„Jetzt haben wir doch nicht Mathe gelernt." Ryans Lächeln trug dafür Sorge, dass sich mein Puls verdreifachte, und ungerechterweise klang er völlig entspannt.

„Nein." Ich versuchte es ebenfalls mit einem Lächeln. „Aber was würdest du auch mit Stoff aus meinem Jahrgang wollen? Du bist doch schon viel weiter in Mathe." Im selben Moment spürte ich, wie ich rot wurde. Natürlich war meine Anmerkung berechtigt, denn als er mich um Nachhilfestunden gebeten hatte, ist mir direkt nach der ersten Aufregung klar geworden, dass diese wenig bis überhaupt keinen Sinn haben würden. Natürlich hätte ich da sofort nachhaken können – habe ich aber nicht. Dafür habe ich mich über dieses Date einfach viel zu sehr gefreut. Der coolste Junge der ganzen Schule, meine heimliche große Liebe, zeigte Interesse an mir und ich hatte nicht vor, dies durch eine unbedarfte Frage zunichte zu machen. Umso unangenehmer war es mir in diesem Moment.

Erst denken, dann reden.

Oder generell mal die Klappe halten. Brave Mädchen sind still und sprechen nur, wenn sie etwas gefragt werden. Es war ja nicht so, als hätte ich solche Dinge nicht beigebracht bekommen, ganz im Gegenteil. Aber es war eben auch so, dass ich sie offenkundig nicht stark genug verinnerlicht hatte. Ich hätte einfach weiterhin schweigen und lächeln sollen, das hatte vorher ja auch gut funktioniert. Für einen endlos scheinenden Moment blieb mir beinahe das Herz stehen, um dann umso schneller weiterzuschlagen, als Ryan zu grinsen begann.

„Ich dachte, ein paar Grundlagen zu verfestigen könnte nicht schaden!" Mit einem lässigen Schulterzucken griff er nach meinen Büchern, die vor uns auf dem Tisch lagen und streifte dabei, vermutlich absichtlich, über meine Fingerknöchel. Seine Berührung ließ ein angenehmes Kribbeln an den Stellen zurück, an denen seine Haut auf meine getroffen war.

Ohne mich noch eines weiteren Wortes zu würdigen, ging er Richtung Ausgang.

„Du bist Klassenbester in Mathe", murmelte ich, diesmal so leise, dass er es nicht hören konnte, während ich dem Drang nicht widerstehen konnte, meine kribbelnden Knöchel mit den Fingerspitzen der anderen Hand zu berühren. Kurz bevor er die schwere Tür erreichte, drehte er sich noch einmal zu mir um.

„Kommst du, Lilly?" Seine Hand streckte sich mir einer Einladung gleich entgegen. Mit einigen wenigen schnellen Schritten war ich bei ihm und ergriff seine Hand, um sie nicht mehr loszulassen.

Ein paar Sekunden später standen wir im Freien. Es war ein milder Sommertag und das Licht blendete so stark, dass ich ein paar Mal blinzeln musste. Zu gerne hätte ich auf unsere ineinander verschränkten Hände gestarrt, aber ich habe mich einfach nicht getraut. Es sollte nicht so wirken, als könne ich es nicht fassen, mit einem attraktiven Kerl Händchen zu halten, auch wenn es natürlich genauso war.

Der Weg bis zu mir nach Hause war einer jener Momente, in denen man den Eindruck hat, dass die Zeit nur so dahinfliegt und gleichzeitig stehenbleibt. Es hat sich weltbewegend angefühlt, so wie es Dinge vor allem dann tun, wenn man noch sehr jung ist und sie zum ersten Mal erlebt. Eine heiße Welle, die durch meinen Körper spülte und alles in freudiger Aufregung zurückgelassen hat. Und all das wegen simplen Händchenhaltens.

Dennoch war ich vernünftig genug, mich schon ein paar Hausecken früher von ihm zu verabschieden; ich weiß nicht, was Tante Gladice gesagt oder getan hätte, wenn sie uns zusammen erwischt hätte. Wahrscheinlich hätte sie mir Hausarrest verpasst, bis ich volljährig gewesen wäre. Oder sogar noch darüber hinaus. Auf alle Fälle hätte sie sich furchtbar aufgeregt und wäre enttäuscht von mir gewesen, was ich nicht wollte.

„Danke für die Nachhilfe!“ In Ryans Wangen bildeten sich Grübchen, während sein Haar so von der Sonne angeschienen wurde, dass es beinahe golden wirkte. Er war so schön! Er sah nach Sommer, Spaß und Unbeschwertheit aus, nach Mann. Und obwohl ich mit sechzehn noch entsetzlich unerfahren war, haben sein Anblick und sein Duft etwas in mir zum Schwingen gebracht, eine Seite in mir zum Leben erweckt, die ich vorher nicht kannte und die mich gleichermaßen fasziniert und erschreckt hat.

„Gern geschehen!“, habe ich schließlich geantwortet, als ich mein Gehirn wieder soweit im Griff hatte, dass es sich mit etwas anderem als der Produktion wild durcheinander purzelnder Hormone beschäftigen konnte.

Ryan beugte sich zu mir herunter, schon damals überragte er mich um einen Kopf, und ich konnte die hellen Flecken im dunklen Braun seiner Augen erkennen. Für einen kurzen Moment legte er seinen Kopf schief, bevor er erneut lächelte. Ich habe wie gebannt auf seinen Mund gestarrt, während ich meinen eigenen Herzschlag laut in meinen Ohren dröhnen hörte. Obwohl ich es kurz vorher noch bedauert habe, dass er meine Hand losgelassen hat, war ich nun froh darüber – denn so konnte er meine auf einmal furchtbar schwitzigen Handflächen nicht fühlen. Plötzlich hatte ich keine Chance mehr, noch länger auf seinen Mund zu starren, weil dieser plötzlich auf dem meinen lag. Nur einen ganz kurzen Moment lang. Für so einen Draufgänger, wie er es war, war sein Kuss erstaunlich sanft, kurz und keusch. Er war sanft und zärtlich und dennoch hat er mein Herz dazu gebracht, sich beinahe zu überschlagen.

„Übrigens habe ich auch erhebliche Probleme in Geschichte. Vielleicht hast du dafür ja morgen Zeit?“ Ryan zwinkerte mir zu und sah dabei völlig unbekümmert aus. Einzig das kaum wahrnehmbare Funkeln in seinen Augen war ein Hinweis darauf, dass er nicht so ganz ernst meinte, was er da sagte.

„Morgen nicht – aber am Donnerstag würde es mir passen.“

„Dann also bis Donnerstag!“ Mit einem letzten Lächeln wandte sich Ryan zum Gehen und ich starrte ihm nach, als wäre er eines der sieben Weltwunder. Erst, als er schon längst um die Ecke gebogen war, schaffte ich es, mich wieder zu bewegen und nach Hause zu gehen.

Dort angekommen sagte ich meiner Tante guten Tag und zog mich dann so schnell wie möglich auf mein Zimmer zurück. Ich wollte auf keinen Fall, dass sie etwas bemerkte, hatte allerdings das Gefühl, man könnte mir an der Nasenspitze ansehen, dass ich gerade das erste Mal geküsst worden bin. Natürlich ist das an sich keine Schande – immerhin war ich schon sechzehn und somit deutlich später dran als andere. Aber es gehörte zu den Dingen, die einfach niemand wissen sollte. Ich bin mir nicht sicher, ob ich es meiner Mutter erzählt hätte, wenn sie noch gelebt hätte. Wahrscheinlich wäre es auf unser Verhältnis angekommen, doch meine Tante sollte lieber nichts bemerken.

Ich handelte sie mit ein paar schnellen Antworten ab, mit denen sie sich zufrieden gab, bevor ich mich in mein Zimmer zurückzog und mich mit einem albernen Kichern kopfschüttelnd auf mein Bett fallen ließ.

Ich hatte Ryan geküsst. Und ich konnte mein Glück kaum fassen.

Kapitel 5

„Du willst wirklich mit mir auf eine Western-Party? Mit Tanz und Karohemd und alldem?“ Ich kann mir ein Lächeln nur schwer verkneifen, als Sarah mich anruft, denn sie ist eigentlich viel zu elegant, um zu so etwas Trivialem zu gehen. Ihre Familie – und auch sie selbst – hat Geld wie Heu, dennoch ist sie weit davon entfernt, ein verwöhntes Töchterchen zu sein, das von Beruf Daddys Tochter ist.

Das ändert aber nichts an der Tatsache, dass ich sie mir kaum bei einer Veranstaltung vorstellen kann, bei der Männer vermutlich laut rülpsend Bier trinken, Frauen in Cowboystiefeln an die Hintern fassen und sie dabei *Baby* nennen.

Da es allerdings schon ewig her ist, dass mich mal jemand Baby genannt hat, habe ich natürlich nichts dagegen, mit ihr dort hinzugehen. Und da Sarah fest davon überzeugt zu sein scheint, dass sie dorthin möchte, leiste ich keinen weiteren Widerstand mehr und rufe stattdessen Monica an, die sechzehnjährige Tochter meiner Nachbarin, und frage sie, ob sie heute Abend wohl auf Michelle aufpassen kann.

Abends stehe ich eine Weile vor meinem Kleiderschrank herum. Als Single auszugehen fühlt sich seltsam an. Überhaupt ist es ewig lange her, dass ich das letzte Mal so richtig ausgegangen bin. Klar habe ich mich ab und an mal mit Theresa oder auch Sarah in einer Bar getroffen, manchmal auch zum Karaoke – aber das letzte Mal Tanzen war ich, als ich noch nicht mit Michael verheiratet gewesen bin. Früher habe ich sehr gern getanzt, ich bin mir allerdings nicht sicher, ob ich es überhaupt noch kann.

Es ist schon erstaunlich, wie merkwürdig sich ehemals ganz selbstverständliche Dinge anfühlen können, wenn man sie plötzlich allein macht.

Aber statt weiter über Sachen nachzugrübeln, die ich ohnehin nicht ändern kann, mache ich mir lieber über meine Garderobe Gedanken. Mein Blick schweift über meine Kleidung, die ordentlich und nach Farben sortiert im Schrank hängt.

Ich ziehe einen engen Jeansrock sowie eine rotkarierte Countrybluse mit Fransen an der Brusttasche aus dem Schrank. Michael fand die wegen der Fransen an meiner Brust zu vulgär und ich habe sie noch nie getragen, obwohl sie mir im Laden so gut gefallen hatte. Das Ganze kombiniere ich mit einem Paar Cowboystiefeln und binde mein Haar zu einem Pferdeschwanz. Ich fühle mich fremd, als ich in den Spiegel schaue, aber vielleicht kann ich mit dieser Art der Kostümierung auch einen Teil meiner Sorgen zu Hause lassen und mal einen Abend so tun, als wäre ich jemand, der ich nicht bin. Der Gedanke erscheint mir sehr verlockend.

Als ich mich eine Stunde später mit Sarah treffe, bereue ich die Wahl meines Outfits. Denn Sarah trägt im Gegensatz zu mir ein enges Jeanskleid mit High Heels; das rote Nickituch, das sie sich um den Hals geknotet hat, ist ihr einziges Zugeständnis an das Western-Thema. Sarah sieht in diesem Klamotten absolut umwerfend aus, ihre üppigen Kurven kommen nicht zuletzt durch die offen gelassenen Knöpfe an ihrem Kleid perfekt zur Geltung und wenn ich ein Mann wäre, würde ich auf der Stelle schwach werden, ihr einen Heiratsantrag machen und sie bitten, die Mutter meiner Kinder zu werden.

Zum Glück bin ich kein Mann. Oder vielmehr: Leider bin ich kein Mann. Denn es könnte schlechtere Menschen als Sarah geben, um den Rest des Lebens mit ihnen verbringen.

„Gehen wir tanzen?“ Sie steht gut gelaunt und voller Tatendrang vor der Tür, wo sie bereits auf mich gewartet hat.

„Unbedingt!“, antworte ich lächelnd und ergreife ihre ausgestreckte Hand.

Im Inneren des Lokals, das Sarah für uns ausgesucht hat, begrüßen uns schummriges Licht, ein paar angestaubte Kuhfelle an der Wand, die melancholischen Klänge eines alten Countrysongs sowie eine Kellnerin, deren Namensschild sie als Cheyenne ausweist. Sie trägt Westernstiefel, eine über dem Bauch zusammengeknotete Bluse und Hotpants. Letztere sind so kurz, dass auch nicht mehr ihres zugegeben ziemlich knackigen Körpers bedeckt gewesen wäre, wenn sie nur einen Slip angehabt hätte. Immerhin trägt sie dazu einen Cowboyhut auf dem Kopf. Ich an ihrer Stelle hätte es allerdings für angemessener gehalten, meinen Hintern anstelle meines Hauptes etwas mehr zu bedecken, aber anscheinend bin ich diesbezüglich nicht mehr ganz up to date.

Also erwidere ich lediglich ihr freundliches Lächeln und lasse Sarah und mir einen Tisch im hinteren Teil des Lokals zuweisen.

Die Bar ist ziemlich neu und ich bin noch nie zuvor hier gewesen. Doch obwohl die Eröffnung meines Wissens noch nicht länger als ein halbes Jahr her sein kann, sieht es irgendwie heruntergekommen und schäbig aus. Es mag ja sein, dass das beabsichtigt ist, Shabby Chic ist momentan ja gerade total angesagt, aber in mir erweckt der Laden den dringenden Wunsch, mir Staubwedel und Putzlappen zu schnappen und alles in einen hygienisch etwas einwandfreieren Zustand zu bringen.

Die knapp bekleidete Kellnerin bringt uns eine Speisekarte. Als sie wieder weg ist, runzelt Sarah die Stirn.

„Lass uns etwas Frittiertes bestellen. Ich bin mir ziemlich sicher, dass das Fett dafür heiß genug wird, um alle möglichen Krankheitserreger abzutöten. Die Teller werden ja wohl hoffentlich sauber sein, sodass das Infektionsrisiko gering bleiben sollte. Der Weg von der Küche bis zu unserem Tisch ist ja zum Glück auch nicht allzu weit." Energisch klappt sie die Karte zu. „Und dazu brauchen wir Alkohol, und zwar jede Menge davon!" Es ist, als könne sie meine Gedanken lesen, und ich kann mir ein Lachen nur gerade so verkneifen, als sie kurz darauf eine große Portion French Fries mit Chicken Nuggets sowie zwei Mai Tais bestellt.

Wir haben kaum aufgegessen und unsere Gläser sind noch halbvoll, als die nächsten auf unserem Tisch landen.

„Von den Herren dort an der Bar!", teilt Cheyenne uns mit und zwinkert uns dabei eine Spur zu wohlwollend zu. Gleichzeitig beugt sie sich so weit über unseren Tisch, um das gebrauchte Geschirr einzusammeln, dass den beiden Herren, denen wir unsere Getränke offenkundig zu verdanken haben, beinahe die Augen aus dem Kopf fallen. Anscheinend genießen sie die gute Aussicht. Sarah betrachtet sie mit gerunzelter Stirn.

„Wenn sie schon Geld investieren, könnten sie wenigstens so tun, als ob sie uns dem zwanzigjährigen Ding mit dem nackten Hintern vorziehen würden" meint sie, nachdem Cheyenne sich wieder entfernt hat. „Ich meine, da fühlt man sich doch gleich wie zweite Wahl. Sie geben uns Cocktails aus, aber der Arsch der Kellnerin ist interessanter als wir?"

„Kein Grund, den guten Cocktail verkommen zu lassen. Der kann schließlich nichts dafür." Ich proste erst Sarah und dann den beiden Typen an der Bar zu, die bei genauerer Betrachtung eigentlich ganz nett aussehen. Als sie kurze Zeit später zu uns herüber an den Tisch kommen, um uns zum Tanzen aufzufordern, beschließe ich, dass der Abend vielleicht noch amüsant werden könnte.

Kapitel 6

Ziemlich schnell stelle ich fest: tanzen ist wie fahrradfahren. Nach einigen etwas unsicheren Runden bewegen sich meine Füße wie von selbst und es fällt mir wieder so leicht, als hätte ich es erst gestern zum letzten Mal getan. Dass mein Partner ziemlich gut führt, erleichtert mir die Sache außerdem. Soweit die laute Musik es zulässt, unterhalten wir uns miteinander, und ich bringe in Erfahrung, dass er Patrick heißt und Tierarzt ist.

Zufrieden lasse ich mich etwas enger an ihn ziehen, dieser Abend könnte eindeutig schlechter verlaufen. Vielleicht sollte ich Patrick darauf hinweisen, dass für mich nicht mehr drin ist als ein kleiner Flirt, aber irgendwie erscheint mir das ein wenig zu plump. Außerdem kann man mehr ja auch nicht pauschal erwarten, vermute ich mal.

Natürlich kann man das nicht und wahrscheinlich tut er es auch gar nicht.

Bevor Michael sich von mir trennte, habe ich mir auch ab und an mal ein Getränk ausgeben lassen. Manchmal haben Theresa und ich uns sogar einen Spaß daraus gemacht zu wetten, wer die meisten Runden spendiert bekommt. Dabei habe ich mir niemals Gedanken darüber gemacht, ob jemand dafür mehr von mir erwarten könnte als ein nettes Lächeln. Schon verrückt, wie sehr ich mir ständig Gedanken über Nichtigkeiten mache. Ich sollte dringend damit aufhören.

Also versuche ich, mich ein bisschen zu entspannen, etwas Smalltalk zu halten – es ist schließlich ein netter Abend, Patrick ist ein netter Kerl, warum sollte ich die Situation nicht genießen? Ich bemühe mich nach Kräften, bin aber dennoch froh, als ich zwei Tänze später wieder mit Sarah am Tisch sitze, auch wenn die beiden Männer sich ebenfalls zu uns gesellt haben.

„Er ist doch nett, oder?“, raunt Sarah mir zu, während Patrick und sein Kumpel zur Bar gehen, um Getränkenachschub zu besorgen, und grinst verschwörerisch in Patricks Richtung. Ich weiß, dass sie es gerne sehen würde, wenn ich etwas offener fremden Männern gegenüber wäre; wenn ich wenigstens theoretisch dazu bereit wäre, mich wieder neu zu verlieben.

„Ja, er ist ganz nett“, flüstere ich zurück und Sarah verdreht amüsiert die Augen.

„Du musst ihn ja nicht gleich heiraten. Ich wäre ja schon glücklich, wenn du auf dem Parkplatz ein bisschen mit ihm herumknutschen würdest.“ Sie zwinkert mir zu.

Ich muss lachen.

„Du meinst so wie Eric und du?“

Sarah lehnt sich zufrieden auf ihrem Stuhl zurück.

„Es gibt ja wohl eindeutig Schlechteres, als so zu sein wie Eric und ich.“

Da hat sie natürlich völlig recht, denn den beiden merkt man immer sofort an, wie verliebt sie ineinander sind und wie sehr sie einander wertschätzen.

„Apropos Eric …“ Mein Blick wandert zur Tür, in der auf einmal eine Horde von Männern steht, die den Rahmen der doppelten Flügeltür ausfüllen und verdunkeln. „Da hinten kommt er – und er ist nicht alleine.“ Sarah erscheint alles andere als überrascht und mir fällt es plötzlich wie Schuppen von den Augen. „Du hast *gewusst,* dass Eric heute Abend hierher kommen wird. Deshalb hast du diesen Ort für uns ausgesucht.“

Ich sehe in Sarahs schönes Puppengesicht; sie legt den Kopf schief und schürzt leicht die Lippen.

„Das klingt ja so, als würde ich Eric hinterherspionieren, aber das würde ich niemals tun. Außerdem wusste er selbst nicht, dass er hierherkommt."

„Aber du wusstest es – woher auch immer!"

„Ich? Ich weiß doch gar nichts." Ihr Gesichtsausdruck straft jedoch ihre Worte Lügen und sie muss selbst über sich lachen. „Aber wenn ich etwas gewusst hätte: Wer würde seinen Kerl schon unbeaufsichtigt irgendwo hinkommen lassen, wo es Frauen gibt, die Hosen tragen, die diesen Namen kaum verdienen?" Da muss ich ihr allerdings recht geben, auch wenn ich mir ziemlich sicher bin, dass ihre Sorgen unbegründet sind. Denn zum einen gehört Sarah trotz oder gerade wegen ihrer üppigen Kurven zu den attraktivsten Frauen, die mir jemals begegnet sind, zum anderen ist Eric ihr nahezu verfallen und ich bin mir sicher, dass er die knappe Hose der Kellnerin kaum bemerkt hätte. „Außerdem …", fügt sie ein wenig kleinlaut hinzu, „vermisse ich ihn immer. Ich weiß, dass alle Beziehungsratgeber empfehlen, auch mal etwas ohne den Partner zu unternehmen, aber ich verbringe einfach lieber Zeit *mit* Eric. Und ich dachte, dass du dich vielleicht auch über so viele nette, junge Männer freust!"

In diesem Moment bemerkt Eric Sarah, und ich kann beobachten, wie sein Gesichtsausdruck vom strengen Trainer von Midways Eishockeymannschaft zum verliebten Mann wechselt. Unglaublich wie sehr so etwas einen Menschen verändern kann. Außerdem wirkt er jetzt irgendwie erleichtert; ich habe den Eindruck, dass es nicht einzig Sarah ist, die ihre Abende lieber mit ihm verbringt, sondern dass es auch umgekehrt der Fall ist.

Allerdings eilt nicht nur Eric mit großen Schritten auf unseren Tisch zu, sondern auch unsere beiden Tanzpartner, die ihre Getränkebestellung abgeschlossen haben, und nun auch auf dem Weg zu uns sind. Sarah hat sie ebenfalls entdeckt und beißt sich etwas verlegen auf die Unterlippe, dann zuckt sie breit grinsend mit den Schultern.

„Lasset die Spiele beginnen!", sagt sie schließlich trocken und lehnt sich mit verschränkten Armen auf ihrem Platz zurück. Weit kommen unsere beiden Verehrer nicht, denn Eric ist schneller. Zum einen ist er größer und in einem besseren Trainingszustand, zum anderen hat er es deutlich näher.

Er erreicht unseren Tisch, im Gefolge die halbe Mannschaft der Ice-Foxes, die ihm wie eine Schar Lemminge hinterhertrottet.

Für einen Moment befürchte ich, dass Ryan dabei sein könnte und mein Puls beschleunigt sich auf unangenehme Hochtouren. Als ich ihn nirgendwo entdecken kann, beruhige ich mich wieder und mache es mir erneut auf der Bank bequem, auf der Sarah und ich sitzen.

Leider ist die Show letztendlich doch nicht so gut, wie ich erwartet hatte, denn als unser Tisch von Sportlern überflutet wird und Eric Sarah zu einem Kuss zu sich heranzieht, suchen unsere beiden Kavaliere ganz von selbst das Weite – ich hätte es an ihrer Stelle nicht anders gehandhabt, auch wenn ich zugeben muss, dass ich beinahe ein bisschen enttäuscht bin. Sich um uns prügelnde Männer hätten meinem Ego heute Abend sicherlich nicht geschadet, aber man kann eben nicht alles haben, zumal ich sowieso kein Blut sehen kann.

Unser netter Frauenabend ist jetzt leider auch vorbei, denn Sarah hat nur noch Augen für Eric, und tanzt mit ihm einen Tanz nach dem anderen.

Ich komme allerdings nicht dazu, diesen Umstand zu bedauern, denn der plötzlich herrschende Männerüberschuss sorgt dafür, dass ich von einem Arm in den nächsten weitergereicht werde, bis ich völlig außer Atem bin. Zwischendrin gibt es Cocktails bis zum Abwinken und es dauert nicht lange, bis ich ziemlich beschwipst und noch viel besser gelaunt bin.

+++

Sich in ein neues Team einzufinden, kann schwieriger sein, als man es sich vorstellen mag. Wie die meisten gut funktionierenden Mannschaften sind auch die Icefoxes eine ziemlich eingeschworene Truppe, und Ryan legt Wert darauf, die Jungs nicht erst beim ersten Training kennenzulernen.

Auch wenn offiziell zurzeit Trainingspause ist und einige Spieler noch im Urlaub sind, hat er nicht lange überlegen müssen, als sein neuer Trainer ihm angeboten hat, das Team heute Abend zu begleiten. Obwohl solche Abende sonst oft nicht sein Ding sind – in den meisten Fällen geht es dabei nur um Weiber und Alkohol – hat er sich bisher tatsächlich gut amüsiert, und ist überaus freundlich aufgenommen worden. Vor allem seinen neuen Trainer Eric, ein blonder Hüne, der mit einer von Lillys Freundinnen liiert ist, hat er auf Anhieb sympathisch gefunden. Ryan ist es sogar gelungen, unauffällig ein paar Dinge über Lilly herauszufinden, etwa dass sie sich vor kurzem von Michael getrennt hat und nun mit ihrer dreijährigen Tochter alleine lebt.

Auch wenn er sich mies dabei fühlt, kann er nicht abstreiten, dass es ihn mit einer gewissen Genugtuung erfüllt, dass sie nicht mehr mit Michael zusammen ist. So wirklich leiden können hat er den blöden Streber schließlich nie, selbst wenn sich dieser mittlerweile verändert haben mag.

Allerdings bereut es Ryan ein wenig, dass er mit dem eigenen Auto hergekommen ist. Keinen Alkohol zu trinken macht ihm zwar nichts aus, er trinkt schon seit einigen Jahren nur noch sehr selten; sein Vater hat genug abschreckende Wirkung gehabt. Aber heute Abend scheint es in der gesamten Stadt keinen Parkplatz mehr zu geben, vor der komischen Honky-Tonk-Bar, in die die anderen wollten, schon gar nicht. Also hat er seine Mitfahrer herausgelassen und alleine weitergesucht; es müssen schließlich nicht alle wie die Sardinen in seinem kleinen Sportwagen hocken, wenn sie genauso gut schon feiern gehen können.

Nach zehn Minuten suchen und zwanzig Minuten Fußweg ist er dann endlich selbst angekommen. Vielleicht hätte er doch besser jemanden im Auto behalten, der halbwegs ortskundig ist. Andererseits ist es eine angenehme, warme Sommernacht, und der kleine Spaziergang hat ihm gefallen.

Da es beruflich meistens laut und wild zugeht, hat es Ryan zu schätzen gelernt, auch mal alleine zu sein und Ruhe zu haben.

Zögerlich betrachtet er die Bar, aus der Fetzen von Countrymusik, Stimmengewirr und Gelächter bis hinaus auf die Straße dringen, ebenso wie der durchdringende Geruch nach frittiertem Essen.

Eigentlich hat er keine Lust auf so einen Laden, der nach zu viel Alkohol und zu vielen taktlosen Frauen wirkt. Um beides hat er schließlich gelernt, einen großen Bogen zu machen. An seinem ersten Abend mit dem Rest des Teams will er aber auch nicht gleich einen Rückzieher machen. Also atmet er noch einmal tief durch, bevor er den Laden betritt.

„Hallo Cowboy!" Die hohe Stimme einer ziemlich knapp bekleideten Bedienung begrüßt ihn. Da sie versucht gegen die Lautstärke der Musik und der restlichen Geräusche anzukommen, klingt sie ein wenig zu schrill. „Ich bin Cheyenne!", sie deutet auf das Namensschild, das sie mitten auf ihrer rechten Brust befestigt hat, sodass er unwillkürlich ihre großzügig präsentierte Auslage begutachten muss. Hübsch, aber eindeutig zu jung und zu aufdringlich und somit selbst für einen lockeren Flirt ungeeignet. Solche Frauen wollen immer mehr, als man ihnen zu geben bereit ist, mit einer netten Unterhaltung wird sie sich wohl kaum abspeisen lassen.

„Hey Ryan, wir sitzen alle dort drüben!" Nelson Cooper, der gerade von den Toiletten wiedergekommen zu sein scheint, legt ihm die Hand auf die Schulter und deutet auf die Ecke, in der die restliche Mannschaft sitzt.

Als Ryan seinem Blick folgt, entdeckt er Lilly auf der Tanzfläche. Sie tanzt mit Shepard, diesem Vollidioten, aber sie scheint sich hervorragend zu amüsieren.

Die Eifersucht, die sich umgehend in Ryan breitmacht, verärgert und irritiert ihn gleichermaßen.

+++

Ich drehe gerade eine Runde mit Justin Shepard über die Tanzfläche, der zwar nicht sonderlich helle, aber dafür ein hervorragender Tänzer ist, und mir dabei permanent von seiner vorstehenden Ehe mit Yvette berichtet, und davon, wie anstrengend die Hochzeitsvorbereitungen sind. Ich muss mir mühsam ein Lachen verkneifen, denn ich bin mir ziemlich sicher, dass es weniger die Vorbereitungen, als die Braut sein dürfte, die so entsetzlich anstrengend ist.

Ich kenne Yvette – leider muss ich beinahe sagen. Sie ist – und hier ist ein *zum Glück* angebracht – der Grund für die Ehe Theresas mit Devon Frenley, der sie damals nur geheiratet hat, weil Yvette ihn massiv belästigt hat und er sie um jeden Preis loswerden wollte. Jetzt hat Justin Shepard sie am Hals. Die beiden passen hervorragend zueinander, denn sie sind gleichermaßen auf die falschen Dinge fokussiert. Bei Yvette ist es Prestige und ein Mann, der sich um sie kümmert, bei Shepard sind es Äußerlichkeiten. Solange eine Frau gut aussieht und gut im Bett ist, kann sie für ihn so hohl wie eine Barbiepuppe sein. Wahrscheinlich wird die Ehe zwischen den beiden großartig laufen, wenn ich es mir genauer überlege, kenne ich kaum ein Paar, das so gut zusammenpasst. Es muss einfach toll sein, wenn der jeweilige Partner alle Erwartungen, die man an ihn hat, mit links erfüllt …

Shepard erzählt mir etwas über die geplante Hochzeitsreise nach Paris, aber ich höre ihm bloß noch mit halbem Ohr zu. Ich kann mit Reiseberichten nichts anfangen, mit denen geplanter Reisen schon gar nicht. Sogar bei Landschaftsbeschreibungen in Büchern blättere ich schnell weiter.

Zum Glück wird mir beim Tanzen so bald nicht langweilig, selbst wenn niemand auch nur ein Wort mit mir reden würde, würde ich mich amüsieren, vielleicht liegt es aber auch am Alkohol. Und über Shepard mag man denken, was man will – tanzen kann er! Er führt mich in immer schnellere Drehungen und ich konzentriere mich voll und ganz auf die komplizierten Figuren, sodass ich ins Straucheln gerate, als er, für mich völlig unerwartet, anhält.

Ich stolpere erschrocken ein paar Schritte vorwärts, falle dabei fast über meine eigenen Füße und werde von einem kräftigen Paar Armen aufgefangen.

„Kann es sein, dass du unbeholfen wirst, Lilly? Eigentlich wollte ich nur abklatschen, aber dass du mir dabei gleich in meine Arme stürzt, ist ein Umstand, den ich durchaus begrüßenswert finde." Ehe ich mich versehe, tanze ich mit einem anderen Mann, der mich ein wenig enger an sich drückt, als es anständig wäre.

„Ryan!", rufe ich erstaunt aus, und um seine Augen bildet sich ein feines Netz aus Lachfältchen.

„Es freut mich sehr, dass dein Verstand anscheinend noch funktioniert." Seine Hand spreizt sich auf meinem Rücken, sodass sein kleiner Finger beinahe meinen Hintern berührt, und er dreht uns herum, dass wir einem anderen tanzenden Paar ausweichen können. „Schön, dich mal wiederzusehen. Bei unserem letzten Aufeinandertreffen warst du so schnell weg, dass ich mir hinterher nicht ganz sicher war, ob ich eventuell nur halluziniere."

„Tut mir leid", murmle ich und kann kaum verarbeiten, was gerade geschieht. Ryan ist hier, wo auch immer er jetzt noch herkommen mag. Und ich tanze mit ihm. Ich berühre ihn … er ist wirklich hier. Ich muss über meine eigenen Gedankengänge innerlich den Kopf schütteln, weil ich klinge wie eine Irre. Beinahe fühlt es sich an, als würde ich gerade einen Geist treffen. Genauso war es schon, als ich ihm letzte Woche in der Stadt über den Weg gelaufen bin, aber da war unsere Begegnung schnell vorbei und derartig irreal, dass es *tatsächlich* ein wenig war, als hätte ich bloß ein Gespenst getroffen.

„Mir tut es leid." Seine Stimme ist so tief, dass sie in meinem Brustkorb vibriert und mir läuft ein heißer Schauer den Rücken herunter. Es kann doch nicht sein, dass ich auch nach all den Jahren noch derart auf diesen Mann reagiere! „Ich wollte dich nicht erschrecken." Einen kurzen Moment blickt er mir prüfend in die Augen. „Es ist übrigens schön, dich wiederzusehen. Geht's dir gut, Lilly?"

Ich weiß gerade nicht, was ich auf diese Frage antworten soll. Geht's mir gut? Eigentlich tut es das nicht, aber ich finde, das geht Ryan nichts an, es ist nichts, was ich ihm gegenüber preisgeben möchte.

„Es ist irgendwie seltsam, dich wiederzusehen", antworte ich schließlich und weiche damit seiner Frage aus.

Erneut folgt ein prüfender Blick seinerseits, und als wir uns wieder drehen, fällt blaues Licht auf seine markanten Züge, das ihn ebenso unwirklich erscheinen lässt, wie er sich für mich anfühlt.

„Gut seltsam oder schlecht seltsam?"

Das frage ich mich auch und komme zu keinem zufriedenstellenden Ergebnis.

„Seltsam seltsam." Ich versuche ein schiefes Lächeln. Das ist zumindest ehrlich. Es fühlt sich weder gut noch schlecht an, oder vielmehr: Es fühlt sich gut und schlecht zugleich an. Es ist verwirrend, Menschen aus seiner Vergangenheit zu treffen, und am verwirrendsten finde ich die Anziehungskraft, die er bis heute auf mich hat.

Ich habe ein Wiedersehen mit ihm unzählige Male in Gedanken durchgespielt, denn irgendwie haben wir uns niemals wirklich getrennt und doch viel endgültiger, als es gut für uns war. Ich habe mir in Gedanken so vieles zurechtgelegt, was ich ihm sagen will, sollten wir uns je wieder über den Weg laufen, aber nun ist mein Kopf wie leergefegt, während sich meine Gefühle in heller Aufruhr befinden.

„Ich hätte es nicht schöner sagen können." Ich versuche die Emotionen in seiner Stimme zu deuten, denn er ist eindeutig emotional, aber was in ihm vorgeht kann ich nicht analysieren. Eine ganze Weile sagen wir nichts mehr und tanzen nur miteinander, zu einem Lied nach dem nächsten. Ich würde ihn gerne fragen, wie es ihm in den letzten Jahren ergangen ist, doch irgendwie hat das Schweigen zwischen uns etwas beinahe Feierliches und ich will es nicht durch Smalltalk zerstören.

Stattdessen versuche ich ihn zu betrachten, wann immer ich beim Tanzen Gelegenheit dazu habe.

Er ist älter geworden, genau wie ich auch. Es steht ihm hervorragend! Die feinen Fältchen, die sich um seine Augen gebildet haben, geben seinem Gesicht noch mehr Tiefe und seine auch früher bereits eher herben Züge kommen mittlerweile stärker zur Geltung als früher. Ich sehe die kleine Narbe an seinem Kinn, die ich früher so oft geküsst habe, und die er sich geholt hat, als er mit vierzehn beim Basketballspielen gestürzt ist.

Mit achtzehn war er immer glattrasiert, mittlerweile zeigen sich die Stoppeln eines Dreitagebartes auf seinem Kinn. Auch sein Haar ist länger, als es damals war, außerdem ist es dunkler geworden. Nur noch ein paar blonde Strähnen durchziehen die ansonsten dunkelblonde Haarpracht, die ihm beinahe bis zum Kinn reicht. Er trägt eine von den Frisuren, die so zufällig-verwegen-herausgewachsen wirken, dass ich fest davon überzeugt bin, dass er beim Frisör ein Vermögen dafür bezahlt, obwohl Ryan eigentlich niemals eitel war. Wahrscheinlich, weil er es nicht nötig hat. Er gehört zu der Sorte Mann, nach der sich jede Frau den Hals verrenkt, wenn er den Raum betritt und das vermutlich auch dann, wenn er einen Pottschnitt tragen würde. Trotz all der Veränderungen sieht er nach wie vor ein wenig aus wie ein Pirat. Ich erkenne immer noch Ryan in ihm, meinen Ryan, und ich habe gerade den Eindruck, dass sich all meine Gefühle überschlagen.

Kapitel 7

Der Alkohol, den ich in Form diverser – und vor allem zu vieler – bunter Cocktails zu mir genommen habe, sorgt dafür, dass es den Anschein hat, als bestünde mein Gehirn nur noch aus Watte. Ich habe viel zu gute Laune, fühle mich seltsam unbeschwert und obendrein auch noch leichtsinnig.

Meine Lippen fühlen sich an, als müssten sie dringend geküsst werden und auch tieferliegende Regionen meines Körpers machen den Eindruck, als ob sie gerne ein bisschen Aufmerksamkeit genießen würden.

Während ich ein vorbeifahrendes Taxi heranwinke, bereue ich beinahe, dass ich nicht doch noch länger geblieben bin und mich auf ein dummes kleines Abenteuer mit Ryan eingelassen habe. Ich bin mir ziemlich sicher, dass er es nicht abgelehnt hätte.

Ryan!

Etwas in meinem Bauch scheint freudige Purzelbäume zu schlagen, wenn ich an ihn denke, und ich weiß, dass das gar nicht gut ist. Ich bin noch nicht bereit dazu, nicht bereit, mich schon wieder auf etwas Neues einzulassen. Mit keinem Mann und am allerwenigsten mit Ryan, der mir emotional gefährlicher werden könnte als jeder andere. Wenn ich etwas mit ihm anfangen würde, würde das eine emotionale Achterbahnfahrt vom Feinsten mit sich bringen. Ich würde mich in ihn verlieben. Das weiß ich, weil ich ja nie wirklich damit aufgehört habe. Mich in ihn zu verlieben würde aber alles nur noch viel komplizierter machen; dabei ist mein Leben auch so wirklich bereits kompliziert genug.

Ryan und ich, wir sind viel zu unterschiedlich, um zueinander zu passen, und auch wenn es nicht so wäre: Ich bin eine verheiratete Frau. Selbst wenn Michael es offenkundig anders sieht, bin ich der Meinung, dass es sich schlicht nicht gehört, einen anderen Partner in sein Bett zu holen, wenn man noch verheiratet ist. Ich beende Dinge gerne, bevor ich etwas Neues anfange. Eins nach dem anderen, immer schön ordentlich. Vielleicht ist das altmodisch und zu engstirnig gedacht, vielleicht – höchst wahrscheinlich sogar – bin ich einfach entsetzlich spießig. Aber so bin ich nun mal. Ich bin nicht bereit, etwas zu tun, von dem ich jetzt schon genau weiß, dass ich es am nächsten Tag entsetzlich bereuen werde. Und dann sind da noch alte Gefühle, jede Menge davon, und ich kann gerade keines davon gebrauchen.

Trotzdem schweifen meine Gedanken wieder zu früher ab, zu meinem zweiten Date mit Ryan, das deutlich weniger harmonisch verlief als das erste.

Es war verabredet, dass er mich zu Hause abholen sollte. Da jedoch Tante Gladice nicht wie geplant zu ihren Häkelnachmittag gegangen war, sondern zu Hause blieb, weil es ihr nicht gut ging, hatte ich mich eine Stunde vor der verabredeten Zeit auf den Weg zu ihm gemacht, um ihn abzufangen. Ich wollte auf jeden Fall vermeiden, dass meine Tante ihn entdeckte, und ich wollte auf gar keinen Fall bei ihm zu Hause anrufen, weil ich mich das niemals getraut hätte und auch nicht wusste, ob er sonderlich begeistert davon gewesen wäre.

Wie viel leichter es da die Kids heutzutage haben, sie schicken sich einfach eine Nachricht auf ihr Handy. Aber damals gab es solche Möglichkeiten noch nicht.

Also habe ich vor seiner Haustür Position bezogen. Gut versteckt zwischen einem parkenden Auto auf der einen und einer dichten Hecke auf der anderen Seite habe ich mich auf eine kleine Mauer gesetzt und gewartet.

Er wohnte damals in einer eher ruhigen Wohngegend, in der sich schlichte, ordentliche Einfamilienhäuser aneinanderreihten und weiße Gartenzäune eine gerade Linie bildeten. Michaels Mutter wohnt bis heute dort, das Haus ist immer noch in ihrem Eigentum.

Ich musste nicht lange dort sitzen, bis ich das Geschrei aus dem Inneren des Hauses bis auf die Straße hinaus gehört habe. Ryan stritt sich mit Michael und seinem Vater über irgendetwas, aber das Thema des Streits ließ sich für mich nicht erschließen. Auch wenn ich nicht lauschen wollte, war ich natürlich dennoch neugierig genug, um es vergeblich zu versuchen.

Wahrscheinlich gab es auch keinen besonderen Grund für ihre Auseinandersetzung. Ryans Vater hatte ein Alkoholproblem, das wusste eigentlich jeder, und Michael und Ryan konnten einander nicht ausstehen. Ich bin immer erstaunt gewesen, dass Michael so gut mit seinem Stiefvater ausgekommen ist, aber er war auch schon immer sehr brav und angepasst.

Irgendwann ging die Haustür auf und Ryan kam heraus.

Nachdem die Tür hinter Ryan ins Schloss gefallen war, stand er einen Moment wie erstarrt davor, dann seufzte er tief und strich sich mit beiden Händen und geschlossenen Augen durch seine dunkelblonden Haare, sodass sie anschließend in alle Richtungen von seinem Kopf abstanden. Ich hatte genug Zeit, um den roten Abdruck auf seiner Wange zu entdecken: anscheinend hatte ihm jemand ins Gesicht geschlagen, vermutlich sein betrunkener Vater.

Auch wenn meine Tante sehr streng mit mir war hätte sie niemals körperliche Gewalt angewendet und in mir flammte Mitleid auf.

Als er seine Lider schließlich wieder öffnete, entdeckte er mich, als ich gerade aus meinem Versteck hervorkam. Umgehend wurden seine Augen ein kleines bisschen schmaler.

„Was machst du denn hier?", blaffte er mich an und einen kurzen Augenblick fragte ich mich, ob ich mir den Kuss am Ende unseres letzten Treffens vielleicht tatsächlich nur eingebildet hatte, ob es ein besorgniserregender Auswuchs meines Wunschdenkens war.

Aber ein ganzes Treffen hätte selbst ich mir nicht eingebildet, auch wenn ich durchaus eine sehr rege Fantasie hatte.

Ich straffte meine Schultern und richtete mich gerade auf, bloß keine Schwäche zeigen!

„Wir waren verabredet, schon vergessen?"

Sein Blick wanderte über mich, schokoladenbraun und gefährlich; ich konnte spüren, wie sich die Härchen auf meiner Wirbelsäule aufrichteten.

„Es wäre besser für dich gewesen, nicht hierher zu kommen", erwiderte er ziemlich kryptisch und ich war kurz davor, einfach wieder zu verschwinden, schon allein aus Angst davor, mich vollständig lächerlich zu machen. Doch bevor ich dazu kam, zu fliehen, griff er nach meiner Hand. „Komm mit, Prinzessin!" Er sprach das Wort aus wie einen Fluch und ich befreite energisch mein Handgelenk aus seinem Griff. „Bitte!", fügte er dann etwas sanfter hinzu, und ich kam schließlich mit. Ich war viel zu neugierig und viel zu verliebt, um seiner Bitte keine Folge zu leisten.

Sein Wagen parkte nur wenige Meter weiter, es war ein alter, klappriger Pick-up, der an einigen Stellen schon deutlich Rost ansetzte, aber dennoch sein ganzer Stolz war. Er schloss mir die Beifahrertür auf und ließ mich auf den Sitz klettern.

Schweigend fuhren wir ein paar Meilen aus der Stadt heraus und in einen Feldweg, anschließend in ein abgelegenes Waldstück. Dort stellte er den Motor ab, stützte seine Unterarme auf das Lenkrad und betrachtete mich, bevor er schließlich, noch immer schweigend, ausstieg, um den Wagen herumkam und mir die Tür öffnete.

„Und nun, Prinzessin?“ Diesmal klang es wieder wie ein Kompliment und seine Stimme war tief und samtig.

„Was meinst du mit *und nun*?“ Meine Stimme krächzte während ich zurückwich, bis ich das warme Blech des Autos in meinem Rücken spürte. Ryan folgte mir, bis er dicht vor mir stand, dann streckte er seine Arme aus und stützte sie links und rechts von mir gegen den Wagen.

„Willst du das hier?“ Mit dem Knöchel seines Zeigefingers fuhr er die Kontur meines Wangenknochens nach, dann die meiner Oberlippe. In meinem Körper fing irgendetwas an verrückt zu spielen, als würde eine Flipperkugel überall herumspringen und für Chaos sorgen, in meinem Bauch, in meiner Brust, in meinem Kopf und verwirrenderweise auch zwischen meinen Beinen. Ich begann zu schwitzen. „Wenn ich ein Mädchen mehr als einmal treffe, dann nur, weil ich mit ihr zusammen sein möchte. Willst du das auch?“ Seine braunen Augen sahen aus wie dunkle, flüssige Schokolade in der ich gerade zu ertrinken drohte, ohne dass es mir irgendetwas ausgemacht hätte.

„Ich will mit dir zusammen sein", bestätigte ich, konnte mich aber nicht rühren.

Er legte den Kopf leicht schief und lächelte, irgendwie gefährlich, während seine Augen plötzlich ganz verhangen wurden. Er ließ die Arme sinken und umfasste mein Gesicht mit beiden Händen, bevor er seine Lippen auf meine legte. Erst sanft, als würde er mich vorsichtig erforschen, und ein kleines Zittern durchlief mich, das ich so gut es ging zu unterdrücken und vor ihm zu verheimlichen versuchte.

Als ich meinen Mund instinktiv ein wenig öffnete, hörte ich ein Stöhnen tief in seiner Kehle aufsteigen.

„Bist du dir sicher, dass du das willst, Lilly? So?" Ohne Vorwarnung drückte er sich fest an meinen Körper und ich konnte seine Erregung hart und groß an meinem Bauch spüren, während er wieder damit begann, mich zu küssen. Ich glaube, er wollte mich damit schockieren, dass er mir so demonstrierte, wie erregt er war, aber er erreichte das genaue Gegenteil.

Die Flipperkugel in mir begann nun völlig auszurasten. Ich wollte Ryan, wollte ihn unbedingt und auch wenn ich unerfahren war, war ich dennoch empfänglich für seine Berührungen und wusste durchaus, wohin das alles führen würde; und auch das war etwas, was ich unbedingt wollte.

Ich war sechzehn und fand mich alt genug, um mit all dem umzugehen. Alt genug, um mich einem Mann hinzugeben. Zum ersten Mal in meinem Leben fühlte ich mich wie eine Frau. Ich fühlte mich wie eine Frau, weil Ryan mich wie eine ansah und wie eine behandelte, und nicht wie ein kleines Mädchen, wie es alle anderen immer taten.

Der Kuss wurde intensiver, fester, stürmischer und als seine Zunge Einlass in meinem Mund forderte, habe ich ihn ihm nur zu gerne gewährt. In dem Moment, in dem seine Zunge auf meine traf und mit ihr zu spielen begann, explodierte helle Freude in mir an zig verschiedenen Stellen gleichzeitig. Wie von Sinnen erwiderte ich Ryans Kuss, krallte mich am Kragen seiner Lederjacke fest und presste meinen Unterleib in der Suche nach Linderung gegen ihn.

Er schmeckte so wahnsinnig gut, nach Pfefferminz und nach reiner, purer Leidenschaft, eine berauschende Mischung, von der ich einfach nicht genug bekommen konnte.

Irgendwann löste er sich von mir, lehnte schwer atmend seine Stirn gegen meine und schlang gleichzeitig seine Arme um mich.

Erst jetzt fiel mir auf, dass es zu regnen begonnen hatte, wahrscheinlich schon vor einer ganzen Weile, denn sein Haar lockte sich schon dunkel vor Nässe um seine Ohren.

„Ich glaube, wir sollten besser einen Gang zurückschalten.“ Jetzt war seine Stimme wieder weich und schmeichelnd, nicht so abweisend, wie vorhin, als er mich vor seinem Haus entdeckt hatte, seine Augen wirkten plötzlich so tief wie das Meer.

Mein Herz hämmerte wie wild gegen meine Rippen und auf einmal hatte ich schreckliche Gewissheit.

Natürlich habe ich immer für Ryan Stanford geschwärmt, war entsetzlich in ihn verknallt, aber das hier war viel, viel mehr.

Ich liebe ihn!

Nur mühsam widerstand ich dem Drang, ihm das auch zu sagen, weil ich das sichere Gefühl hatte, ihn damit umgehend zu vertreiben.

„Ja, vielleicht sollten wir das. Ein wenig langsamer machen." Meine Stimme war so heiser, dass ich sie selbst kaum erkannte und ich versuchte ein schiefes Lächeln.

„Okay", sagte Ryan leise und ließ mich los, blieb jedoch noch dicht vor mir stehen. „Ich denke ... ich sollte .... Vielleicht fahre ich dich besser nach Hause. Bevor wir noch etwas tun, was du hinterher bereust."

Dann machte er zwei Schritte rückwärts und öffnete anschließend so schnell die Autotür für mich, als hätte er selbst Angst, es sich noch einmal anders zu überlegen.

Den kompletten Weg zurück überlegte ich mir, ob ich es wohl bereut hätte. Denn in einem Punkt war ich mir ganz sicher: Wenn er uns nicht gestoppt hätte, hätte ich es getan. Ich hätte es mit ihm getan, mitten im Wald und bei Regen, bei unserem zweiten Date. Ohne darüber nachzudenken hätte ich ihm meine Jungfräulichkeit zum Geschenk gemacht.

Vielleicht hatte Tante Gladice wirklich recht und ich war wie meine Mutter. Leichtsinnig und noch leichter zu haben. Und vielleicht würde auch mir das eines Tages zum Verhängnis werden.

Die Fahrt bis zu meinem kleinen Häuschen dauert nicht sehr lange und ich bin einmal mehr dankbar darüber, dass ich es niemals verkauft habe. Es ist das Haus, in dem ich mit meiner Tante gelebt habe, nachdem meine Mutter verunglückt ist. Obwohl ich nicht nur schöne Erinnerungen daran habe, war es doch lange mein Zuhause und ich habe es lieber vermietet, als es zu verkaufen, als ich mit Michael in sein Haus gezogen bin.

Das hat sich als eine kluge Entscheidung erwiesen, denn kurz vor unserer Trennung waren die alten Mieter ausgezogen und es stand leer, sodass Michelle und ich ohne lange zu suchen eine neue Bleibe hatten, als wir eine brauchten. Es fühlt sich gut an, dass es mein eigenes Haus ist und es mir niemand wegnehmen kann und es ist ein schönes Haus, vor allem, weil es nicht mehr nach Zitronenscheuermilch riecht.

Nachdem ich den Taxifahrer bezahlt habe, gehe ich langsam die wenigen Treppenstufen bis zum Hauseingang nach oben und bleibe einen Moment mit geschlossenen Augen stehen, bevor ich die Tür aufschließe. Das Geißblatt neben der Treppe blüht und verbreitet seinen sinnlichen, süßen Duft, der mich an heiße Sommernächte und heimliche Küsse im Schutz der Dunkelheit vor eben dieser Tür erinnert. Und an all die anderen, nicht die ersten zaghaften, sondern die vielen, die darauf folgten.

Wir haben uns oft geküsst, hingebungsvoll und stundenlang.

Danach bin ich nie wieder auf diese Art geküsst worden; wahrscheinlich, weil man mit zunehmender Erfahrung mehr auf die nächsten Schritte erpicht ist und das Küssen zum reinen Vorspiel wird.

Als Teenager wollte ich natürlich auch den nächsten Schritt machen, aber gleichzeitig war alles derart neu und aufregend, dass es mir nur recht war, alles etwas langsamer angehen zu lassen.

Dabei ist es eigentlich unglaublich, wie erregend ein simpler Kuss sein kann, auf wie viele verschiedene Arten man sich küssen und wie intim so etwas sein kann.

Laue Sommernächte wie diese werde ich immer mit Ryan und meinen ersten richtigen Küssen verbinden.

Ich werde das Kribbeln in meinem Bauch einfach nicht mehr los und ich fühle mich seltsam fremd in meinem eigenen Körper, als ich langsam die Haustür aufschließe. Es ist ein wenig so, als wäre ich nicht mehr ich selbst, sondern eine andere, jüngere Lilly. Die Version, die ich früher einmal war, als ich nicht auf meine Tante gehört habe.

Das ist aber nicht mehr die Frau, die ich gerne sein möchte. Das ist nicht die verantwortungsvolle Mutter einer Tochter, die ich heute bin, nicht die Frau, die für jedes Fest im Kindergarten den allerschönsten Kuchen backt.

Und es ist auch nicht die Frau, die so langweilig ist, dass ihr Mann sie mit einer anderen betrügen muss!

Als ich schließlich in meinem Wohnzimmer stehe, spielt die Stereoanlage leise Musik, alte Songs von Frank Sinatra, und ich wundere mich, dass die Kids heutzutage solch altes Zeug hören – aber offenkundig scheint es Monica zu gefallen, die gerade von ihrem Handy aufblickt, und mich freundlich anlächelt.

„Guten Abend, Mrs. Hurlington!“ Langsam steht sie von der Couch auf, streckt sich und sammelt die Bücher ein, die sie zum Lernen mitgebracht hat. Auch ihr Handy landet in ihrer großen Umhängetasche. „Mit Michelle war alles bestens. Sie hat tief und fest geschlafen und ist nicht einmal wachgeworden, auch nicht, wenn ich nach ihr geschaut habe.“

Wir unterhalten uns noch kurz und ich gebe ihr das vereinbarte Geld, als ich von oben ein Geräusch von Michelle höre, die anscheinend aufgewacht ist.

„Gehen Sie ruhig nach oben. Ich komme schon alleine nach Hause.“ Monica hängt sich ihre große Tasche um und winkt mir zu. Normalerweise würde ich sie noch bis zur Tür bringen und warten, bis sie zu Hause ist – da sie jedoch gleich gegenüber wohnt, ist das Risiko, dass ihr etwas passieren könnte, wirklich mehr als gering und ich will lieber so schnell wie möglich nach meiner Tochter schauen.

Am Absatz der Treppe ziehe ich meine Stiefel aus und gehe barfuß nach oben. Der neue Teppich auf den Stufen schluckt jedes Geräusch meiner Schritte, sodass ich meine Aufmerksamkeit ganz auf Michelle richten kann, die aber mittlerweile wieder ruhig geworden ist.

Die Tür zu ihrem Zimmer ist nur angelehnt, ich schiebe sie vorsichtig weiter auf, um sie nicht zu wecken. Tatsächlich schläft sie tief und fest, als ich mich über ihr Bettchen beuge. Wahrscheinlich hat sie nur geräumt und im Schlaf geredet, was sie wahrscheinlich von mir geerbt hat.

Eine Welle der Zärtlichkeit überrollt mich, während ich auf ihr im Schlaf so entspanntes Gesichtchen schaue. Bestimmt ist es gut, dass ihr nicht bewusst ist, wie viel sie mir bedeutet. Ich vermute, dass Kinder glatt größenwahnsinnig werden würden, oder aber an der Last zerbrechen, wenn sie wüssten, wie wichtig sie ihren Eltern zum Teil sind.

Ich hauche ihr einen Kuss auf ihre kleine Nasenspitze, den sie mit einem sehr undamenhaften Grunzen quittiert, bevor sie mir den Rücken zudreht und ungerührt weiterschläft.

Leise und auf Zehenspitzen verlasse ich Michelles Zimmer wieder und schließe die Tür hinter mir.

Im Wohnzimmer brennt nur eine kleine Lampe, und die CD, die Monica in meiner Anlage vergessen hat, läuft immer noch. Eigentlich wollte ich mich noch ein paar Minuten auf das Sofa setzen und den Fernseher anschalten, bevor ich gleich zu Bett gehe, aber diese merkwürdige Unruhe hat nach wie vor von mir Besitz ergriffen.

Ich will noch nicht schlafen gehen, unter anderem auch deshalb, weil ich nicht will, dass dieser wundervolle Abend zu Ende ist. Ich habe mich schon lange nicht mehr so frei und unbeschwert gefühlt; der Alkohol in meiner Blutbahn trägt außerdem dazu bei, dass ich das ein oder andere meiner Probleme plötzlich nicht mehr ganz so eng sehe.

Entschlossen greife ich nach der Fernbedienung, die Monica auf dem Sessel liegenlassen hat, und stelle die Musik lauter.

Frank singt, dass einzig ich ihm einen Kick geben kann – und ich singe so laut mit, wie es geht, ohne meine Tochter zu wecken. Lachend beginne ich mit mir selbst zu tanzen, und da die Vorhänge zugezogen sind und mein enger Rock so unbequem ist, ziehe ich ihn einfach beim Tanzen aus und werfe ihn neben meine Stiefel; meine Bluse folgt Sekunden später.

Nur in einem Unterkleid aus Seide tanze ich weiter, fühle mich lächerlich verwegen, genieße die Musik und die Bewegung, sowie den herrlich weichen Teppichboden unter meinen Füßen. Als der Song vorbei ist, ist auch die CD anscheinend zu Ende und die auf einmal einsetzende Stille ergreift mich mit aller Macht. Ich verharre regungslos und fühle mich, als hätte mir jemand den Boden unter den Füßen weggerissen. Meine ganze Hochstimmung von vorher ist nun wie weggeblasen, stattdessen ist dort nur noch Stille und Einsamkeit.

Ich habe mir mein Leben wirklich anders vorgestellt, niemals wollte ich eine alleinerziehende Mutter werden, niemals wollte ich überhaupt so viel allein sein!

Ich spüre, wie die erste Träne an meiner Wange herunterläuft, und neben der Traurigkeit, die ich auf einmal empfinde, ist da Wut und Verwirrung über meine eigene sentimentale Laune und diese verdammten Stimmungsschwankungen, unter denen ich immer leide, wenn ich zu viel Stress habe.

Statt weiter im Wohnzimmer zu bleiben, beschließe ich, einfach ins Bett zu gehen. Wahrscheinlich sieht morgen die Welt wieder ganz anders aus, ein paar Stunden Schlaf werden mir sicherlich gut tun.

Als ich mich in Richtung Treppe drehe und mich nach meinen Sachen bücken will, nehme ich auf einmal eine dunkle Gestalt wahr, die von innen an meiner Wohnzimmertür lehnt und mich beobachtet.

Kapitel 8

„Ryan!“ Ich habe seinen Namen ausgesprochen, noch bevor ich wirklich realisiert habe, dass eigentlich gar keine Gefahr besteht.

Ryan – es ist nur Ryan.

„Ich wollte dich nicht erschrecken, Lilly.“ In einer beschwichtigenden Geste hebt er beide Hände hoch. „Du hast dein Handy auf dem Tisch liegenlassen; ich bringe es dir zurück.“ Er greift in die Tasche seiner Hose und zieht es heraus. „Ich habe mehrfach geklopft, aber anscheinend warst du zu beschäftigt, um mich zu hören und die Tür stand noch offen.“ Auf seinem Gesicht erscheint ein wölfisches Lächeln. „Normalerweise komme ich nicht einfach herein, aber ich muss zugeben, dass es sich in diesem Fall gelohnt hat.“ Auf einmal ist seine Stimme ganz kehlig, und ich bemerke, wie sich die feinen Härchen in meinem Nacken aufstellen. „Selbst wenn du mir dafür jetzt eine Anzeige wegen Hausfriedensbruchs an den Hals hängen solltest: Dieser Strip war der beste, den ich seit langem gesehen habe.“ Seine Stimme wird noch eine Oktave tiefer und ich starre ihn an, als hätte er mich hypnotisiert. „Du bist unglaublich sexy, wenn du dich ausziehst, Baby.“ Er senkt seinen Kopf und legt ihn gleichzeitig schief, während ich ihn immer noch unverwandt anstarre. Sein Blick gleitet von meinen Lippen über meinen Hals zu meinen Schultern und bleibt dann unanständig lange an meinen Brüsten hängen, bevor er über meinen Bauch zu meinen Beinen weiterwandert. Obwohl ich mit meinem Unterkleid eigentlich relativ angezogen bin, früher habe ich manchmal deutlich knappere Sommerkleider getragen, fühlt sich sein Blick unglaublich intim an und er bringt meine Haut zum Kribbeln, als hätte er mich berührt und nicht bloß angeschaut.

Auf einmal wird sein Ausdruck ganz weich und besorgt.

„Hey Baby, du zittert ja! Das tut mir leid, ich wollte dich nicht so erschrecken. Ich hätte mich wirklich früher bemerkbar machen müssen."

Ich lecke mir über meine Lippen, die viel zu trocken sind und muss mich zweimal räuspern, bevor ich in der Lage bin, Ryan zu antworten.

„Ja, das hättest du wirklich!", antworte ich beinahe tonlos, so, als würde ich ein wenig unter Schock stehen. Die Besorgnis steht Ryans deutlich ins Gesicht geschrieben, wahrscheinlich plagt ihn außerdem das schlechte Gewissen, weil er mich so erschreckt hat. Dennoch werde ich ihm auf keinen Fall verraten, dass der Grund für mein Zittern und mein Schweigen nicht aus Angst geboren wurde. Diesem Mann gegenüberzustehen, mit nichts weiter bekleidet als einem halben Meter Seide und meiner Unterwäsche, und das auch noch an einem Abend wie diesen, lässt mich auf die allerdümmsten Gedanken kommen. In diesen Gedanken wälzen wir uns splitterfasernackt und hemmungslos stöhnend auf meinem neuen weichen Teppich, während Ryan mir unwiderstehliche Obszönitäten ins Ohr flüstert.

Mit aller Gewalt halte ich meine Augen geöffnet, und kämpfe gegen den Drang an, mich gegen ihn zu pressen und an ihm zu reiben wie ein rolliges Kätzchen.

Stattdessen versuche ich mich gerade aufzurichten und so zu tun, als würde es mir besser gehen. Ryan steht so nahe bei mir, dass ich den Duft seiner Haut einatmen kann.

Er riecht nach heißen Sommerabenden unter freiem Himmel voller verbotener Küsse. Er riecht nach purer Verlockung, nach duftender Männerhaut und einem Hauch von Aftershave, und nach dem, was ich mit purem, animalischem Sex verbinde. Er riecht nach Ryan.

„Danke für das Handy. Ich hätte mich morgen sicherlich geärgert, wenn ich festgestellt hätte, dass ich es verloren habe." Meine Worte klingen merkwürdig hohl; ich kann bloß hoffen, dass Ryan nicht auffällt, was gerade in mir vorgeht. Dass er nicht bemerkt, wie mein Körper, ohne mich zu fragen, Unmengen von Hormonen produziert, die mich schwach und willenlos machen und nur noch an Sex mit ihm denken lassen.

„Gern geschehen." Seine Augen wirken verhangen, als er mich nun ansieht. „Ich hätte mich morgen sicherlich ebenfalls geärgert, wenn ich festgestellt hätte, dass ich deinen Strip verpasst habe."

Ich hebe meinen Blick und schaue ihm direkt in die Augen. Die Erregung darin ist deutlich erkennbar, vielleicht weil ich weiß, wie seine Augen beim Sex aussehen. In diesem Moment wird mir klar, dass er auch mich noch immer viel zu gut kennt. Er weiß genau, was mit mir los ist und er hat längst begriffen, dass ich keine Angst habe, sondern erregt bin.

Einen ewig andauernden Moment fixieren wir einander. Es ist ein Taxieren, ein Abschätzen, ein Beobachten, so als wäre man Jäger und Beute auf einmal. Mein Herzschlag dröhnt in meinen Ohren und in meinem Bauch steigt Adrenalin als heiße Woge auf, die meinen gesamten Körper zu einem warmen, kribbelnden Etwas macht.

Ich will etwas sagen, irgendetwas, damit er geht.

Ich will etwas sagen, irgendetwas, damit er bleibt.

Leider bin ich nicht mehr in der Lage, auch nur ein klares, sinnvolles Wort zu formulieren; ich bin ebenfalls nicht mehr in der Lage, klar zu denken.

Um Ryans Mundwinkel herum zuckt es, eine kaum wahrnehmbare Bewegung, bis er sich zu einem richtigen Lächeln durchringen kann. Mit dem Handrücken streicht er mir eine widerspenstige Haarsträhne aus dem Gesicht, bevor er meine Schultern fasst und mich zu sich heranzieht.

Einen Moment hält er mich einfach fest, eng an seinen Körper gedrückt, und wir beide verharren bewegungslos. Vielleicht hätte ich noch eine Chance, das zwischen uns zu beenden und ihn einfach herauszuwerfen. Aber ich will nicht mehr. Alle meine moralischen und persönlichen Bedenken sind mir mit einem Mal völlig gleichgültig. Ich will nur noch den Mann, der hier vor mir steht – und sonst nichts.

Ich schiebe ihn ein Stück von mir weg, gerade eben so weit, dass ich in sein Gesicht blicken kann. In der diffusen Beleuchtung des Wohnzimmers wirken seine Züge noch markanter, er sieht aus wie ein Seeräuber. Mit beiden Händen umfasse ich sein Kinn, fahre kurz mit den Daumen über seine kräftige Kieferlinie und anschließend die feste Kontur seiner Oberlippe nach.

Noch bevor ich weiß, was ich eigentlich tue, habe ich ihn zu mir heruntergezogen und mich selbst auf Zehenspitzen gestellt, um meinen Mund auf seinen zu pressen und ihn zu küssen.

Es dauert einen Moment, bis er auf mich reagiert, fast so, als wäre er erstaunt über meinen Kuss. Dann gibt er ein leises Geräusch von sich, das halb ein Stöhnen, halb ein Knurren ist. Seine Hände wandern von meinen Schultern herunter bis zu meinem Po und er drückt meinen Körper eng an seinen. Ich kann seine Erektion hart und fest an meinem Bauch spüren und seinen Herzschlag an meiner Brust.

Meine Finger krallen sich in den Kragen seines Hemdes, als er meine Lippen mit seiner Zunge teilt. Tastend und beinahe zurückhaltend erforscht er meinen Mund, streift über meine Lippen, lässt seine Zunge mit meiner spielen.

Mein Versuch, ruhig weiterzuatmen scheitert und im Nu höre ich mich an, als hätte ich gerade einen Dauerlauf hinter mir – Ryan geht es nicht besser. Ich kann kaum glauben, dass das alles tatsächlich passiert. Jahrelang habe ich heimlich davon geträumt, ihn noch einmal zu küssen, Sex mit ihm zu haben, ihm nahe zu sein. Ich habe so oft versucht, diesen Gedanken zu verdrängen und dennoch hat er sich immer wieder in meinen Kopf gestohlen. Und jetzt ist Ryan hier. Hier in meinem Wohnzimmer. Und ich werde ihn nicht eher gehenlassen, bis ich all meine Träume von ihm in die Realität umgesetzt habe.

Entschlossen klammere ich mich an seinen Schultern fest und schlinge meine Beine um seine Taille; überrascht von meiner Reaktion kommt er durch mein zusätzliches Gewicht kurz ins Schwanken, bevor er leise lacht.

„Lilly …“, flüstert er rau und nimmt meinen Körper zwischen seinem und der Wand hinter mir gefangen, gegen die er mich drückt. „Du hast mir so gefehlt.“

Dann schweigen wir beide, weil unsere Münder mit anderen Dingen beschäftigt sind. Ich kann nur noch an den Kuss denken, den er mir gerade gibt sowie an seine Erektion, die sich verführerisch an meiner empfindsamsten Stelle reibt.

Ich spüre die Nässe, die sich dort für ihn sammelt und beginne mein Becken gegen ihn kreisen zu lassen, weil ich einfach nicht genug von ihm bekommen kann. Eine Weile lässt er mich gewähren, küsst mich einfach weiter, einzig seine immer schneller werdende Atmung zeugt davon, dass er nicht so beherrscht ist, wie es auf den ersten Blick den Anschein haben mag.

Irgendwann spüre ich, wie er meine Beine fester umfasst und mich die Treppe hinaufträgt.

„Welches ist das Schlafzimmer?“, flüstert er mit kehliger Stimme, als wir oben angelangt sind und ich deute mit dem Kopf auf eine Tür hinter uns. Beinahe im selben Moment legt er mich auf dem Bett ab.

„Abschließen“, murmle ich noch geistesgegenwärtig, bevor Ryan sich über mich beugt.

Ab diesem Moment gibt es bloß noch ihn und mich. Seine Küsse ziehen eine Spur von meinem Ohr bis hinunter zu meinem Hals. Ich erahne, was danach folgt, doch mir geht das alles nicht annähernd schnell genug. Ich will ihn spüren, überall an und in meinem Körper, und ich will nicht mehr darauf warten müssen. Ungeduldig setze ich mich auf und beginne an seinem Hemd zu zerren, bevor ich es mit seiner Hilfe von seinen Schultern streife.

„Hast du es eilig, Lilly?“, flüstert er an meinem Ohr, klingt allerdings nicht, als hätte er damit ein Problem.

Ohne auf seine Frage einzugehen, mache ich mich an seiner Gürtelschnalle zu schaffen, spüre das warme Metall an meinen Fingern, bekomme den Gürtel aber erst auf, als er mir schließlich dabei hilft. Ohne, dass ich ihn darum bitten muss, steht er auf und streift sich seine Hose mitsamt seiner Boxershorts von den Beinen.

Dann bleibt er einen Augenblick vor dem Bett stehen. Durch das Fenster dringt das sanfte Licht einer Straßenlaterne, es genügt, um alles erkennen zu können, was ich sehen möchte. Die schwache Beleuchtung lässt seinen Körper wirken wie eine Landschaft. Helle Berge und dunklere Täler wechseln sich auf seiner muskulösen Brust ab, setzen sich auf seinem Bauch fort und tauchen seine Erektion in einen silbrigen Schein.

Ich will nicht länger warten und greife nach meinem Unterkleid, um es mir über den Kopf zu ziehen; doch Ryan hält mich auf, indem er meine Handgelenke packt und festhält.

„Nein", flüstert er, während er sich mit seinem gesamten Körper auf mich legt; seine Bartstoppeln kitzeln dabei an meinem Ohr. „Heute bist du mein Geschenk und das packe ich selbst aus."

Dann schiebt er seine Hände unter mein Kleid und streift es quälend langsam nach oben. Seiner Fingerspitzen fahren rau über meine Haut, als er mich berührt; unwillkürlich beginne ich mich unter ihm hin- und herzuwinden.

„Halt still, Lilly!" In Ryans Augen funkelt es diabolisch, als er die Schalen meines BHs nach unten schiebt und meine Brustwarzen zu küssen beginnt, die sich durch seine Berührung wie auf Befehl noch mehr zusammenziehen. Ich stöhne auf und schaffe es nur gerade so, nicht laut zu schreien, als er mit seinen Zähnen über diese empfindliche Stelle kratzt.

Bei jeder meiner Bewegungen drückt sich mein Becken gegen Ryans, irgendwann reibe ich mich völlig hemmungslos an ihm, um mir irgendwie Linderung zu verschaffen. Viel Spielraum bleibt mir dabei allerdings nicht, denn meine Hände sind immer noch in seiner gefangen, sodass meine Bewegungen eher den gegenteiligen Effekt haben, und ich schließlich Angst habe, vor unerfüllter Lust wahnsinnig werden zu müssen.

Ich treibe damit anscheinend nicht nur mich selbst sondern auch ihn in den Wahnsinn, denn jedes Mal, wenn meine feuchte Mitte gegen seine harte Männlichkeit stößt, stöhnt er nun auf.

„Du bringst mich um den Verstand, Lilly. Wie machst du das nur? Du machst mich völlig verrückt." Endlich lässt er meine Handgelenke los und ich helfe ihm fahrig dabei, meinen Slip und meinen BH auszuziehen. Schweigend betrachtet er mich einen Moment lang. „Und übrigens bist du noch immer wunderschön."

Ich komme nicht dazu, etwas zu erwidern, weil er mich erneut küsst und erst aufhört, um nach seiner auf dem Boden liegenden Jeans zu greifen, und ein Kondom hervorzuholen. Einen Moment lang ernüchtert mich der Gedanke, dass wir eines brauchen, weil es mir deutlich macht, dass wir eigentlich Fremde füreinander sind. Doch als er beginnt, mit seinen Fingern die Spalte zwischen meinen Beinen zu erkunden, lösen sich meine Bedenken im Nu in nichts auf.

„Ich kann es kaum erwarten, endlich in dir zu sein!" Sein Daumen findet in genau diesem Augenblick meine kleine Perle und ich lege den Kopf in den Nacken, schließe die Augen und gebe eine Reihe eher unartikulierter Laute von mir. Als Ryans Daumen von seiner Zunge abgelöst wird, ist es um mich geschehen. Mein Orgasmus überrollt mich und ich beginne zu zucken, während sich meine Hände in Ryans Haar krallen. Ihm gelingt es nicht mehr, mich stillzuhalten.

Als ich mich langsam beruhige, schiebt er seinen Körper langsam zwischen meine Beine.

„Du bist noch immer genauso leidenschaftlich wie früher. Und übrigens schmeckst du auch immer noch genauso gut."

Ohne weitere Vorwarnung dringt er nun in mich ein, während ich leise aufschreie, eher vor Lust als vor Schmerzen, auch wenn ich einen kurzen Augenblick das Gefühl habe, die Dehnung kaum aushalten zu können.

Beinahe hatte ich vergessen wie groß er ist. Aber ich bin viel zu erregt, als dass mich das auch nur im Geringsten stören könnte – ganz im Gegenteil. Wir klammern uns aneinander, als würde unserer Überleben davon abhängen und es dauert nicht lange, bis ich erneut zum Höhepunkt komme, doch dieses Mal nehme ich Ryan mit mir.

+++

Einen kurzen Moment schaut Ryan sich orientierungslos in dem ihm unvertrauten Raum um, bis er begreift, dass es kein Hotelzimmer, sondern Lillys Schlafzimmer ist, in dem er gerade wach geworden ist.

Lächelnd zieht er langsam seinen Arm unter ihrem Kopf hervor und krabbelt dann so leise wie möglich aus dem Bett, um Lilly nicht zu wecken. Während er seine Sachen zusammensucht, betrachtet er die schlafende Frau vor sich, deren Haar sich wie ein heller Fächer auf dem Kopfkissen ausbreitet.

Seltsam, wie vertraut sie ihm ist! Und gleichzeitig war es so kribbelnd und aufregend, wie nur selten mit einer Frau.

Seine Lilly.

Vorsichtig zieht Ryan die Decke hoch bis über ihre Schulter, obwohl die Nacht sommerlich mild ist. Früher hat sie leicht gefroren, vielleicht, weil sie schon immer so dünn war. Trotz des Kindes, das sie bekommen hat, hat sie sich kaum verändert. Ihre Hüften sind etwas runder geworden, ihr Bauch ist weniger flach, ihre Brüste sind eine Spur voller als früher – aber es steht ihr, macht sie in seinen Augen noch begehrenswerter. Aus dem jungen Mädchen ist eine reife, erwachsene Frau geworden.

Nach einem letzten Blick auf Lilly schleicht er sich auf Zehenspitzen aus dem Schlafzimmer, seine Kleidung über den Arm gehängt. Wenn er sich erst vor der Zimmertür anzieht, macht das weniger Lärm und er stört Lillys Schlaf nicht.

Er will ihnen beiden die Peinlichkeit des nächsten Morgens ersparen, und vor allem will er sich selbst erst einmal sammeln, seine Gedanken sortieren können, bevor er Lilly wieder gegenübertritt. Das komplette Wiedersehen mit ihr war viel zu verwirrend und er braucht dringend ein bisschen Abstand.

Erst, als er gerade damit beginnen will, sich anzuziehen, bemerkt er die kleine Gestalt, die in der geöffneten Tür des Zimmers schräg gegenüber steht und ihn neugierig betrachtet.

Nachdenklich legt das kleine Mädchen seine Stirn in Falten.

„Du hast ganz schön viele Muskeln." Sie sagt das völlig sachlich und scheint nicht sonderlich beeindruckt von diesem Umstand zu sein, auch nicht davon, dass sie einen fremden nackten Mann aus dem Schafzimmer ihrer Mutter hat kommen sehen.

Ryan ist viel zu erstaunt, um ihr irgendetwas Sinnvolles darauf zu erwidern.

„Du solltest besser wieder ins Bett gehen, Kleines“, antwortet er stattdessen, woraufhin das Mädchen einen Schmollmund zieht.

„Ich konnte nicht schlafen und wollte zu Mommy ins Bett. Da war abgeschlossen!“ Sie klingt jetzt ernsthaft beleidigt, Ryan hingegen ist auf einmal sehr dankbar, dass Lilly so umsichtig war. Denn sich von einem kleinen Mädchen erwischen zu lassen, während er dessen Mutter beglückt, steht nicht unbedingt ganz oben auf seiner Prioritätenliste. Aber offenkundig hat Michelle auch einen recht tiefen Schlaf, weder Lilly noch er selbst waren vorhin sonderlich leise, und allzu lange scheint sie noch nicht vor der Tür zu stehen.

„Du solltest dir übrigens etwas anziehen, sonst erkältest du dich noch.“ Michelle reißt ihn aus seinen Gedanken und zeigt mit ihrem kleinen Finger auf seinen nackten Körper, den er jetzt eilig bedeckt. Alles unter strengster Beobachtung des kleinen Mädchens. Die gesamte Situation ist Ryan nicht wirklich geheuer, aber erst die Treppe hinunterzugehen und Michelle dabei sein nacktes Hinterteil zuzudrehen findet er auch keine gute Alternative. Außerdem hat Ryan generell mit Nacktheit keine Probleme, dafür hat er deutlich zu viel Zeit in Gemeinschaftsduschen und Umkleidekabinen verbracht. Kleine Mädchen sind dort allerdings nicht anzutreffen, deshalb Ryan ist den Umgang mit ihnen allgemein nicht gewohnt.

„So ist's viel besser!“, stellt Michelle zufrieden fest, als Ryan endlich fertig ist, und er muss schmunzeln.

„Dann wünsche ich Ihnen noch eine angenehme Nachtruhe, die Dame!“ Der Diener, den er macht, bringt sie zum Kichern und Ryan dreht ihr den Rücken zu und verschwindet nach unten.

+++

Kapitel 9

Mein Kopf dröhnt. Es fühlt sich an, als würde eine Horde Elefanten darin gerade Samba tanzen und dabei fleißig Tritte gegen meine Schädeldecke ausführen.

Die verdammten Cocktails! Einmal mehr nehme ich mir vor, in Zukunft nichts mehr zu trinken, das bunte Schirmchen im Glas hat, befürchte allerdings bereits jetzt, dass dieser Vorsatz bloß bis zu meinem nächsten abendlichen Treffen mit Sarah oder Theresa halten wird. Früher habe ich gedacht, mit dem Alter würde man vernünftiger. Leider stimmt das nicht. Ich bin mit dem Alter schlicht älter geworden. Zumindest habe ich an Tagen wie diesen den Eindruck, dass es so ist.

Ich öffne ein Auge, um es gleich wieder zu schließen, aber es nutzt nichts. Die Sonne scheint unbarmherzig in mein Schlafzimmer, offenbar habe ich gestern vergessen, die Vorhänge vorzuziehen.

Wenn es draußen bereits so hell ist, ist es höchste Zeit, um aufzustehen; verwunderlich, dass Michelle noch nicht wach ist.

Verschlafen schiebe ich die Decke zur Seite, und stelle fest, dass ich splitterfasernackt bin. Ich schwöre es, bis zu diesem Moment war ich fest davon überzeugt, dass ich bloß einen sehr intensiven und sehr feuchten Traum hatte. Die Erkenntnis, was gestern tatsächlich passiert ist und keine aus meinen Wunschvorstellungen entsprungene Traumfantasie gewesen ist, trifft mich wie ein Schlag. Ich weiß nicht, ob ich mich auf einen imaginären Podest stellen und aus mir selbst heraus anstrahlen möchte, oder mich lieber im Bett verkriechen will und dabei so tun, als wäre das alles niemals geschehen.

Um es komplett zu bereuen war es viel zu gut, das muss ich ehrlich zugeben. Ich dachte ja immer, dass ich den früheren Sex mit Ryan durch den Schleier der Erinnerung verzerrt und glorifiziert hätte. Aber verdammt nochmal, das gestern Nacht war einfach … es war einfach großartig. Nicht dass der Sex mit Michael schlecht gewesen wäre, doch ich kann mich nicht erinnern, dass es jemals so mit ihm gewesen ist wie mit Ryan.

Vielleicht ist der Vergleich unfair, weil es natürlich viel prickelnder, neuer und aufregender war und die Idee, etwas Verbotenes zu tun – egal wie verquer sie auch sein mag – hat ihr Übriges dazu getan, dass es einen ganz anderen Reiz als Sex mit dem eigenen Ehemann hatte.

Doch was da gestern zwischen mir und Ryan passiert ist, war mehr als das. Mehr als guter Sex. Es hat etwas in mir berührt, von dem ich gar nicht mehr wusste, dass es noch vorhanden ist.

Es könnte gut sein, großartig sogar. Mich verwirrt es.

Gefühle für einen neuen Mann ins Spiel zu bringen, wenn ich mit dem alten noch nicht abgeschlossen habe, ist das letzte, was ich momentan gebrauchen kann. Mein Leben ist auch so kompliziert genug, und mein Gefühlsleben erst recht.

Seufzend betrachte ich das Kissen neben meinem, auf dem sich noch Ryans Kopfabdruck befindet. Ich möchte nicht wissen, wie viele Frauen enttäuscht wären und sich nun im Bad die Augen aus dem Kopf heulen würden, weil er einfach grußlos verschwunden ist. Mich erfüllt es mit Erleichterung. Was gibt es Peinlicheres als den Morgen danach? Mal abgesehen davon: Wie hätte ich es Michelle erklären sollen, dass ein für sie völlig unbekannter Mann in meinem Bett liegt? Sie ist zwar Fremden gegenüber sehr aufgeschlossen, aber ich befürchte, das hätte sie doch verwirrt. Auch mein kleines Mädchen macht momentan genug durch, da will ich ihr nicht zusätzlich einen neuen Partner meinerseits präsentieren. Es reicht, wenn Michael und seine dämliche Sandy es so handhaben.

„Guten Morgen, Mommy!“ Michelle taucht plötzlich in der Tür zu meinem Schlafzimmer auf. „Du bist ja nackt!“ Nachdenklich legt sie ihren Kopf schief und betrachtet mich eingehend. „Genau wie der Mann heute Nacht auf dem Flur“, stellt sie mit einem zufriedenen Lächeln fest und schiebt ihren Schnuller zurück in den Mund.

Ich bin für einen Moment so fassungslos, dass es mir glatt die Sprache verschlägt.

+++

„Hat Lilly ihr Handy zurückbekommen?“ Sarah lehnt sich über den Schreibtisch zu ihm herüber und schiebt ihm die Verträge entgegen, die Ryan noch unterschreiben muss, um seine Rückkehr zu den Ice-Foxes perfekt zu machen. Es ist unglaublich, was man bei einem Mannschaftswechsel alles beachten muss. Zum Glück hat er einen Manager, der sich um Vertragsklauseln kümmert – aber unterschreiben muss er sie natürlich trotzdem selbst.

Während er nach dem silbernen Kugelschreiber greift, den Sarah über die glattpolierte Tischplatte schiebt, ignoriert er ihre Frage ganz bewusst. Er will nichts erzählen, von dem er nicht weiß, dass Lilly auch damit einverstanden wäre.

In aller Ruhe blättert er Seite für Seite durch, und versucht sich dabei sein breites Grinsen zu verkneifen. Leider mit mäßigem Erfolg – denn Sarah lacht leise auf.

„An deinem Pokerface musst du eindeutig noch arbeiten, Mister!“ Mit verschränkten Armen lehnt sie sich auf ihrem Stuhl zurück. „Ich kann nur hoffen, dass du Lilly sehr, sehr glücklich gemacht hast, als du ihr das Telefon hinterhergetragen hast?“

„Natürlich.“ Etwas zu schnell setzt Ryan seine Unterschrift auf die letzte der vorliegenden Seiten und ordnet die Papiere, bevor er sie Sarah zurückgibt. „Jeder Mensch weiß schließlich, dass man heutzutage nichts mehr ohne sein Smartphone ist. Lilly war sehr erfreut, dass sie es wieder hat.“ Den Kugelschreiber dreht er ein paar Mal in seinen Händen hin und her und betrachtet die glatte Oberfläche des edlen Schreibgerätes, bevor er auch diesen über den Tisch zurückreicht. „Aber du willst mir hoffentlich nicht erzählen, dass du extra an einem Sonntag früher aufgestanden und hierhergekommen bist, um sicherzugehen, dass deine Freundin auch weiterhin jederzeit telefonisch erreichbar ist? Eigentlich ist doch dein Vater für diese Verträge zuständig.“

„Ich helfe eben, wo ich kann. Und mein Vater ist dieses Wochenende mit meiner Schwester unterwegs.“

Ryan ist sich ziemlich sicher, dass das gelogen ist; Beweise hat er dafür natürlich keine. Ihr Interesse am Verlauf des gestrigen Abends amüsiert ihn – und selbst, wenn er sich darüber ärgern würde, würde er den Teufel tun und die Tochter seines neuen Chefs vor den Kopf stoßen.

„Ich glaube, Lilly fand mich gestern Abend auch durchaus … hilfreich.“ Er stützt sich mit beiden Händen auf die Tischplatte vor ihm und steht langsam auf. „Schließlich habe ich ihr den Weg zum Fundbüro erspart.“

Sarah beginnt zu grinsen.

„Ich hab's ja verstanden! Ich werde sie einfach selbst fragen. Und dabei wird dir nachgesagt, dass du sonst mitunter alles andere als ein Gentleman bist."

Lilly würde wahrscheinlich etwas Ähnliches von ihm behaupten, und das ist auch sehr gut so. Wer will schon ein Gentleman sein? Wer will es schon brav und sauber, wenn er es auch heiß und schmutzig haben kann?

Das geht die Tochter seines neuen Chefs natürlich nichts an, so wie es auch niemanden sonst etwas angeht.

Nachdem er die letzten Formalitäten bezüglich seines Vertrages geregelt hat, verlässt Ryan zufrieden das Büro, um sich um seine neue Wohnung zu kümmern.

+++

Ich bin für den Rest des Tages zu nichts mehr zu gebrauchen – und das liegt nicht nur an dem Kater, den ich mittlerweile einigermaßen im Griff habe.

Ich gehe mit Michelle auf den Spielplatz um die Ecke, male ihr zu Hause auf Wunsch den zwanzigsten und den dreißigsten Hund auf ein Blatt Papier und lese ihr ein und dasselbe Buch zum gefühlten hundertsten Mal vor.

Ich bin bei nichts davon so richtig bei der Sache.

Als ich am Ende eines nicht enden wollenden Tages in mein Bett steige, das noch immer nach dem Mann duftet, an den ich vergebens den ganzen Tag versucht habe, nicht zu denken, bin ich beinahe der Verzweiflung nahe.

Ich stehe wieder auf und ziehe frische Bettwäsche auf, schlafen werde ich nämlich ohnehin nicht können.

Doch auch, als mein Bett bloß noch sanft nach Waschmittel und einer Spur Lavendel duftet, komme ich nicht zur Ruhe.

Wenigstens ist morgen Montag und ich habe den Vormittag für mich und muss niemandem gegenüber so tun, als wäre alles in bester Ordnung mit mir, auch wenn das Gegenteil der Fall ist.

Der Sex mit Ryan geht mir nicht aus dem Kopf, und während es draußen beginnt hell zu werden, denke ich an unser letztes Mal zurück. Und an unser erstes Mal.

Ryan und ich trafen uns nun regelmäßig, allerdings weiterhin heimlich. Mal gingen wir einfach nur ein Stück spazieren, manchmal machten wir wie verrückt in seinem Wagen herum, aber wir gingen nie bis zum Äußersten.

Nicht, dass ich es nicht gewollt hätte, Ryan war derjenige, der uns vorher stoppte. Anschließend fuhr er mich schweigend nach Hause. Jedes Mal lag ich hinterher in meinem Bett und hatte das Gefühl, wahnsinnig zu werden.

Die Heimlichtuerei machte mir zu schaffen, trotzdem wollte ich auf keinen Fall, dass Tante Gladice von uns erfuhr. Ihr ging es in letzter Zeit oft schlecht, sie klagte über Schwindel und Schwächegefühle und manchmal, wenn ich eigentlich mit Ryan verabredet war, musste ich mich hinausstehlen, um ihm abzusagen, weil ich sie nicht alleine lassen wollte.

Egal wie schwierig das Verhältnis zwischen Tante Gladice und mir manchmal war, lag sie mir sehr am Herzen und ich ihr genauso. Sie hat nie etwas anderes als mein Bestes gewollt, dessen war ich mir stets bewusst. Selbst dann, wenn das, was sie als das Beste empfand, in Wirklichkeit nicht immer gut für mich war.

Heute fühlte sie sich ausnahmsweise wohl, sie war sogar zu einem ihrer vielen Handarbeitstreffen gegangen.

Als ich sicher war, dass sie das Haus wirklich verlassen würde, machte ich mich auf den Weg in die Stadt. Auch wenn nicht allzu viel Zeit war, bis sie zurück nach Hause kommen würde, wollte ich Ryan unbedingt sehen und ich wusste, dass er heute in dem kleinen Trödelladen seines Vaters aushelfen musste.

Viel Wertvolles gab es dort nicht zu kaufen und die Geschäfte gingen sehr schlecht. Während ich auf Ryan wartete, betrachtete ich ausgiebig das beinahe leere Schaufenster.

Zum Verkauf stand eine alte, hässliche Schmuckschatulle. Ein plumper, pastellgrün lackierter Holzkasten im Stil der Fünfzigerjahre, zu einem völlig überteuerten Preis.

Dekoriert war das hässliche Ding mit Schmuck, eine alte Korallenkette sowie ein kleiner, zierlicher Ring mit einem wunderschönen Opal in der Mitte, an dem ein dickes Schild prangte: „Unverkäufliches Liebhaberstück"

Ich betrachtete das Arrangement eine Weile und fragte mich dabei, warum er den Ring überhaupt als Dekoration gewählt hatte, wenn er ihn nicht verkaufen wollte.

„Der Ring gehörte meiner Großmutter!", höre ich auf einmal Ryans Stimme hinter mir. „Mein Vater hat ihn im Schaufenster liegen, weil er hofft, er würde die Leute anlocken und seine Waren aufwerten."

„Und, klappt es?"

„Zumindest ist er so oft danach gefragt worden, was er kosten soll, dass er jetzt ein Schild dran gemacht hat." Ryan strich eine Strähne seines dichten Haars aus der Stirn und betrachtete mich nachdenklich. „Vielleicht sollte ich an dir auch so ein Schild befestigen, damit niemand auf dumme Gedanken kommt."

Ich musste lächeln.

„Dabei bist du doch gar nicht mein Liebhaber. Ich dachte immer, dafür müsste man auch Sex haben. Also – richtigen Sex." Ich war mir der Provokation durchaus bewusst und in meinem Bauch begann ein ganzer Schwarm von Schmetterlingen nervös zu tanzen, als ich ihn nun ansah.

In seinem Blick flackerte etwas auf, dunkel und begehrlich, und er griff meine Hand. Normalerweise waren wir in der Öffentlichkeit beide sehr vorsichtig und berührten uns kaum, diesmal war es uns offenkundig beiden egal.

Er zog mich förmlich zu seinem Wagen, der zum Glück nur wenige Meter entfernt stand. Normalerweise fuhren wir in „unser" Waldstück, um dort ausgiebig herumzuknutschen und zu fummeln, aber diesmal hielten wir auf einem abgelegenen Parkplatz an, bevor Ryan mich auf seinen Schoß zog, um mich zu küssen.

Im Nu waren wir beide völlig außer Atem und rieben uns aneinander wie, na ja, wie zwei geile Teenager eben, die wir ja auch waren.

„Du musst gleich nach Hause!", keuchte Ryan irgendwann, dem Tante Gladices Termine, und vor allem die Uhrzeiten, zu denen sie wieder zurückkam, mittlerweile wahrscheinlich vertrauter waren als ihr selbst.

Ich gab ein unwilliges Geräusch von mir, und küsste ihn einfach weiter. Irgendetwas war heute anders zwischen uns, als stünde die Luft unter Strom, und wenn ich sonst schon gar nicht genug bekommen konnte, fühlte ich mich heute so, als wäre ich regelrecht süchtig nach ihm.

Obwohl ich Ryans Erregung deutlich durch den Stoff unserer Jeans hindurch spüren konnte, schob er mich entschlossen von seinem Schoß herunter.

„Ich will das nicht so, Lilly. Ich will mir dabei Zeit lassen." Er küsste meine Nasenspitze. „Deine Tante schläft doch sehr tief, oder? Kannst du dich heute Nacht davonstehlen?" Ich nickte stumm, es würde mir schon irgendwie gelingen. Tante Gladice war nie sehr misstrauisch mir gegenüber, und genau neben meinem Zimmerfenster gab es ein stabiles Rankgitter für das Geißblatt, das dort wuchs. Es sollte ein Leichtes ein, dort nachts hinaus zu klettern.

Ryan nickte ebenfalls.

„Gut", flüsterte er heiser. „Dann hole ich dich heute Nacht um zehn ab. Und dann …" Er küsste mich noch einmal, fest und mit Nachdruck, es war ein Versprechen, das meine Haut zum Kribbeln brachte. „Und dann lassen wir uns Zeit, sehr viel Zeit."

+++

Ryan wartete vor ihrem Haus auf sie, mit seinem Wagen, den er extra für diesen Anlass einer gründlichen Reinigung unterzogen hatte, weil er wusste, wie gerne Lilly es sauber und aufgeräumt mochte.

Außerdem hatte er eine Decke eingepackt, ein paar Erdbeeren und eine Flasche süßen Sekt, die er seinem Vater geklaut hatte. Aber da er sie nicht legal gekauft hatte, hatte er nicht vor, Lilly davon zu erzählen.

Ryan hatte seinen alten Pick-up so abgestellt, dass er vom Haus nicht sofort zu entdecken war, falls Lillys Tante zufällig aus dem Fenster sehen oder vor die Tür gehen sollte. Dann stieg er aus, lehnte sich an den von der Fahrt noch warmen Kotflügel und wartete. Er war viel zu früh dran, er wollte sie auf gar keinen Fall verpassen. Seinem Vater und seiner Stiefmutter hatte er erzählt, er würde bei einem Kumpel übernachten, und weil Freitag war und er am nächsten Tag nicht zur Schule musste, hatten sie ihm keine weiteren Fragen gestellt.

Es schien eine Ewigkeit zu dauern, bis sie endlich auftauchte und ihm blieb beinahe das Herz stehen, als er sie entdeckte. Sie war wie immer wunderschön, ihr langes, weizenblondes Haar hing in weichen Wellen über ihrer linken Schulter und er konnte die seidig-glatten Strähnen schon fast unter seinen Fingern spüren. Obwohl sie ordentlich und fast schon brav angezogen war, gehörte sie zu den Frauen, die selbst komplett bedeckt noch irgendwie nackt wirkten, jedenfalls auf ihn.

Sie war äußerlich so brav, so beherrscht, erschien manchmal beinahe wie eine Klosterschülerin. Aber jeder, der sich die Mühe machte, ein zweites Mal hinzuschauen, konnte das Temperament hinter dieser Fassade erkennen, das sie so mühsam zu zähmen versuchte, die Leidenschaft, die sie nicht mehr unterdrücken konnte, wenn man sie nur an den richtigen Stellen berührte.

Er träumte schon seit Ewigkeiten von ihr, fantasierte nachts von ihrem nackten Körper, der sich leidenschaftlich unter ihm wand, ihrem Mund, zu einem Lustschrei geöffnet, ihrem Haar, wie ein Fächer unter ihr ausgebreitet, während er sie nahm.

Als sie ihn entdeckte, schenkte sie ihm das hinreißendste Lächeln, das er jemals bei einem Mädchen gesehen hatte und er beeilte sich, ihr die Beifahrertür zu öffnen, bevor sie die Chance hatte, es sich noch einmal anders zu überlegen.

Wenn ihre Tante sie erwischen würde, würde sie vermutlich Hausarrest bekommen, bis sie volljährig wäre, das wussten sie beide.

„Hat sie etwas geahnt?" Bevor Ryan den Motor des Wagens startete und dieser mit einem viel zu lauten Brummen ansprang, zog er sie zu einem sanften Kuss zu sich heran. Mehr traute er sich nicht; wenn er sie jetzt länger als nötig berühren würde, würde er es niemals bis zu ihrem Waldstück schaffen, weil er sich nicht mehr würde zurückhalten können.

„Nein. Sie hat heute über Kopfschmerzen geklagt und Schmerzmittel sowie eine Schlaftablette genommen. Normalerweise schläft sie dann beinahe bis mittags …"

Ohne ein weiteres Wort zu sagen, fuhren sie los. Lilly saß neben ihm, nach außen hin so ruhig und gefasst wie immer. Als er ihr einen kurzen Seitenblick zuwarf, lächelte sie und griff nach seiner Hand. Er konnte das leichte Zittern spüren, und musste ebenfalls lächeln.

Wie anders sie war, wenn man sie ein bisschen kannte, wie viel weniger beherrscht …

Er mochte die ruhige, überlegte, kontrollierte Lilly, aber die Lilly hinter der Fassade war es, die sein Herz dazu brachte, höher zu schlagen. Er war in sie verliebt, auch wenn er viel zu cool war, um das jemals zuzugeben. Außerdem war er völlig verrückt nach ihr, das zumindest gestand er auch sich selbst ein.

Als sie endlich hielten, stiegen sie in beinahe feierlicher Stille aus. Ryan nahm Korb und Decke mit und kletterte auf die Ladefläche, streckte seine Hand nach Lilly aus, um ihr hochzuhelfen.

Kaum, dass sich ihre Finger berührten, war es um sie beide geschehen, denn fast im selben Moment lagen sie eng umschlungen auf der Ladefläche, die Decke war vergessen, Sekt und Erdbeeren erst recht.

Obwohl er sich Zeit lassen wollte, ließ er sich von Lillys Atemlosigkeit, von ihrer Hast und ihrer unverhohlenen Gier anstecken. Sie zerrten ungeduldig an ihrer Kleidung, küssten sich dabei unablässig, streichelten sich, klammerten sich aneinander. Sie waren beide voller Ungeduld und trotz ihrer aus heutiger Sicht eher plumpen Berührungen war es berauschend.

Als er schließlich in sie eindrang, ihr kurzer Schmerz wieder in Lust umschlug und sie endlich miteinander vereint waren, fühlte Ryan sich wie der glücklichste Mensch der Welt.

Sie blieben die ganze Nacht, betrachteten den Sternenhimmel, kuschelten miteinander, und er brachte sie erst nach Hause, als es purer Leichtsinn gewesen wäre, noch länger zu bleiben. Noch nie in seinem Leben war es ihm so schwergefallen, jemanden gehen zu lassen, und das, obwohl sie sich bereits erneut verabredet hatten.

+++

Kapitel 10

Als ich Michelle am Dienstag abhole, sieht sie sehr blass aus und ich mache mir Sorgen, dass sie schon wieder krank werden könnte. Seit sie in den Kindergarten geht, nimmt sie jeden Infekt mit, der dort herumgeht, was für uns beide belastend ist.

„Fühlst du dich nicht gut, Engelchen?“, frage ich sie und betaste sorgenvoll ihre Stirn. Ich ärgere mich, dass ich sie zu Fuß abgeholt habe, statt das Auto zu nehmen, denn so hätte die arme Maus wenigstens sitzen können, statt laufen zu müssen.

Schweigend trottet meine kleine Tochter neben mir her, was ein schlechtes Zeichen ist, denn normalerweise redet sie wie ein Wasserfall. Irgendwann bleibt sie stehen und sieht noch blasser aus als vorher.

„Ich kann nicht mehr, Mommy“, flüstert sie matt. Wie die meisten Kinder in dem Alter weiß sie ganz genau, wie sie mich erfolgreich dazu bekommt, Dinge für sie zu tun, die ich eigentlich nicht tun will. Aber in diesem Fall nehme ich ihr die großen Kulleraugen ab – es scheint ihr wirklich nicht gut zu gehen.

Obwohl sie mittlerweile zu schwer ist, um sie noch weitere Strecken zu tragen, nehme ich sie trotzdem auf den Arm.

Weit kommen wir nicht.

Ein paar Momente legt sie ihr Köpfchen an meine Schulter, dann beginnt sie unruhig zu werden und zu weinen.

„Was ist denn los, Engelchen? Tut dir etwas weh?“

„Mein Bauch!“, klagt sie. „Und es drückt, wenn ich auf deinem Arm bin.“

Ich schaffe es gerade noch, sie abzusetzen, als sie sich auch schon übergeben muss.

Sie weint, vor Unbehagen, vor Übelkeit und auch ein wenig vor Scham, weil es ihr unangenehm ist, dass sie den Gehweg vollgespuckt hat.

„Es ist jetzt alles dreckig, Mommy!“ Das kommt davon, wenn man seine Kinder dazu erzieht, ihren Müll nirgendwo hinzuwerfen und auch sonst auf ihre Umwelt zu achten. Einen Moment lang bereue ich, dass ich immer so pingelig bin.

Michelle wischt sich mit der Hand die Tränen von der Wange, während ich in meiner Handtasche nach einem Taschentuch suche, damit sie sich den Mund säubern kann.

„Aber das ist doch nicht so schlimm, mein Schatz. Es ist nur die Straße. Und schau: Dahinten ziehen schon Regenwolken auf, die alles wegwaschen werden.“

Notdürftig mache ich sie mit dem Papiertaschentuch sauber, bevor ich sie wieder auf den Arm nehme, um sie nach Hause zu tragen. Sie zittert ein wenig, aber die Übelkeit scheint sich mittlerweile gelegt zu haben. Zumindest beschwert sie sich nicht mehr, und ich bin erleichtert, weil sie vielleicht nur etwas Falsches gegessen hat und es ihr nun besser geht.

Aber ich habe mich zu früh gefreut, denn zu Hause schaffen wir es gerade noch auf die Toilette zu kommen, bevor sie sich schon wieder übergeben muss.

Den restlichen Tag und einen Großteil der Nacht wird ihr kleiner Körper immer wieder von Krämpfen geschüttelt und ich muss mehrfach das Bett neu beziehen, weil es der armen Maus so schlecht geht und sie es nicht rechtzeitig schafft, sich über den bereitgestellten Eimer zu beugen.

Erst, als ich gegen Morgen darüber nachdenke, mit ihr ins Krankenhaus zu fahren, kommt sie endlich zur Ruhe und schläft ein.

Ich schlafe ebenfalls ein kurzes Weilchen, dann stehe ich auf, wasche die beschmutzten Bettlaken und werfe sie anschließend in den Trockner.

Michelle verschläft fast den gesamten Vormittag, aber gegen Mittag bekommt sie etwas mehr Farbe und übergeben musste sie sich auch nicht mehr. Sogar die Brühe, die ich ihr gekocht habe, hat sie bei sich behalten, und ich bin froh, dass sie so schnell auf dem Weg der Besserung ist.

Als sie abends ins Bett geht, setze ich mich völlig geschafft vor den Fernseher. Ich müsste noch etwas essen, doch allein der Gedanke daran widert mich an. Also gehe ich auch ins Bett. Ich bin kaum eingeschlafen, als ich wieder wach werde, weil mir so übel ist.

Ich stehe auf und gehe ins Bad, gerade noch rechtzeitig, um den spärlichen Inhalt meines Magens ins Waschbecken abzugeben.

Ich habe mich ganz offenkundig bei Michelle angesteckt.

Die ganze Nacht lang mache ich kein Auge mehr zu, quäle mich von Übelkeitswelle zu Übelkeitswelle, bis ich nur noch bittere Galle hochwürge. Am nächsten Tag geht es mir immer noch nicht besser, außerdem habe ich Fieber bekommen. Gegen Nachmittag ist mir immer noch furchtbar schlecht und ich bin so unendlich müde, dass ich mich einfach auf dem Teppich zusammenrollen und einschlafen könnte.

Zu meinem großen Bedauern geht das nicht, denn ich habe ein dreijähriges Kind, das nun mal beaufsichtigt werden muss und dem es, im Gegensatz zu mir, schon wieder ziemlich gut geht. Wahrscheinlich ist das auch kein Wunder, denn sie durfte sich ja, ebenfalls im Gegensatz zu mir, in ihr Bett legen, versorgen lassen und ausschlafen.

Leider dürfen Mütter nicht krank werden. Niemals. Und wenn sie es doch mal werden, dürfen sie es eben nicht sein. Das geht nicht, so einfach ist das. Ausgerechnet dieses Wochenende ist niemand da, der mir helfen könnte. Meine Freundinnen sind alle in Boston, Mariah ist mit ihrem Wanderclub unterwegs und Michael auf einer Geschäftsreise, und auch der Babysitter ist dieses Wochenende nicht da. Bevor ich Sandy anrufe, und sie um Hilfe bitte, sterbe ich lieber.

Mit wackligen Beinen mache ich mich auf den Weg in Richtung Küche und schütte ein paar Kekse für Michelle in eine Schale. Eigentlich sollte ich dem Kind etwas Vernünftiges kochen, magenschonend, nahrhaft und gesund. Ich bin aber schon froh, dass ich es überhaupt schaffe, mich lange genug auf den Beinen zu halten, um die Kekse für sie zurück ins Wohnzimmer zu bringen.

Dort lasse ich die Schale beinahe auf den Tisch fallen, bevor ich mich zitternd auf dem Sofa zusammenrolle und meiner kleinen Tochter den Fernseher anschalte. Ich kann mich nicht erinnern, wann ich mich das letzte Mal so krank und elend gefühlt habe wie heute.

Michelle kommt zu mir und zieht die Decke noch ein bisschen höher, dann gibt sie mir ein Küsschen auf die Stirn, so wie ich es immer bei ihr mache, wenn sie krank ist.

Danach holt sie einen feuchten Lappen aus der Küche und legt ihn mir auf das halbe Gesicht.

Sie bietet mir einen Keks an, den ich dankend ablehne. Alleine bei dem Gedanken daran, etwas essen zu müssen, wird mir wieder schlecht.

„Schlaf dich gesund, Mommy!“, sagt sie liebevoll und mit dem Mund voller Kekse, während ich mit den Tränen ringen muss.

Ich konnte vor Rührung heulen, weil meine Tochter so süß ist. Außerdem vor Verzweiflung, weil ich mich heute nicht richtig um sie kümmern kann. Ich könnte heulen, weil ich so gerne schlafen würde, aber das nicht geht – ich muss schließlich aufpassen. Obendrein könnte ich auch noch einfach so heulen, pauschal, weil ich gerade völlig überfordert bin.

Zum Glück scheint Michelle von alledem nicht viel mitzubekommen, denn sie singt momentan vergnügt irgendeinen Song mit, der in der Werbung zwischen zwei Zeichentrickfilmen läuft. Ich befürchte, dass ich mein Kind in letzter Zeit zu viel fernsehen lasse, aber im Moment bin ich nicht in der Lage, mir darüber Gedanken zu machen.

+++

Seit ihrem letzten Treffen überlegt er, ob es besser ist, Lilly wiederzusehen, oder ihr einfach aus dem Weg zu gehen.

Zu viele alte Gefühle, gepaart mit neuer Leidenschaft sind auf einmal da und verwirren ihn.

Er will keine Beziehung, und dennoch kann er nicht aufhören, an Lilly zu denken.

Schließlich macht er, was er die letzten Jahren immer gemacht hat: Er stellt sich seinen Dämonen und fährt zu ihr.

Da nach dem ersten Klingeln niemand die Tür aufmacht, versucht Ryan es noch ein zweites Mal. Und anschließend ein drittes, aber es passiert immer noch nicht, obwohl er hören kann, dass der Fernseher läuft.

Mit gerunzelter Stirn bleibt er unschlüssig vor der Haustür stehen und hat sich gerade dazu entschlossen, wieder zu gehen, als sie von innen zaghaft geöffnet wird.

„Hey, Prinzessin!“ Lächelnd schaut er in Michelles kleines Gesichtchen, das schüchtern hinter der Tür hervorlugt. „Wo ist denn deine Mommy?“

„Sie schläft“, flüstert das kleine Mädchen, auf so eine Art, wie es nur kleine Kinder können; nämlich so laut, dass es jeder im Umkreis von hundert Metern versteht, aber mit einem Ausdruck, als würde sie ihn an einer riesigen und natürlich total geheimen Verschwörung teilhaben lassen.

Irritiert runzelt Ryan die Stirn.

„Warum schläft deine Mommy denn?“ Dass Lilly schläft und ihre Tochter unbeaufsichtigt die Wohnungstür öffnet, sieht ihr so gar nicht ähnlich.

„Sie ist ein bisschen krank“, flüstert Michelle weiter. „Ich war auch krank, weißt du!“, setzt sie dann mit normaler Stimme hinzu. „Ich habe das ganze Bett vollgespuckt! Dreimal.“ Zur Verdeutlichung hält sie drei Finger in die Luft. „Und jetzt hat es Mommy erwischt.“

Ryans Stirnrunzeln verstärkt sich. Dass Lilly trotz der Türklingel offenkundig weiterschläft, ist sicherlich kein gutes Zeichen, auch der viel zu laut laufende Fernseher scheint sie nicht zu stören.

„Ob ich mal nach ihr schauen sollte, was meinst du, Michelle?“ Er beugt sich zu dem Kind herunter.

„Eigentlich darf ich niemandem Fremdes die Tür öffnen …", antwortet sie zögerlich, schiebt sich den rechten Daumen in den Mund und schaut Ryan nachdenklich an.

„Aber die Tür ist doch schon offen. Außerdem bin ich ja kein Fremder. Ich habe sogar schon bei deiner Mommy übernachtet, erinnerst du dich?"

Mit einem leisen Ploppen zieht Michelle ihren Daumen aus dem Mund.

„Und ich habe dich schon nackt gesehen!", erwidert sie nun strahlend und wirkt dabei irgendwie erleichtert, während Ryan bei der Erinnerung eine Spur verlegen wird.

Wenigstens lässt sie ihn jetzt hinein, und Ryan verschafft sich schnell einen Überblick über die Lage.

Lily liegt schlafend auf dem Sofa, fast genauso weiß wie die Wand hinter ihr und schlummert tief und fest. Auf dem Tisch vor ihr steht eine leere Plastikschüssel, vermutlich für den Fall, dass sie sich übergeben muss.

Ryans erster Impuls ist es, zu ihr zu gehen, die Wolldecke noch ein wenig höher zu ziehen, sich irgendwie um sie zu kümmern. Allerdings ist ihm selbst klar, dass es vermutlich das Beste sein wird, sie einfach eine Weile schlafen zu lassen. Also schaltet er nur den dröhnend lauten Fernseher aus.

„Hey!" Michelle verzieht protestierend ihr Gesicht. „Mommy hat gesagt, ich darf heute so viel fernsehen, wie ich will!" Sie baut sich vor ihm auf, als wolle sie ihn einschüchtern – dabei ist sie nicht viel mehr als ein laufender Meter. Ryan muss schmunzeln.

„Pass auf, Prinzessin: Wir lassen deine Mommy hier in Ruhe schlafen und gehen stattdessen in die Küche und spielen etwas. Was hältst du davon?"

Michelles Gesichtsausdruck zeigt deutliche Skepsis. „Womit spielst du denn am liebsten?“, versucht Ryan es erneut, und erst jetzt hellt sich ihre Miene ein wenig auf.

„Mit meinen Barbies!“, verkündet sie strahlend. „Ich habe drei Stück davon. Du darfst die Tierarzt-Barbie spielen!“

Worauf hast du dich da nur eingelassen, Kumpel?

„Hast du keinen Ken, den ich spielen kann?“

„Nein.“ Michelle klingt völlig entsetzt. „Den finde ich total doof!“

+++

Als ich aufwache, wird es draußen bereits dunkel und ich bin mit einem Schlag hellwach. Der Fernseher läuft nicht mehr, Michelle ist weit und breit weder zu sehen noch zu hören und ich richte mich so schnell auf, dass ich die Schüssel, die ich für alle Fälle vor mir auf den Couchtisch gestellt habe, lautstark vom Tisch werfe.

Leider wird mir im selben Moment so entsetzlich schlecht, dass ich sie sofort wieder vom Boden aufhebe, um mich umgehend in eben jene Schüssel zu übergeben. Offenkundig hat meinem Kreislauf der schnelle Positionswechsel nicht sonderlich gut gefallen und mein Körper nimmt auch keine Rücksicht darauf, dass ich panisch nach meiner Tochter suchen will.

Nach einer gefühlten Ewigkeit höre ich endlich auf zu würgen und blicke von meiner Schüssel hoch, direkt in die besorgten, schokoladenbraunen Augen Ryans.

Schokoladenbraun. Um ein Haar wird mir gleich wieder schlecht bei dem Gedanken an Lebensmittel, egal in welcher Form, dann siegen jedoch Erstaunen und Scham über meine Übelkeit.

„Ryan, was machst du denn hier?", murmle ich, mehr als verlegen, während ich nach irgendetwas Ausschau halte, mit dem ich mir den Mund abwischen kann. Bevor ich etwas finde, hat Ryan mir bereits einen feuchten Waschlappen gereicht.

„Du siehst furchtbar aus!", sagt er, statt eine Antwort auf meine Frage zu geben.

„Du bist nicht gerade ein Gentleman!", erwidere ich, kratze dabei mein letztes bisschen Stolz zusammen, richte mich auf und wische mir mit den Lappen, den er mir gereicht hat, den Mund ab. Dabei versuche ich, soviel Würde zu bewahren wie eben möglich, wenn man sich gerade vor den Augen seines Ex-Freundes und One-Night-Stands in Personalunion Erbrochenes aus dem Gesicht wischt. Wenn ich von einem nicht will, dass er mich so zu Gesicht bekommt, dann ist es Ryan. Außerdem vielleicht noch Sandy, aber im Vergleich zu Ryan ist diese mir beinahe egal. Ich habe seit zwei Tagen nicht geduscht, ich bin nicht geschminkt, mein Haar ist fettig und zu irgendeinem unordentlichen Knoten an meinem Hinterkopf zusammengebunden. Meine Kleidung ist alt, weit und schlabberig und hat mehrere Flecken, wo auch immer die herkommen mögen, da ich ja seit gestern Morgen kaum etwas gegessen habe.

In meiner Wohnzimmertür steht der Mann, der mir feuchte Träume – und den ein oder anderen erregenden Moment – bereitet hat, seit ich sechzehn bin und ich sehe krank, elend und schrecklich aus. Schrecklich ist gar kein Ausdruck, jede heruntergekommene Vogelscheuche dürfte momentan attraktiver sein, als ich es bin.

Mit schief gelegtem Kopf lächelt Ryan mich an.

„Ich mag vielleicht kein Gentleman sein, dennoch bin ich hier, um dich aus der Not zu retten. Das zumindest ist doch sehr ritterlich. Findest du nicht?“ Wahrscheinlich glotze ich ihn gerade an wie eine Kuh, wenn es donnert, denn jetzt blitzen seine Augen amüsiert auf. „Eigentlich war ich nur mal vorbeigekommen, um einen Kaffee mit dir zu trinken. Ich wollte mich dafür entschuldigen, dass ich das letzte Mal einfach so verschwunden bin, ohne wenigstens eine Nachricht zu hinterlassen. Aber mir hat niemand aufgemacht, bis Michelle sich meiner erbarmt und mir von eurer misslichen Lage berichtet hat. Mittlerweile schläft sie übrigens tief und fest in ihrem Bettchen, bevor du anfängst, dir deswegen Sorgen zu machen.“ Ryan kommt ein paar Schritte auf mich zu und es entsteht eine kurze Rangelei, weil er mir die Schale mit meinem Erbrochenen wegnehmen will, die ich erbittert festzuhalten versuche. Ich finde meine Lage schon erniedrigend genug, wenigstens die Kotzschale will ich selbst entsorgen. Doch zum einen ist Ryan generell stärker als ich, zum anderen bin ich zu geschwächt, um ernsthaften Widerstand leisten zu können. Selbst von dieser kurzen Anstrengung völlig erledigt lasse ich mich schließlich zurück auf das Sofa sinken. Der Mann hat mich in diesem Zustand kotzen sehen, viel schlimmer kann es also ohnehin kaum noch werden.

Keine Minute später kommt Ryan zurück, mit einer neuen, leeren Schüssel und einem Becher in der Hand, den er mir reicht.

Der Geruch von Kamillentee steigt mir in die Nase.

„Den habe ich vorhin schon gekocht, damit er abkühlen kann. Einen kleinen Schluck!“, weist er an, als er mir das Glas in die Hand drückt. „Wenn du den drin behältst, kannst du in einer Viertelstunde noch einen Schluck bekommen.“ Er nimmt mir die Tasse wieder ab, obwohl ich wirklich Durst habe, aber ich weiß natürlich, dass er recht hat und ich vorsichtig sein muss.

„Wie hast du es geschafft, dass Michelle eingeschlafen ist?“ Sie hat ziemliche Probleme mit dem Einschlafen, seit wir bei Michael ausgezogen sind, und es erstaunt mich, dass Ryan sie dazu bekommen hat. Schließlich ist er ja ein beinahe Fremder für meine Tochter, eigentlich ist es sehr untypisch, dass sie kein Theater gemacht hat.

„Wir haben den ganzen Nachmittag mit Barbies gespielt. Ich weiß jetzt alles über die neuesten Puppenmoden. Anscheinend hat Barbie eine Vorliebe für nuttige, viel zu knappe Klamotten und trägt selbst auf Safari noch hochhackige Schuhe!“

Ich muss über seine Ausführungen schmunzeln.

„Sie hat zwar steif und fest behauptet, sie müsse immer erst um ‚elfzehn Uhr‘ ins Bett, aber ich dachte, es wäre trotzdem vorher Zeit. Ich habe ihr viermal den Grüffelo vorgelesen, anschließend habe ich für sie alle Gute-Nacht-Lieder gesungen, die ich kenne.“ Ryan setzt ein verschmitztes Lächeln auf. „Ich glaube, danach hat sie sich einfach schlafend gestellt, weil sie befürchtet hat, dass ich sonst wieder von vorne beginne und sie meinen Gesang noch länger ertragen muss.“

Ich muss gestehen, dass ich auch nicht so recht weiß, ob ich es gut finden soll oder nicht.

Natürlich freue ich mich, dass sie schon schläft. Außerdem bin ich unendlich erleichtert, dass es ihr offenkundig gut geht. Aufzuwachen und festzustellen, dass das Kind nicht da ist, wo man es vermutet, ist für wahrscheinlich jede liebende Mutter ein ziemlicher Schreckmoment.

Aber in all die Erleichterung mischen sich auch andere Gefühle.

Es erschreckt mich, dass Michelle Ryan die Haustür geöffnet und ihn hereingelassen hat. Sie weiß, dass sie so etwas nicht darf, und ich bin immer davon ausgegangen, dass sie es auch nicht machen würde. Das mag furchtbar naiv von mir gewesen sein, denn natürlich bin ich mir völlig darüber im Klaren, dass Kinder leichtsinnige Dinge tun und sich unglaublich schnell beeinflussen lassen; völlig egal, wie oft man ihnen theoretisch erklärt, dass sie etwas nicht tun sollen – praktisch sieht die Welt ganz anders aus.

„Danke, dass du dich um alles gekümmert hast." Dass ich mit Michelle noch einmal ein ernstes Wörtchen werde reden müssen, verschweige ich lieber; außerdem geht Ryan das ja auch nichts an.

Er zuckt nur ziemlich lässig mit den Schultern,

„Gern geschehen!", erwidert er, als wäre es nichts, mein immer noch kränkelndes Kind zum Schlafen zu bringen und sich um mich zu kümmern, wenn es mir nicht gut geht.

Er war da, als ich wirklich jemanden gebraucht habe und hat geholfen, ohne Fragen zu stellen. Das rechne ich ihm hoch an – und hätte es ihm außerdem niemals zugetraut. Das mag ja gemein klingen, doch letztendlich kenne ich ihn ja kaum noch. In meinen Erinnerungen ist er immer noch ein ziemlich erfolgreicher, sehr wütender und ebenso junger Teenager, meine erste große Liebe. Aber wir alle verändern uns, wenn wir erwachsen werden und ich kann noch nicht einschätzen, inwiefern Ryan sich verändert hat.

Meiner bisherigen Bilanz nach mag ich den neuen Ryan, vielleicht sogar ein bisschen zu sehr.

„Trink noch einen Schluck Tee!“ Er drückt mir die Tasse erneut in die Hand und ich trinke folgsam.

Er bleibt den kompletten Abend bei mir und kümmert sich um mich, flößt mir Tee ein, bereitet mir eine klare Brühe zu, als es mir wieder besser geht und schläft dann auf dem Sofa, falls ich noch Hilfe brauche.

Am nächsten Morgen bin ich früh wach, und auch, wenn ich mich noch ziemlich schlapp fühle, ist die widerliche Übelkeit doch verschwunden. Ich nehme eine Dusche, die meine Lebensgeister zurückkehren lässt, wasche meine Haare, schminke mich ein wenig und ziehe mir etwas Vernünftiges an.

Schlimm genug, dass mich Ryan gestern in diesem desolaten Zustand gesehen hat, das will ich ihm auf gar keinen Fall noch einen weiteren Tag zumuten.

Als ich ins Wohnzimmer komme, ist das Sofa leer und ich verspüre wieder diese seltsame Mischung aus Erleichterung und Enttäuschung, genau wie beim letzten Mal.

Ich versuche, nicht zu viel über meine Gefühle nachzudenken und überlege mir stattdessen, ob es irgendetwas gibt, auf das ich Appetit habe.

Irgendwann höre ich das leise Tapsen nackter Füßchen und Michelle kommt herein.

„Guten Morgen, Mommy!“ Sie gähnt herzhaft und entblößt dabei zwei strahlend weiße Reihen kleiner Kinderzähnchen.

„Hey, mein Engelchen. Hast du gut geschlafen? Geht es dir wieder gut?“

Ich betrachte das kleine, runde Gesicht meiner Tochter und ihre blonden Locken, die an der einen Seite platt gelegen sind und an der anderen wirr von ihrem Kopf abstehen. Sie ist das zauberhafteste Geschöpf, das mir jemals begegnet ist. Und selbst wenn ich mir gestern kurzfristig gewünscht habe, keine Mutter und lieber alleine krank zu sein, habe ich noch nie etwas in meinem Leben so sehr gewollt, wie für dieses Kind da zu sein, sie glücklich zu machen, meine Zeit mit ihr zu verbringen, sie zu beschützen und heranwachsen zu sehen.

Sie nickt und umarmt dann meine Beine, bevor sie sich an den Küchentisch setzt.

„Mommy?“

Ich nehme eine Packung Zwieback für mich und Cornflakes für Michelle aus dem Schrank. „Mommy, können wir einen Hund haben?“

Wie gesagt, ich liebe meine Tochter über alles. Doch diese Diskussion haben wir bereits unzählige Mal geführt, mit immer demselben Ergebnis.

„Nein, mein Engelchen“, antworte ich. „Wir können keinen Hund haben.“ Ich fülle ihr eine Schüssel mit ihren Frühstücksflocken und Milch, in der Hoffnung, dass sie nicht mehr darüber redet, wenn sie den Mund voll hat.

Kapitel 11

Zum Glück sind sowohl Michelle als auch ich recht schnell wieder vollständig genesen, denn so heftig der Infekt war, so schnell ist er wieder verschwunden.

Der Sommer ist nun da, mit aller Macht, und es war den gesamten Tag zu heiß, um Zeit im Freien zu verbringen. Ich bin wirklich froh, dass es uns nicht erst diese Woche erwischt hat, denn bei dieser Hitze stelle ich es mir noch viel unerträglicher vor, krank zu sein.

Ich habe von Ryan die ganze Woche über nichts gehört und auch meinerseits keinen Kontakt zu ihm gesucht, aber ich muss mir eingestehen, dass ich nach ihm Ausschau halte, egal wo ich gerade bin. All die letzten Jahre war es gut auszuhalten, nicht ständig an ihn zu denken, und wenn er doch in meinem Kopf aufgetaucht ist, habe ich versucht, ihn von dort so schnell wie möglich wieder zu verbannen. Immerhin war ich glücklich verheiratet. Wenn ich es im Nachhinein betrachte, muss ich allerdings gestehen, dass ich Michael vielleicht ebenfalls betrogen habe. Nicht auf so direkte Art und Weise, wie er es getan hat, aber innerlich habe ich Ryan niemals ganz loslassen können. Vielleicht hat Michael das unterbewusst gespürt und sich deshalb Trost bei einem jungen Ding gesucht, das ihn nun anhimmelt, als wäre er ein Gott.

Doch seit Ryan wieder hier in Midway ist, habe ich das Gefühl, als hätte er sich mitten in meinem Kopf eingenistet und würde von dort nicht mehr verschwinden wollen.

Gestern Mittag war ich so abgelenkt, dass ich Michelle in Hausschuhen aus dem Kindergarten mit nach Hause genommen habe. Gott sei Dank war ich ausnahmsweise mal mit dem Wagen da. Zum Glück muss ich mir keine größeren Sorgen darum machen, dass ich ihr heute mit meiner Verwirrung Schaden zufügen könnte, denn Michael hat sie vorhin abgeholt, außer der Reihe, weil er eine Überraschung für unsere Tochter hat. Manchmal kommt es mir vor, als hätte ich momentan zwei verschiedene Leben: Einen Alltag als Hausfrau und Mutter und dann die kinderfreien Wochenenden, an denen mein Leben ein anderes zu sein scheint, was mich irgendwie beängstigt.

Statt weiter zu grübeln überlege ich mir, ein paar Cookies zu backen und sie Ryan vorbeizubringen. Als kleines Dankeschön dafür, dass er sich so gut um Michelle und mich gekümmert hat. Schließlich macht man das doch. Und da ich seine Telefonnummer nicht habe, bleibt mir ja eigentlich nichts anderes übrig, als bei ihm vorbeizufahren, oder?

Natürlich weiß ich, dass ich mir da selbst etwas vormache und ihn vor allem wiedersehen will, aber ich fühle mich einfach besser, wenn ich einen triftigen Grund habe, um bei ihm vorbeizufahren.

Zwei Stunden später stehe ich mit einem Korb voller Cashew-White-Chocolate-Cookies, die laut meiner Tochter die besten Kekse der Welt sind, vor dem alten Fabrikgebäude, in dem Ryan wohnt. Da ich seit neuestem wieder die Artikel über ihn lese, bin ich bestens informiert, auch wenn ich befürchte, dass Ryan selbst weniger davon begeistert sein dürfte, dass sein neuer Wohnsitz in der Zeitung veröffentlicht wurde.

Ich will gerade klingeln, als die Tür aufgeht und Shepard herauskommt. Da er jedoch völlig darin vertieft ist, irgendetwas in sein Handy einzutippen, übersieht er mich zum Glück. Kopfschüttelnd aber erleichtert betrachte ich sein angestrengtes Gesicht beim Schreiben; er wirkt, als hätte er damit ernsthafte Schwierigkeiten und es würde mich nicht wundern, wenn er die auch tatsächlich hätte. Der Hellste ist er beim besten Willen nicht, auch dann nicht, wenn man nicht schlecht über seine Mitmenschen reden oder denken soll. Es ist schließlich nichts als die Wahrheit.

Ich halte die Tür fest, bevor sie ins Schloss fallen kann, und fahre mit dem Aufzug ganz nach oben. Das Ding ist ein alter Frachtaufzug, der dringend eine Generalüberholung nötig hätte, aber vielleicht ist er auch aus nostalgischen Gründen so erhalten worden, um das Fabrikgefühl zu wahren.

Zu den rohen roten Backsteinwänden, die auch im Inneren des Gebäudes zu finden sind, den grauen Betonböden und den hohen Decken passt der Aufzug jedenfalls perfekt.

Ryans Wohnung ist die einzige, die im Obergeschoss liegt, zumindest kann ich bloß eine einzige Tür entdecken, als ich aussteige.

Ich atme ein paar Mal tief durch, bevor ich an die schwer erscheinende Tür klopfe, die wie eine alte Brandschutztür wirkt und eine matte, silbrige Oberfläche hat.

Irgendwie komme ich mir hier fehl am Platze vor. Mit meinem Körbchen in der Hand und dem hellen Blümchenkleid fühle ich mich ein wenig wie Rotkäppchen, das gerade beim bösen Wolf anklopft.

Die Tür öffnet sich mit einem lauten Quietschen von selbst, und ich trete etwas zögerlich ein.

„Shepard, verdammt, ich hab dir doch gesagt, dass ich keinen Bock habe, deine Junggesellenparty zu organisieren und mit Stripperinnen kenne ich mich auch nicht aus!“, höre ich Ryans Stimme aus den Tiefen seiner Wohnung, aber ich kann ihn nirgends entdecken.

Stattdessen sehe ich einen alten abgenutzten Dielenboden, noch mehr rote Backsteinwände sowie jede Menge unausgepackter Kartons. Es wirkt eher wie ein Lagerraum als wie ein Wohnung, und mir kribbeln sofort die Finger, weil ich am liebsten damit beginnen würde, hier aufzuräumen und sauberzumachen.

Dann höre ich eine sich öffnende Tür.

„Verschwinde endlich, Shepard."

Langsam drehe ich mich in Richtung der Stimme um.

„Oh!", sagt Ryan, als er mich entdeckt, und bei seinem Anblick fällt mir auch nicht viel Besseres als ein „Oh!" ein.

Er ist nackt, bis auf ein weißes Handtuch, das er sich um die Hüften geschlungen hat; offenkundig kommt er gerade aus der Dusche.

Sein Haar ist nass und nach hinten geschoben, als hätte er es einfach mit beiden Händen aus dem Gesicht gestreift, über seine breite Brust laufen Wassertropfen, die sich den Weg über seinen flachen, muskulösen Bauch bahnen, um dann in seinem Handtuch zu verschwinden. Wie gebannt starre ich auf den Weg der Tropfen, bis Ryan seine Arme unter der Brust verschränkt.

„Hi!", sagt er und klingt dabei ziemlich amüsiert.

„Hi", murmele ich ziemlich verlegen, und bemerke, dass ich rot werde. Dann versuche ich krampfhaft, ihm in die Augen zu schauen, die ganz eindeutig amüsiert funkeln.

Ich suche nach Worten, doch in meinem Kopf hat sich gerade ein Vakuum gebildet. Aber immerhin schaffe ich es nun, in Ryans Gesicht statt auf seinen nassen, nackten

Körper zu starren, wobei auch das nicht unbedingt minder verwirrend ist. Sein Grinsen wird sekündlich breiter.

„Was verschafft mir die Ehre Eures Besuchs, Mylady?" Als ich immer noch nicht antworte, legt er den Kopf leicht schief und seine Zähne blitzen hell in seinem gebräunten Gesicht auf. „Oder bist du vielleicht nur hier, um die Aussicht zu genießen?" Aufreizend langsam dreht er sich einmal um sich selbst.

Mach dich ruhig auf meine Kosten lustig, du Arsch!

Leider muss ich zugeben, dass er auch von hinten nach wie vor einen ziemlich netten Anblick bietet.

„Ich habe Cookies mitgebracht!" Das ist ein Satz, der ungefähr genauso schlau ist wie das legendäre ‚Ich habe eine Wassermelone getragen' aus Dirty Dancing, und ich werde noch verlegener.

Ryan wirkt einen Moment lang verwirrt, bevor ich auf meinen Korb deute.

„Cookies!", wiederhole ich. „Selbstgebackene. Als Dank für deine Hilfe letzte Woche."

Außerdem wollte ich dich unbedingt treffen.

Aber das spreche ich lieber nicht laut aus, er hat auch so bereits mitbekommen, wie sehr er mir gefällt.

„Okay", antwortet Ryan gedehnt. „Dann ziehe ich mir mal eben etwas an. Ich bin gleich wieder da." Er bewegt sich in Richtung einer Tür, hinter der sich vermutlich Schlaf- und Badezimmer verbergen.

„Schade!", entfährt es mir, bevor ich es zurückhalten kann und Ryan erstarrt in seiner Bewegung.

„Wie meinen?" Er zieht die Augenbrauen hoch und dreht sich halb zu mir herum.

Jetzt ist es auch egal, zumal ich an der Beule unter seinem Handtuch gerade deutlich erkennen kann, dass es ihm wohl gefallen hat, meine Blicke auf sich zu spüren.

„Meinetwegen brauchst du dir nichts anzuziehen. Du hast mir nackt schon immer am besten gefallen, wenn ich ehrlich sein soll."

Ich meine, schließlich ist Ehrlichkeit doch eine gute Sache, oder?

Er macht zwei große Schritte auf mich zu, bevor er mein Gesicht mit beiden Händen umfängt, und mich küsst. Ich liebe seinen Kuss und die Art und Weise, wie er mein Gesicht dabei berührt: zärtlich, eine Spur dominant – es sollte per Gesetz eingeführt werden, dass alle Männer so küssen müssen wie er. Dann wäre die ein oder andere Frau deutlich glücklicher und die Welt ein bisschen besser.

Als er mit seiner Zunge meine Lippen teilt, höre ich auf zu denken und für eine ganze Weile gibt es nur noch ihn und mich.

+++

Lächelnd betrachtet er die nackte Frau, die neben ihm liegt und mit den Fingernägeln sanft an der Innenseite seines Armes auf- und abfährt. Eine kleine Geste, aber ihn macht das völlig verrückt, und das, obwohl sie sich gerade erst geliebt haben. Das hat sie früher schon gemacht, mit ähnlicher Wirkung.

Ob sie das bei Michael wohl auch getan hat?

Statt weiter darüber nachzudenken, beginnt er Lilly lieber erneut zu küssen, etwas, wovon er anscheinend nie genug bekommen kann.

Sie hier in seinem Bett zu haben ist etwas, nach dem er sich heimlich gesehnt hat, seit er zurück in Midway ist, und es fühlt sich an, als würde ein Traum in Erfüllung gehen.

„Ich muss etwas essen!" Lilly schiebt ihn energisch beiseite – also ist es eindeutig kein Traum, denn wenn es einer wäre, würde sie sich jetzt bereits wieder unter ihm winden und seinen Namen keuchen. „Dir scheint das Älterwerden im Gegensatz zu mir wohl nichts auszumachen!" Mit einem freudigen Lachen betrachtet sie die erneuten Anzeichen seiner eindeutigen Erregung, als sie die Bettdecke wegschiebt und sich hinsetzt.

Dennoch schwingt eine gewisse Unsicherheit in ihren Worten mit und Ryan muss lächeln. Diesbezüglich sind wohl alle Frauen gleich.

„Ich finde, dass du noch besser aussiehst als früher." Er sieht Lilly an, die sich an die Bettkante gesetzt hat.

„Ich habe ein Kind bekommen und seit damals sechs Kilo zugenommen."

„Damals warst du kaum mehr als ein Mädchen. Jetzt bist du eine Frau. Ich habe dich noch nie so umwerfend sexy gefunden wie heute." Das ist vielleicht insofern gelogen, als dass er sie früher zumindest genauso umwerfend sexy gefunden hatte wie heute – manche Dinge lassen sich eben nicht steigern – aber das muss sie ja nicht unbedingt wissen, aus verschiedensten Gründen.

Er umfasst ihre immer noch schlanke Taille und zieht sie zurück ins Bett; diesmal lässt sie es sich ohne Widerstand gefallen.

+++

Bis wir die Cookies essen, ist es draußen dunkel geworden und ich weiß es zum ersten Mal wirklich zu schätzen, ein kinderfreies Wochenende zu haben, mir keine Gedanken darüber machen zu müssen, wann ich zu Hause sein muss und machen zu können, was ich will.

„Bleibst du über Nacht?“, fragt Ryan mich, als hätte er geahnt, was ich gerade denke. Ich schüttle dennoch den Kopf. Hier zu übernachten wäre eindeutig mehr als ein wenig Sex ohne Verpflichtungen. Es wäre der erste Schritt in Richtung einer neuen Beziehung, und dazu bin ich einfach nicht bereit. Schon gar nicht mit Ryan. Ich denke an Mariah, und daran was sie wohl sagen würde, wenn ich ausgerechnet mit Ryan eine neue Beziehung anfangen würde, noch bevor ich von ihrem Sohn geschieden bin. Soweit ich weiß, haben die beiden sich nicht sonderlich gut verstanden und jeden Kontakt abgebrochen, nachdem Ryan fortgegangen ist, aber Genaueres weiß ich nicht. Ich habe auch nie danach gefragt.

Mariah ist immer nett zu mir gewesen und meine Schwiegermutter ist in meinem Leben das, was einer Mutter wohl am nächsten kommt. Ich will sie auf keinen Fall vor den Kopf stoßen und unsere Beziehung zueinander gefährden, indem ich mich auf etwas Unüberlegtes mit Ryan einlasse.

„Ich muss noch nach Hause, falls etwas mit Michelle sein sollte!“, sage ich irgendwann ziemlich lahm, als ich merke, dass Ryan noch immer auf eine Antwort von mir wartet.

„Du weißt aber schon, dass es auch in meiner Wohnung Handyempfang gibt?“ Er begutachtet mich mit gerunzelter Stirn und hat die Ausrede vermutlich als solche erkannt.

„Ja sicher. Aber wenn ich nicht zu Hause bin, würde das sicherlich irgendwie merkwürdig wirken.“ Jetzt ist es heraus und Ryan seufzt tief.

„Lilly, dein Mann hat dich mit dem Babysitter betrogen! Das ist kein Geheimnis, soweit ich weiß. Ich kann mir nicht vorstellen, dass irgendwer schlecht von dir denken wird, nur weil du dich nach über einem halben Jahr ebenfalls langsam neu orientierst! Mal abgesehen davon habe ich dich nur gebeten, die Nacht bei mir zu verbringen – und dabei um ehrlich zu sein an ganz andere Dinge gedacht. Niemand spricht hier von irgendetwas … Offiziellem." Er spricht das Wort aus, als wäre es giftig und ich schäme mich auf einmal. Weil ich denke, dass es jeden interessiert, was ich tue oder lasse und weil ich das Gefühl habe, dass Ryan das alles viel lockerer betrachtet als ich. Zumindest auf der einen Seite. Auf der anderen … na ja, da habe ich seine Blicke vielleicht einfach fehlinterpretiert. Mir ist das Ganze auf einmal entsetzlich unangenehm, ich würde mich in diesem Moment gerne in Luft auflösen. Und zwar sofort und auf der Stelle.

„Hör zu!" Er seufzt wieder, dann umfasst er mein Kinn, und dreht meinen Kopf sanft in seine Richtung, sodass ich ihn ansehen muss. „Mir gefällt das mit dir. Aber ich bin kein verliebter Teenager mehr, ich habe den Glauben an die Liebe schon längst verloren. Und mir ist klar, dass es hier nur um Sex geht. Also: mach dir nicht so viele Gedanken. Und jetzt fahr nach Hause, wenn du dich dabei besser fühlst."

+++

Die Wohnungstür schließt sich leise hinter ihr, diskret und unauffällig, wie es ihre Art ist.

Mit verschränkten Armen und zusammengebissenen Zähnen starrt Ryan auf die geschlossene Tür.

Seine Wohnung fühlt sich auf einmal leer an ohne Lilly, unangenehm leer, und das, obwohl ihm alleine zu sein sonst nie etwas ausmacht.

Vielleicht hatte er gehofft, dass sie sich nach all den Jahren geändert hätte, etwas lockerer geworden wäre, sich weniger Gedanken darüber machen könnte, was andere über sie denken.

Er hat sie ja nicht gleich heiraten wollen, aber dass sie lieber alleine in ihrem Bett schläft, statt eine heiße Nacht in seinem zu verbringen, setzt ihm mehr zu, als er vermutet hätte.

Du bist ihr eben immer noch nicht genug!

Mit knirschenden Zähnen schaltet er den Fernseher und zappt teilnahmslos von einem Programm zum anderen, während alte, unangenehme Gefühle in ihm zu toben beginnen.

+++

Du bist eben wie deine Mutter!

Tante Gladices Stimme geistert durch meinen Kopf, genau wie früher, wenn ich nicht brav und still gewesen bin, sondern irgendetwas angestellt hatte.

Wobei *etwas angestellt* für Tante Gladice schon galt, wenn ich zu schnell über den Flur gelaufen war, oder die furchtbaren Nachbarn zu unserer Linken sich beschwert hatten, weil ich morgens auf dem Weg zur Schule zu laut gesungen hatte.

Du bist eben wie deine Mutter.

Als wäre das ein Schicksalsschlag, den man einfach hinnehmen muss.

Aber denk daran, wo sie gelandet ist.

Tot im Straßengraben ist sie gelandet, nach einem Date in der Stadt, bei dem sie sich mit einem Mann getroffen hatte. Genau wie ich gerade.

Ich weiß bis heute keine Details, aber ich glaube, dass er verheiratet gewesen ist und meine Mutter seine Geliebte. Wann immer sie konnte, hat sie mich bei der verkniffenen Tante Gladice gelassen, um ihn zu besuchen. *Wann immer sie konnte* entsprach in diesem Fall einmal in der Woche. Ich mochte diese Abende nicht sonderlich, denn die Lieder von Tante Gladice waren nicht so schön wie die von meiner Mutter. Sie war auch nicht so fröhlich wie meine Mutter, die eigentlich ständig gesungen hat, den ganzen Tag lang. Auch der Gute-Nacht-Kuss meiner Tante war nicht so schön wie der von meiner Mommy. Sie küsste mich bloß mit verknitterten Lippen auf die Stirn.

Meine Mutter war ein Nachzügler gewesen, das geliebte Nesthäkchen von Eltern, die nicht mehr damit gerechnet hatten, noch einmal ein Kind zu bekommen. Mein Großvater war bereits sechzig, als meine Mutter zur Welt kam, meine Großmutter weit über vierzig. Ein kleines biologisches Wunder. Gladice, die große Schwester meiner Mutter, war längst erwachsen und ausgezogen, als ihre kleine Schwester zur Welt kam, und die beiden trennten Welten. Während Gladice streng erzogen worden war, müssen meine Großeltern mit meiner Mutter sehr nachsichtig gewesen sein, sie nach Strich und Faden verwöhnt haben. Im Nachhinein betrachtet denke ich manchmal, dass sie wohl nie gelernt hatte, Verantwortung zu übernehmen.

Als sie mit mir schwanger wurde, war sie gerade achtzehn Jahre alt. „Dein Daddy ist ein richtiger Cowboy, mein Schatz. Er lebt auf einer großen Ranch in Texas mit ganz vielen Pferden.“ Das erzählte sie mir als Kind oft, und ich glaubte es zu gerne . Aber nach Tante Gladices Tod habe ich ihre alten Tagebücher auf dem Dach gefunden. Sie hatte meinen Vater im Urlaub kennengelernt und wusste nicht einmal seinen Nachnamen. Alles was sie wusste war, dass er Student war und einen starken Südstaaten-Akzent hatte. Die beiden müssen eine stürmische und folgenreiche Nacht miteinander verbracht haben, aber die Folgen sind ihr erst klargeworden, als sie schon lange wieder zurück zu Hause war.

Manche Menschen sind mit achtzehn sicherlich bereits erwachsen, meine Mutter war in vielem noch ein halbes Kind gewesen. Wenn ich an die naiven Träume denke, die sie in ihrem Tagebuch geschildert hat, kommt sie mir kaum älter vor, als manch andere mit vierzehn.

Dennoch hat sie sich gut um mich gekümmert, und vor allem hat sie mich geliebt, und das habe ich gespürt.

Ebenfalls geliebt hat sie es allerdings, Spaß zu haben und sich mit Männern zu treffen, auch wenn sie das meinetwegen stark zurückgeschraubt hatte. Großvater war kurz vor meiner Geburt gestorben und meine Großmutter lebte im Heim, weil sie zunehmend dement wurde. Also ließ meine Mutter mich bei ihrer Schwester, die selbst nie geheiratet hatte. Warum weiß ich selbst nicht genau, wahrscheinlich war sie fest davon überzeugt, dass ihr Herz nur einem einzigen Mann gehören könne, nämlich Jesus.

Sie missbilligte das Verhalten meiner Mutter zwar, unterstützte sie aber dennoch. Doch eines Tages kam sie einfach nicht mehr nach Hause. Sie hatte auf nasser Fahrbahn die Kontrolle über den Wagen verloren, das Auto muss sich mehrfach überschlagen haben und sie war sofort tot.

Auch, wenn ich damals noch sehr klein war, ist ein Teil von mir mit ihr gestorben, denn danach war meine Kindheit, wie ich sie bisher kannte, von jetzt auf gleich vorbei.

Du bist wie deine Mutter, eines Tages wirst du noch enden wie sie.

Tot im Straßengraben nach einem Stelldichein in der Stadt.

Auf einmal kriecht Panik in mir hoch, und ich beginne zu frieren, als wäre die Temperatur in meinem Auto schlagartig um mindestens zwanzig Grad gesunken.

Auf gar keinen Fall will ich mein kleines Mädchen alleine zurücklassen!

Völlig irrationale Angst erfasst mich und ich umklammere das Lenkrad so fest, dass meine Fingerknöchel weiß hervortreten. Ich habe nur wenige Erinnerungen an meine Mutter, dabei war ich bereits fünf, als sie verstarb. Wenn ich mir überlege, dass es Michelle genauso ergehen könnte, dass ich nichts für sie bleibe, als die ferne Erinnerung an ein paar fröhliche Lieder, den Hauch eines blumigen Parfüms, sowie der körperlose Nachgeschmack eines süßen Gute-Nacht-Kusses …

Auch ohne einen Unfall zu erleiden sterbe ich auf der Fahrt nach Hause tausend Tode.

Kapitel 12

„Das kann ja wohl nicht dein Ernst sein?“ Völlig fassungslos stehe ich nach einer Nacht ohne Schlaf an der Tür und schaue auf Michael, der Michelle einen Tag früher als abgesprochen zurückbringt. Das wäre ja nicht das Problem – auch wenn er hätte vorher anrufen können, anstatt einfach davon auszugehen, dass ich zu Hause bin und Zeit habe. Doch neben meiner Tochter wedelt ein kleiner, hellblonder Labradorwelpe aufgeregt mit dem Schwanz. Das war wohl die tolle Überraschung, die er für sie hatte. Einen Hund wünscht Michelle sich schon, seit sie sprechen kann.

Mein Noch-Mann runzelt genervt die Stirn.

„Ich kann den Hund auch solange in eine Tierpension geben, wenn dir das lieber ist. Michelle wird dann sicherlich enttäuscht sein. Es war ihre Idee, dass er bei euch bleibt, während wir im Urlaub sind.“

Zähneknirschend schaue ich auf den elf Wochen alten Hund, der mit dem besten Welpenblick aller Zeiten vor meiner Tür sitzt – gleich neben meiner Tochter, von der er diesen Blick vermutlich gelernt hat.

„Warum legt ihr euch denn überhaupt einen Hund zu, bevor ihr in den Urlaub fahrt?“ Ich finde, das ist durchaus eine berechtigte Frage, auch wenn Michael jetzt irgendwie streng guckt.

„Das mit dem Urlaub war meine Idee!“, mischt sich Sandy ein und ihre schwarz gefärbten Ponyfransen bewegen sich im Takt zu dem Kaugummi, das sie gerade kaut. „Ich wollte Mickey überraschen! Er liebt Überraschungen! Leider haben wir uns nicht richtig abgesprochen und dann gab es Chaos!“ Als wären wir in einem Comic, fügt sie noch ein leises „Boom“ hinzu und fuchtelt wie wild mit den Händen in der Luft herum, vermutlich um das Chaos zu beschreiben: Ich befürchte, dass es in ihrem Kopf ähnlich aussieht. Da ist außer *Boom* auch nicht viel zu holen.

Ich frage mich, wie ich dieser Tussi jemals mein Kind anvertrauen konnte. Ich hasse sie! Obwohl das eigentlich Quatsch ist, denn sie hat es gar nicht verdient, dass ich ihr so viele Gefühle entgegenbringe.

Das *Mickey* Überraschungen liebt, ist mir ebenfalls neu. Bis vor einem halben Jahr mochte er die Dinge eigentlich lieber generalstabsmäßig geplant und hat mich damit mehr als einmal in den Wahnsinn getrieben. Ich bin selbst nicht sonderlich spontan, doch bei ihm grenzt sein Planungswahn beinahe an eine Zwangsneurose. Unglaublich, dass dieser Mann sich einen Welpen zugelegt hat! Genaugenommen sieht *Mickey* nicht sonderlich glücklich aus, wie ich mit einiger Genugtuung feststelle. Und ist das da an seiner Schläfe etwa ein graues Haar?

„Wie kommt ihr überhaupt darauf, euch einen Hund zuzulegen?“, frage ich, obwohl ich die Antwort schon erahne.

„Michelle wünscht sich schon so lange einen …“

Einen Moment schließe ich die Augen.

„Michael, sie wünscht sich auch einen sprechenden Papageien, einen lilafarbenen Elefanten und ein Einhorn! Und ich sehe hier nirgendwo ein Einhorn.“

„Jetzt wirst du unsachlich, Lilly.“ Michael wippt ungeduldig auf den Fersen auf und ab.

Natürlich stimmt das, aber im Kern der Aussage habe ich dennoch recht.

„Ich weiß, dass du ihr einen Gefallen tun wolltest“, sage ich jetzt etwas sanfter. „Natürlich wünscht sie sich schon lange einen Hund. Allerdings ist sie noch viel zu klein, um sich selbst darum zu kümmern! Und so ein Hund macht Dreck und Arbeit. Hätte das nicht noch ein paar Jahre warten können? Und hättest du es nicht vorher mit mir besprechen können?“

„Wir werden ja wohl noch selbst entscheiden können, ob wir uns einen Hund zulegen oder nicht!“, motzt Sandy, und ich würde ihr in diesem Moment gerne meine Faust in ihr hübsches Gesichtchen rammen. Leider steht meine Tochter daneben und auch sonst weiß ich mich viel zu gut zu benehmen.

„Mommy, können wir Chelsea bitte zu uns nehmen? Er wird einsam sein, wenn er in die Tierpension muss. Das ist so etwas wie ein Kinderheim. Und da will auch kein Kind hin!“ Meine kleine Tochter unterbricht meine gehässigen Gedanken und bringt mich in das Hier und Jetzt zurück.

Ihre blauen Kulleraugen füllen sich bereits mit den ersten Tränen, anscheinend hat Michael sie erfolgreich instrumentalisiert. Vielleicht war das auch die doofe Sandy.

Aber wer es auch immer war: ich werde schwach. Auch wenn ich weiß, dass ich es vermutlich sehr bald bitter bereuen werde. Ich kann weder diesen armen kleinen Hund noch meine Tochter leiden sehen, nur weil mein Noch-Mann ein verantwortungsloser Arsch ist.

Ist doch wahr!

Seufzend mache ich einen Schritt zur Seite und lasse Michelle und Chelsea ins Haus.

Michael räumt Futter, ein Körbchen und alles mögliche andere Hundezubehör aus und bringt die Sachen in meine

Küche. Anscheinend war ihm von Anfang an klar, dass ich zusagen werde, er kennt mich eben einfach zu gut.

„Na dann viel Spaß im Urlaub, *Mickey*!“, flöte ich zuckersüß, schon allein deshalb, weil ich mir ziemlich sicher bin, dass er den Spitznamen hasst. Er ist bei solche Dingen ziemlich eigen und in diesem Fall muss ich ihm sogar recht geben. Schließlich ist er ein erwachsener Mann und kein kleiner Junge mehr, dem man einen niedlichen Spitznamen verpassen könnte.

Zufrieden stelle ich fest, dass er wirklich nicht sehr glücklich wirkt, und sein Gesicht sich auch nicht entspannt, als er zu Sandy ins Auto steigt. Anscheinend gibt es Ärger im Paradies und das erfüllt mich mit tiefer Freude.

Leider ist Karma eine heikle Angelegenheit und *meinem* Karma scheint die Freude über das Unglück meines Ehemanns, und sei sie noch so berechtigt, nicht gut zu tun. Denn als ich mich umdrehe, um nach unserem neuen Feriengast zu schauen, bekomme ich gerade noch mit, wie der Hund auf meinen nagelneuen Teppich pinkelt.

Ich setze den Hund in den Garten und hole einen Lappen aus der Küche, um das Malheur so gut es geht zu beseitigen. Als ich gerade damit fertig bin, hat Chelsea es geschafft, die Terrassentür zu öffnen. Ehe ich mich versehe ist er bei mir, um knurrend in den Lappen zu beißen und anschließend dem Putzeimer umzuwerfen.

Manchmal kann das Leben so scheiße sein …

Wenigstens Michelle freut sich über den Hund, und nimmt ihn gleich in Schutz, als ich mit ihm schimpfe.

„Chelsea ist noch ein Baby, Mommy! Er hat das nicht mit Absicht gemacht.“

Da hat sie natürlich recht und ich beruhige mich recht schnell wieder.

„Warum heißt der Hund eigentlich Chelsea?“ Es ist eindeutig ein Rüde, also bin ich etwas verwundert.

Michelle scheint über dieses Thema wohl schon ein paar Mal gesprochen zu haben, denn sie verschränkt sofort ihre kleinen Ärmchen vor ihrer Brust und nimmt eine trotzige Körperhaltung an.

„Weil Chelsea ein schöner Name ist!“

„Natürlich ist er das, aber Chelsea ist ein Mädchenname!“

„Na und? Amy aus meiner Kindergartengruppe hat zwei Daddys. Also kann mein Hund auch Chelsea heißen, wenn er das gerne möchte.“

Einen Moment lang bleibt mir der Mund offen stehen, doch ich habe dieser kindlichen Logik nichts entgegenzusetzen.

„Also dann, Chelsea!“ Ich gehe in die Küche und mache Kind und Hund etwas zu essen.

Die nächste Tage bin ich damit beschäftigt, es zu bereuen. Ich bereue, dass ich so ein weiches Herz habe, dass ich so schlecht *nein* sagen kann, und dass ich mich auf den Wahnsinn eingelassen habe.

Denn Chelsea ist kein Labradorwelpe, sondern eine Anfressmaschine, die sich gleichzeitig auf die Verbreitung von Chaos spezialisiert hat.

Man kann ihn keine zwei Sekunden aus den Augen lassen, ohne dass er Blödsinn macht, oder auf den Teppich pinkelt.

Er zerlegt ein komplettes Sofakissen, während ich nur mal kurz zur Toilette gehe, er ruiniert ein Bein des niedlichen Telefontischens auf meinem Flur, ich kann ihn in letzter Sekunde davon abhalten, einen meiner

Lockenwickler zu fressen und es fehlen mindestens drei Paar von Michelles Strümpfen. Zwei Bleistifte von meinem Schreibtisch vermisse ich ebenfalls.

Wenn das Tier nicht so niedlich wäre, hätte ich ihm wahrscheinlich schon längst den Hals umgedreht. So aber stehen seine Überlebenschancen recht gut, und statt ihn zu einem koreanischen Spezialitätenrestaurant zu bringen, melde ich uns zu einer Welpengruppe an und kaufe mir außerdem ein Buch über Welpenerziehung. Feriengast hin oder her – ich mache die Dinge eben ganz oder gar nicht.

Kapitel 13

Irgendwann lerne ich, mich auf den kleinen Hund einzustellen. Ich erkenne, wann er nach draußen muss und habe ein ganzes Arsenal an Kauartikeln für ihn vorrätig. Denn wenn man von seiner Zerstörungswut mal absieht, ist er ein wirklich süßer kleiner Fratz und ich bin bald genauso vernarrt in ihn, wie Michelle es ist.

Für die beiden ist es das Größte, aneinander gekuschelt auf dem Fußboden vor dem Fernseher einzuschlafen, und obwohl das eigentlich nicht unbedingt meinen Hygienevorstellungen entspricht, lasse ich sie.

Einen ganz enormen Vorteil hat der Hund außerdem: ich bin beschäftigt und kann nicht auf dumme Gedanken kommen. Doch eigentlich sind da sogar lauter dumme Gedanken in meinem Kopf und alle drehen sich um Ryan. Vorzugsweise ist er dabei nackt.

Aber mir fehlt zumindest die Zeit, sie auch in die Tat umzusetzen, was ein wirklich großer Vorteil ist.

Denn neben den Gefühlen für ihn, die eindeutig sexueller Natur sind, ist da noch mehr. Es ist ein warmes Gefühl tief in meinem Bauch, das sich einstellt, wann immer ich an ihn denke, das all mein Denken und Handeln zu beeinflussen droht, wenn ich es nicht unterdrücke.

Ich kenne dieses Gefühl von früher, nur dass es damals noch intensiver war. Ich will gar nicht genauer darüber nachdenken, was es bedeutet, versuche es zu verdrängen und zu ignorieren. Denn ich kann es nicht gebrauchen.

Ich kann es nicht gebrauchen, mich zu verlieben. In niemanden. Ich bin eine alleinerziehende Mutter; ich habe Verantwortung. Ich komme mir schon jetzt vor, als würde ich alle meine Lieben verraten, wenn ich mich heimlich mit

Ryan treffe. Es mag unlogisch klingen, aber es fühlt sich so an, als würde ich sie alle betrügen: Michael, Michelle, Mariah. Irgendwie sogar meine Mutter und Tante Gladice.

Es ist so, als würde ich mir damit selbst eingestehen müssen, dass meine Ehe doch nicht so toll war, wie ich immer gedacht habe. Denn wenn sie es gewesen wäre, dürfte ich doch noch keine Gefühle für Ryan haben, oder?

Meine Ehe, die mich glücklich gemacht hat und mir dieses wundervolle Kind geschenkt hat, für das ich so viel Liebe empfinde, dass ich manchmal gar nicht mehr weiß, wohin damit.

Um mich abzulenken, gehe ich spazieren, auch wenn Chelsea ja noch nicht so weit laufen darf, wie ich es gerne würde.

Heute treffe ich mich mit Sarah im Park, sie ist extra gekommen, um Chelsea zu bewundern. Allerdings dauert es nicht lange, bis das Gespräch auf Themen kommt, die mir alles andere als gut gefallen.

„Was läuft eigentlich zwischen Ryan und dir?“, fragt sie mich wie aus heiterem Himmel und völlig unverblümt. Eigentlich schätze ich ihre direkte Art sehr, außer dann, wenn sie mir unbequeme Fragen stellt.

„Was soll denn schon zwischen uns sein?“ Ich stelle mich bewusst dumm. Ich glaube zwar nicht ernsthaft, dass ich damit bei ihr eine Chance habe, doch einen Versuch ist es immerhin wert.

„Verarsch mich doch nicht!“ Sie klingt zwischen amüsiert und empört. „Ryan hat das auch schon versucht, aber ich kenne dich gut genug, um zu wissen, dass da etwas zwischen euch läuft. Und er ist auch nicht gerade ein glaubhafter Lügner.“

Chelsea versucht in diesem Moment, ein liegengebliebenes Taschentuch zu fressen und verschafft mir so noch etwas Bedenkzeit. Guter Hund!

„Wir haben uns ein, zweimal getroffen, aber es ist nichts Ernstes. Ich denke, dass es besser ist, wenn wir uns nicht wiedersehen.“ Mir tut es selbst weh, das zu sagen.

„Ich verstehe dich nicht.“ Sarah läuft mit verschränkten Armen neben mir her. „Ryan ist ein wirklich toller Kerl und offensichtlich ist er bis über beide Ohren in dich verschossen. Wo also liegt dein Problem?“

Seufzend massiere ich meine Nasenwurzel, ich habe schon den ganzen Tag latente Kopfschmerzen. Die vielen Grübeleien setzen mir zu.

„Michael ist mein Problem.“

„Du bist ihn doch zum Glück los!“

„Ich habe aber eine Weile gebraucht, um zu erkennen, dass es mein Glück ist, Sarah. Und selbst wenn mein Verstand es einsieht, hinkt mein Gefühl noch hinterher. Wir waren über zwölf Jahre ein Paar. Das ist eine verdammt lange Zeit. Das ist so oft gemeinsames Weihnachten, gemeinsames Thanksgiving, gemeinsame Geburtstage, dass ich mich kaum noch daran erinnern kann, wie solche Tage ohne ihn waren. Wir haben ein Kind und hatten ein gemeinsames Haus … Das vergisst man nicht einfach so innerhalb weniger Wochen. Er ist so lange ein wichtiger Teil meines Lebens gewesen, irgendwie kann ich mich noch nicht richtig davon befreien. Von ihm befreien. Man hört schließlich nicht von heute auf morgen einfach auf damit, jemanden zu lieben, oder? Auch dann nicht, wenn man es vielleicht sollte. Solche Gefühle kann man eben nicht einfach an- und abstellen. Ich zumindest kann das nicht.“

Bevor ich weiterspreche, hole ich tief Luft, aber Sarah legt mir die Hand auf die Schulter, um mich zu unterbrechen.

„Du hast natürlich recht, Lilly. Gefühle sind manchmal kompliziert, vor allem, wenn es die eigenen sind. Da kann jemand anderes viel erzählen, letztendlich musst du entscheiden, was gut und richtig für dich ist. Du bist auch die Einzige, die das wirklich kann. Egal, wie perfekt ein Außenstehender eine Liaison von Ryan und dir auch finden mag: viel wichtiger ist, das es für *dich* perfekt ist. Alles andere ergibt überhaupt keinen Sinn."

Nächste Woche treffen Michael und ich uns mit unseren Anwälten, um die Scheidungspapiere zu unterschreiben, und obwohl ich es am Anfang absolut schrecklich fand, habe ich mich mittlerweile an den Gedanken gewöhnt. Ich will es hinter mir haben. Vielleicht verschafft es mir mehr Klarheit, wenn ich endlich nicht mehr verheiratet bin.

Mein Problem ist also nicht Michael, für den ich noch zu viel empfinde, denn das tue ich nicht. Mein Problem ist Ryan, für den ich tatsächlich zu viel empfinde. Ich kann Neues und Altes schlecht voneinander trennen. Ich habe Angst, mich offiziell auf etwas Neues einzulassen, ich will nicht wieder so sehr enttäuscht und verletzt werden. Außerdem will ich Mariah nicht auch noch verlieren, und jedes Mal, wenn ich mich mit Ryan treffe, habe ich Angst davor, dass sie es herausfinden könnte und sich von mir abwendet.

Ich fühle mich nicht bereit dazu, einen Schritt weiterzugehen. Nur Sex mit Ryan zu haben ist schon kompliziert genug.

Du bist eben wie deine Mutter!

Die Worte meiner Tante, die für mich stets wie ein Todesurteil geklungen haben, geistern durch meinen Kopf und meine Kopfschmerzen werden noch stärker. Selbst wenn mir bewusst ist, dass es für moderne Frauen fast schon zum guten Ton gehört, ein aktives Sexualleben zu haben, fühlt es sich für mich bis heute so an, als würde ich etwas Strafbares und Verbotenes tun.

Halt dich bloß fern von diesem Bengel, denk an deine Mutter.

Halt dich bloß fern von den Männern, denk an deine Mutter.

Sei ein braves Mädchen, oder willst du wie deine Mutter enden?

Ich habe meine Mutter immer geliebt, aber wer will schon tot sein, bevor er überhaupt richtig gelebt hat?

Kapitel 14

Mariah ist kurz dagewesen, um nach ihrer Enkeltochter zu schauen und mir zu berichten, dass Michael und Sandy wahrscheinlich frühzeitig aus ihrem Urlaub zurückkehren werden. Die beiden scheinen sich nicht sonderlich gut zu verstehen und mir fällt es schwer, mein Lächeln zu verbergen.

Meine Gefühle für meinen Noch-Mann haben sich mittlerweile deutlich abgekühlt, aber wenn ich Sandy zukünftig nicht mehr ertragen müsste … Mit einer neuen Partnerin würde ich ihm sein Glück ja wirklich gönnen, doch nicht mit dieser dämlichen Tussi, die mich jedes Mal, wenn ich sie sehe, an den Verrat erinnert, den Michael an mir begangen hat.

„Ich finde es gut, dass du nicht gleich in das nächste Abenteuer gestürzt hast. Du bist so eine schöne Frau, die Männer stehen sicherlich Schlange bei dir. Aber ich kann dir aus Erfahrung sagen, dass es besser ist, alte Wunden erst heilen zu lassen." Liebevoll tätschelt sie mir die Wange. „Du machst das alles richtig, meine Liebe." Ihre zärtliche Geste verpasst mir einen Stich ins Herz, ihre Worte ebenso. Wenn sie wüsste …

Du wirst noch enden wie deine Mutter!

Seufzend lehne ich mich von innen an die Tür, nachdem ich sie hinter ihr geschlossen habe, und beobachte Michelle, die in der Küche in einem Bilderbuch blättert, während Chelsea zufrieden zu ihren Füßen liegt und schnarcht.

Seit ich ein Kind habe, erschreckt mich der Gedanke an den Tod viel mehr als früher. Wer soll sich schon um sie kümmern, wenn ich nicht mehr da bin? Mit wem soll sie all die Gespräche führen, für die man eine Mutter braucht?

Ich setze mich mit meiner Tochter in die Küche und lese ihr aus dem Buch vor, das sie gerade in den Händen hält. Wir sind so in die Geschichte versunken, dass wir beide zusammenzucken, als es an der Tür klingelt. Selbst Chelsea zuckt erschreckt zusammen, bevor er sich entsinnt, dass er schließlich ein Hund ist und zu bellen anfängt.

„Ist das wieder Oma?“, fragt Michelle hoffnungsvoll.

„Keine Ahnung!“, antworte ich. „Am besten, wir schauen schnell nach.“

Als ich die Tür schließlich geöffnet habe, wünschte ich, ich hätte sie zugelassen. Denn davor steht ein Berg von Muskeln und Problemen in Form von Ryan Stanford.

„Ladies!“ Lächelnd nimmt er seine Sonnenbrille ab und macht einen Diener, erst in Michelles Richtung, anschließend in meine. Seine braunen Augen funkeln gut gelaunt und als sich Chelsea schwanzwedelnd auf ihn stürzt, fängt er an zu lachen. „Und wer bist du, mein kleiner Freund?“ Er bückt sich, um den Hund zu streicheln, was ihm ausgezeichnet steht. Männer mit jungen Hunden oder kleinen Kinder üben einen ganz eigenen Reiz aus, und ich muss lächeln, obwohl ich es gar nicht will.

Dann wird mir bewusst, dass wir für jeden sichtbar auf der Straße stehen. Ich will nicht, dass meine Nachbarn denken, dass ich Besuch von fremden Männern bekomme, also trete ich einen Schritt zurück, um ihn hereinzubitten.

„Was machst du denn hier?“, frage ich, schroffer als beabsichtigt, während er sich weiter um Chelsea kümmert. Er sieht gut aus in seinem engen T-Shirt und den Shorts und seine warme Haut duftet bis zu mir unwiderstehlich nach Ryan, nach Sonne und nach Aftershave.

Auch wenn das zwischen uns alles so kompliziert ist und ich ihn am liebsten einfach aus meinem Leben streichen würde, sehne mich nach ihm, so sehr, dass ich es kaum aushalten kann.

Er betrachtet mich von unten, lange und nachdenklich, und krault dabei weiterhin Chelseas Bauch. Langsam richtet er sich zu seiner vollen Größe auf und jetzt bin ich diejenige, die zu ihm aufblicken muss.

„Ein Freund hat mir für dies Wochenende sein Boot geliehen, und ich dachte, ihr hättet vielleicht Lust auf einen kleinen Ausflug?“ Ich will sofort absagen, aber er lässt mich gar nicht erst zu Wort kommen. „Es gibt zwei Kajüten an Bord. Und morgen Mittag würde ich euch zurück nach Hause bringen. Bei dem schönen Wetter wollt ihr doch nicht die ganze Zeit zu Hause herumsitzen?“ Ohne hinzusehen weiß ich, dass sich Michelles Gesichtchen hinter mir gerade aufhellt und sie zu hüpfen beginnt. Auch Ryan wittert seine Chance. „Was meinst du dazu, Prinzessin?“, fragt er prompt. „Willst du mit Mommy und ihrem alten Bekannten einen schönen Ausflug machen?“

Ihr helles, freudiges Gekreische kann man nur als Zustimmung werten, und auch Chelsea hat wieder begonnen, aufgeregt auf- und abzuspringen.

„Mommys *alter Bekannter* sollte zusehen, dass er nach diesem Wochenende kein *ertrunkener Bekannter* ist“, zische ich im Vorbeigehen, dann gehe ich hoch, um für Michelle und mich zu packen, begleitet von Ryans tiefem Lachen.

Das Boot seines Freundes ist riesig, zumindest größer als alles, was ich bisher für Ausflüge auf dem See kennenlernen durfte. Der See selbst liegt circa hundertfünfzig Kilometer von Midway entfernt, hier läuft man kaum Gefahr, auf Bekannte zu treffen. Ohnehin ist es hier sehr ruhig, und einfach wunderschön.

Nachdem Michelle und Ryan ausgiebig das Boot über den See gefahren haben – meine kleiner Tochter mit stolzgeschwellter Brust, weil sie es, mit Ryans Hilfe, ebenfalls steuern durfte – haben wir irgendwann in einer kleinen Bucht angehalten.

Der See ist an dieser Stelle von Bäumen umgeben, auf einer Wiese hinter dem Ufer wächst weiches, grünes Gras und irgendwo zirpt eine Grille. Ich liege auf dem Handtuch, das Ryan für mich ausgebreitet hat, während er selbst mit Chelsea und Michelle herumtollt.

Die warme Sonne wärmt mein Gesicht, das fröhliche Lachen meines Kindes wärmt mein Herz und ich bin einige unbeschwerte Momente lang einfach glücklich. Solche Augenblicke im Leben sind kostbar, und ich versuche das Gefühl in mir festzuhalten, als könne man es archivieren, um sich in weniger guten Lebenslagen daran zu erinnern und zu erfreuen.

„Mommy!" Michelles schriller Schrei reißt mich irgendwann aus meiner Fast-Meditation. Sie klingt so entsetzt, dass ich trotz des schönen Sommertages umgehend eine Gänsehaut bekomme. „Mommy, Chelsea hat ein Vogelbaby in der Schnauze! Und es ist tot!" Vor Erleichterung über dieses vergleichsweise harmlose Problem muss ich lächeln. Ich wickle mir schnell ein Tuch über meinen Bikini und schlüpfe in meinen Flipflops, bevor ich zu den dreien hinübergehe.

Ryan hält den kläffenden Chelsea am Halsband fest, während meine völlig aufgelöste Tochter auf die Hundeschnauze deutet.

„Da, Mommy! Da!“ Ich sehe schon von Weitem das kleine rosa Beinchen, das heraushängt, und mit Ryans Hilfe haben wir Chelseas Schnauze recht schnell geöffnet. Das Vogelküken scheint noch ziemlich jung gewesen zu sein, denn es ist noch völlig nackt. Außerdem muss es schon eine Weile tot sein, es stinkt gotterbärmlich.

Während ich es angeekelt mit einem Stöckchen zur Seite schiebe, und mir überlege, ob es eine Möglichkeit gibt, Chelsea eine Mundspülung zu verpassen, fängt Michelle bitterlich an zu weinen.

„Mommy, das war doch noch ein Baby!“, schluchzt sie und Ryan zieht sie in seinen freien Arm; mit dem anderen hält er den aufgeregten Hund fest.

„Manchmal kommen kleine Vögel schon sehr krank zur Welt, Prinzessin. Sie leben dann gar nicht richtig. Schau – eigentlich ist es auch noch gar kein komplettes Küken. Es ist ja noch völlig nackt!“ Kritisch beäugt Michelle das rosafarbene Etwas, das wirklich eher wie ein Alien als wie ein Vogel wirkt. Überzeugt scheint sie noch nicht, aber zumindest hört sie auf zu schluchzen. „Es darf jetzt im Himmel für kleine Vogelkinder weiterleben, da scheint ständig die Sonne und es gibt immer genug zu fressen.“ Ryan lächelt und Michelle schnieft.

„Ganz sicher?“, fragt sie zaghaft.

„Ganz sicher!“, erwidert Ryan mit einem kräftigen Nicken. „Was meinst du, Prinzessin, sollen wir das Vogelküken begraben?“

Michelle nickt und überlegt bereits, ob wir dem kleinen Tierchen wohl Blumen in sein Grab legen können, damit es weicher liegt und nicht mehr so stinkt. Ich bin erstaunt, wie unkompliziert Kinder mit solchen Dingen umgehen, wenn man sie nicht zu sehr dramatisiert.

Eine halbe Stunde später ist alles erledigt; Ryan hat Michelle sogar ein winzig kleines Vögelchen aus einem Stückchen Holz geschnitzt. Das ist zwar keine Schönheit, aber Michelle ist trotzdem glücklich und beschäftigt sich vergnügt mit ihrem neuen Spielzeug. Chelsea hat sich von seinem kleinen Abenteuer ebenfalls gut erholt und zu meiner großen Erleichterung jede Menge Seewasser getrunken, sodass er jetzt nur noch nach Hund und nicht mehr nach Verwesung riecht, als er sich zu meinen Füßen zu einem Nickerchen zusammenrollt.

„Danke, dass du uns mit hierher genommen hast!", sage ich zu Ryan, der sich neben mich gesetzt hat. Der Schatten seines Basecaps fällt auf die kräftige Kontur seines Mundes, der sich zu einem zufriedenen Lächeln verzieht.

„Gern geschehen!", antwortet er, und dann blicken wir beide eine Weile lang zufrieden schweigend auf den See hinaus.

+++

Mit Kindern hat er nicht viel Erfahrung, doch Lillys kleine Tochter hat es geschafft, sein Herz im Sturm zu erobern.

Mit ihren blonden Locken, den großen blauen Kulleraugen und ihrem fröhlichen Temperament ist sie einfach absolut entzückend, auch wenn er sich zwischenzeitlich gefragt hat, ob sie jemals aufhört zu reden.

Ryan ist sich völlig darüber im Klaren darüber, dass er heute nicht ganz fair gespielt hat; er hat genau gewusst, dass Lilly nicht würde Nein sagen können, wenn er Michelle erst einmal überzeugt hat. Aber wie sagt man so schön? Im Krieg und in der Liebe ist alles erlaubt.

Liebe – was für ein großes Wort!

Er kann nicht aufhören, an Lilly zu denken und es sind eindeutig mehr Gefühle für sie da als für all die anderen Frauen, denen er in seinem Leben begegnet ist.

Er musste sie einfach wiedersehen und sich vergewissern, dass der Zauber auch bei ihrem nächsten Treffen noch vorhanden ist.

Und das war er. Er ist völlig verzaubert.

Von Lilly und auch von Michelle, wenn auch auf ganz unterschiedliche Art und Weise. Als sie heute zusammen an Deck des Bootes das von ihm mitgebrachte Abendessen zu sich genommen haben, hat er sich gefragt, wie es wohl wäre, so etwas jeden Tag machen zu können. Abendessen mit einer Familie.

Der Gedanke erschreckt ihn. Er hat bisher nie ernsthaft über eine eigene Familie nachgedacht, nicht einmal damals mit Lilly. Allerdings war er zu dem Zeitpunkt natürlich auch noch zu jung dafür gewesen.

Nachdenklich sammelt er einen einzelnen Barbieschuh ein, den Michelle an Deck vergessen hat und legt ihm zu dem buntgemusterten Tuch, das Lilly heute den halben Tag über ihrem Bikini getragen hat. Mit den Fingerkuppen streicht er über den seidigen Stoff.

Es ist kompliziert, eigentlich ist es noch genauso kompliziert wie früher. Ryan glaubt nicht an die Liebe, aber die Gefühle, die er für Lilly hat, sind tiefer, als sie sein dürften.

Und Lilly?

Er ist sich ziemlich sicher, dass sie nicht mit ihm hierhergekommen wäre, wenn sie nicht so weit weg von Midway wären.

Du bist eben ein Nichtsnutz, Ryan Stanford! Du bist zu überhaupt nichts gut.

Sein Vater hat solche Dinge unzählige Male zu ihm gesagt, das letzte Mal, nachdem er ihn um Geld angepumpt hatte. Kurz zuvor war ein Beitrag über Ryan und seine Erfolge in einer überregional ausgestrahlten Sportsendung erschienen, die seinen Vater wohl auf die Idee gebracht hatte, am Erfolg seines Sohnes teilhaben zu wollen – natürlich nur am finanziellen. Ron war wie so oft betrunken gewesen, als er bei Ryan anrief. Woher er überhaupt die Telefonnummer hatte ist ihm bis heute ein Rätsel.

Die beiden hatten vorher jahrelang keinen Kontakt mehr gehabt und zunächst hat Ryan sich über den Anruf sogar ein bisschen gefreut. Bis sich der Grund dafür herausstellte. Ryan bot ihm an, ihm einen Platz in einer Entzugsklinik zu besorgen, aber Ron lehnte wütend ab. Schließlich brüllten sich die beiden an, bis es Ryan zu dumm wurde und er einfach auflegte. Danach ließ er seine Nummer ändern und damit jeglichen Kontakt ganz unterbunden.

Seitdem ist er mit Alkohol noch vorsichtiger geworden, als er es vorher schon war. Denn sollte er jemals Kinder haben, wollte er sie auf keinen Fall besoffen anrufen müssen. Niemals will er so enden wie sein Vater.

Trotz aller beruflichen Erfolge hat er noch immer das Gefühl, niemals zu genügen.

In diesem Moment kommt Lilly an Deck, die gerade Michelle ins Bett gebracht hat, und sofort kommt Ryan auf völlig andere Gedanken.

Lilly ist sein Kryptonit, seine Schwachstelle, aber gleichzeitig kann er einfach nicht von ihr lassen, weder körperlich noch emotional.

Sie trägt kurze Jeansshorts und ein enges, weißes Tanktop, unter dem die Träger ihres bunten Bikinis hervorblitzen. Ihr Haar ist am Hinterkopf zu einem Pferdeschwanz zusammengebunden. Selbst in diesem vergleichsweise schlichten Outfit sieht sie aus wie eine Schönheitskönigin.

All seine Gedanken scheinen auf Autopilot zu schalten, als sie langsam auf ihn zukommt.

+++

„Hallo Schönheit!" Ryans Stimme hat diesen einmalig rauen, rauchigen Klang angenommen, der mich jedes Mal schwach werden lässt. Vielleicht ist es auch Ryan selbst, der mich immer wieder schwach werden lässt – wer kann das schon so genau wissen.

„Hey, toter alter Bekannter!", erwidere ich lächelnd. Ich bin ihm längst nicht mehr böse. Eigentlich bin ich es bereits seit unserer Ankunft nicht mehr, schon allein deshalb, weil Michelle sich so gut amüsiert hat.

Ich weiß nicht, ob es klug war, diesen Ausflug mit ihr zusammen zu unternehmen, denn ich weiß, dass sich Michelle nach einer Familie sehnt. Andererseits haben Ryan und ich uns den gesamten Tag wirklich nur wie gute Freunde verhalten, sodass es kaum einen Unterschied machen dürfte, ob ich mit ihm oder beispielsweise Theresa einen Ausflug mache. Zumindest für Michelle nicht. Hoffe ich.

Für mich selbst macht es durchaus einen Unterschied, einen ganz gewaltigen sogar. Denn Ryan ist in Schwimmshorts einfach ein einmaliger Anblick, vor allem dann, wenn er dazu kein T-Shirt trägt. Und auch wenn er eins trägt, fällt es mir schwer, den Blick von ihm zu wenden oder an etwas anderes zu denken als daran, wie er ohne Bekleidung aussieht.

Ich bin froh, dass wir hergefahren sind, selbst wenn ich befürchte, dass es alles noch komplizierter machen wird, wenn wir wieder zurück sind.

Der Steg, an dem wir ankern, liegt vor fremden Blicken gut geschützt in einer kleinen, einsamen Bucht.

Ohnehin kam mir der heutige Tag so vor, als würde er sich außerhalb meines eigentlichen Lebens abspielen, als gäbe es all die Sorgen nicht, die ich sonst so mit mir herumtrage. Es ist ein bisschen so, als befänden wir uns in einer Seifenblase, die parallel zum realen Leben schwebt, ohne es jedoch zu berühren. Ich will gar nicht wissen, was passiert, wenn die Blase auf einmal platzt, doch im Moment genieße ich den unbeschwerten Zustand aus ganzer Seele.

Ich mache ein paar Schritte auf Ryan zu, der seine Unterarme auf die Reling gestützt hat. Bevor ich zu ihm kam, hat er auf das Wasser gesehen, aber nun ruhen seine Augen nur noch auf mir. Ich kenne diesen Blick und ich weiß, was gleich passieren wird, aber heute ist einfach alles zu schön, um nein sagen zu können.

Ich weiche ihm nicht aus, als er die Hand nach mir ausstreckt, um nach meiner zu greifen; ich leiste keinen Widerstand, als er mich zu sich heranzieht, um mich zu umarmen. Als er mich dann küsst, mache ich nichts anderes mehr, als in seinen Armen dahinzuschmelzen wie Eis in der Sonne. Es fühlt sich alles so wunderbar und richtig an, dass ich nicht eine Sekunde daran verschwende, was es für Konsequenzen für mein Herz haben könnte, wenn ich mich ihm jetzt schon wieder hingebe.

Kapitel 15

Michael hat sich tatsächlich von der schrecklichen Sandy getrennt.

Ich warte auf die Erleichterung, auf die Schadenfreude, oder wenigstens eine Spur von Genugtuung, auf irgendeine großartige Gefühlsregung. Zu meinem Erstaunen bleibt diese aus.

Es versöhnt mich weder mit Michael noch mit Sandy, und auch nicht mit unserer Trennung, dass die beiden nun kein Paar mehr sind, und auch zwischen Michael und mir ändert es nichts.

Immerhin bleibt Chelsea jetzt auf Dauer bei uns, denn im Gegensatz zu Ryan, bei dem sich der Hund fast umbringt vor Freude, hat er sich mit eingezogenem Schwanz unter dem Sofa verkrochen, als Michael ihn mitnehmen wollte. Ich vermute, dass ihm das nur recht war. Er hat den Hund ja nur wegen Michelle angeschafft; ich bin mir relativ sicher, dass es ihm viel zu viel Chaos wäre. Jetzt, wo er sich von Sandy getrennt hat, hätte er außerdem ein großes organisatorisches Problem bekommen, denn Michael ist beruflich viel unterwegs und so ein kleiner Hund kostet Unmengen Zeit.

Der Hund scheint ein kluges Kerlchen zu sein, und ich bin ebenfalls froh, wenn er bei mir bleibt, denn ich habe mein Herz in den letzten Wochen sehr an ihn gehängt.

Doch Michael hat noch mehr Neuigkeiten mitgebracht.

„Ich werde übrigens nach New York ziehen", eröffnet er mir, während er in meiner Küche eine Tasse Kaffee trinkt. „Ich habe ein verdammt gutes Angebot einer großen Firma bekommen, die gerne möchte, dass ich für sie arbeite. Das ist eine Riesenchance und ich will sie mir auf keinen Fall entgehen lassen.“ Beinahe sieht er ein wenig schuldbewusst aus, während er Milch in seinen Kaffee rührt. „Natürlich kann ich Michelle dann nicht mehr so oft treffen, oder zumindest nicht so regelmäßig, aber vielleicht kann ich sie dafür in den Ferien stattdessen komplett zu mir nehmen.“ Er reibt sich mit beiden Händen über das Gesicht, und wirkt auf einmal so unendlich müde, dass ich Mitleid mit ihm bekomme. Das ist ein Gefühl, das ich mit in den Monaten nach unserer Trennung immer verboten habe, denn schließlich war er derjenige, der mich nicht mehr wollte – nicht umgekehrt. Jedes Mal, wenn ich auch nur ansatzweise so etwas wie Mitleid für ihm empfunden habe, wurde dies umgehend von Wut und Verbitterung, von Enttäuschung und Verletztheit abgelöst. Vielleicht bin ich mittlerweile einfach nicht mehr ganz so enttäuscht und verbittert, und meine Wunden heilen langsam.

Ich schaue Michael an, und erkenne, dass es ihm ebenfalls nicht gut geht, dass er unsere Trennung, und wohl auch die Trennung von Michelle, nicht so leicht wegsteckt, wie ich es bisher glauben wollte.

Der Gedanke ist seltsam heilsam und tröstlich.

Ich seufze tief, bevor ich einen extra Löffel Zucker in meine Tasse gebe.

„Wir bekommen das schon irgendwie hin!“, sage ich dann, und klinge optimistischer, als ich es bin. Michelle wird ihren Daddy entsetzlich vermissen. Und ich vielleicht auch, denn irgendwie ist er nach wie vor eine Art Vertrauter für mich.

Auch zwischen Ryan und mir hat sich nach unserem Ausflug an den See etwas verändert, wenn ich es auch nicht genau benennen kann.

Es ist, als hätten wir ein stilles Abkommen getroffen, dass wir uns treffen, wann immer sich dazu eine Gelegenheit ergibt. Wenn Michelle bei Michael ist, treffen wir uns bei Ryan, wenn sie bei mir ist, wartet er, bis sie eingeschlafen ist, bevor er zu mir kommt.

Damit er Michelle nicht weckt, wenn er klingelt, gebe ich Ryan einen Schlüssel. Zumindest behaupte ich, dass es der Grund ist, um es mir selbst schönzureden. Denn wenn ich ganz ehrlich bin, gefällt mir der Gedanke, dass Ryan einen Haustürschlüssel besitzt. Ich weiß, dass zwischen uns mehr ist als eine bloße Affäre. Letztendlich war mir das von Anfang an klar, es sind einfach zu viele Gefühle im Spiel, alte sowie neue, um es auf etwas rein Körperliches zu beschränken. Allerdings bin ich momentan nicht dazu bereit, einen Schritt weiterzugehen. Das ist mir einfach alles zu viel, zu neu, zu dicht nacheinander. Ich will mein Herz, und auch meinen Kopf, gerne frei haben, wenn ich wirklich etwas Neues beginne. So weiß ich im Moment selbst nicht richtig, was zwischen Ryan und mir eigentlich ist oder auch nicht ist. Der Gedanke an mehr verursacht mir Panik, der Gedanke, ihn nicht mehr zu sehen ebenso. Weil ich keinen anderen Rat weiß, lasse ich die Dinge so laufen, wie sie gerade sind und habe dabei permanent das ungute Gefühl, dass mir das eines Tages noch furchtbar auf die Füße fallen wird.

+++

Nächste Woche geht das Training los, aber Ryan fühlt sich gut vorbereitet. Im Gegensatz zu einigen seiner Teamkameraden, die er mittlerweile alle kennengelernt hat, lässt er sein persönliches Fitnesstraining auch in den Pausen niemals schleifen und er hatte auch noch nie mit überflüssigen Kilos zu kämpfen, wenn die Saison wieder beginnt. Dafür ist ihm der Sport viel zu wichtig, vielleicht weil er wenig anderes in seinem Leben hat, das ihm so viel Spaß macht und so viel Anerkennung bringt. Beim Eishockey war er niemals *nicht genug*, sondern von Anfang an eine ziemlich große Nummer, und seit er damals einen Fuß in die Tür zum Profisport bekommen hat, ist seine Karriere immer steil bergauf gegangen.

Freunde sind ihm nie wichtig gewesen, sie sind gekommen und gegangen, haben mit jeder Mannschaft, für die er gespielt hat, gewechselt. Familie hat er schon lange keine mehr, zumindest keine, für die er sich verantwortlich fühlt.

Außer Alex und Abby natürlich, aber auch zu den beiden hat er ein weniger enges Verhältnis, als man es zu einer richtigen Familie hätte, mit der man aufgewachsen ist, zu der über die Jahre hinweg ein enges, inniges und vertrauensvolles Verhältnis gewachsen ist. Doch Abby und Alex sind diejenigen, die er an Thanksgiving und Weihnachten besucht und die er als Notfallkontakte in seiner Akte angegeben hat.

Und natürlich ist da noch Lilly.

Lilly die ihn zum Lächeln bringt, und auf die Idee, dass er doch mehr für eine Frau empfinden könnte als nur oberflächliche Gefühle. Allerdings ist er sich nicht sicher, ob ihm dieser Umstand gefällt oder ihn vielmehr beängstigt.

+++

„Was ist mit deiner Schulter los? Du reibst ständig darüber." Ryan dreht sich auf den Bauch und stützt sich auf die Ellenbogen, um mich besser ansehen zu können.

Michelle ist nicht da und wir haben den gesamten Vormittag im Bett verbracht.

„Ich habe zu viel am Rechner gesessen, denke ich. Ich habe online ein paar neue Fortbildungskurse gemacht. Mir tut die Schulter schon seit gestern weh.“ Ich bin es wirklich nicht mehr gewohnt, so lange Zeit vor dem Bildschirm zu sitzen und meine innere Anspannung trägt auch nicht gerade zur Lockerheit und Entspannung bei – auch nicht zu der meiner Muskulatur.

„Komm her!“ Sanft zieht er mich zurück aufs Bett, dreht mich mit auf den Bauch und beugt sich über mich. Dann beginnt er meine Schultern zu massieren und ich stöhne unter seinen Berührungen vor Wonne auf.

„Oh ja! Genau da ...“, keuche ich, als er eine besonders verspannte Stelle trifft. Ryan beginnt leise zu lachen.

„So etwas Ähnliches hast du vorhin auch schon von einer anderen Stelle gesagt, Baby.“ Ich würde ihm gerne etwas antworten, aber ich kann nicht, weil ich gerade voll und ganz damit beschäftigt bin, mich nicht entscheiden zu können. Ich bin mir einfach nicht sicher, ob ich vor Wohlbefinden seufzen oder vor Schmerzen weinen soll, als er seinen Daumen etwas tiefer in meine völlig verspannte Schulter bohrt.

„Willst du wieder anfangen zu arbeiten?“, fragt Ryan nach einer Weile und hört nicht auf, meine verspannte Schulterpartie zu malträtieren. Zwischen zusammengebissenen Zähnen gebe ich ein Geräusch von mir, das er offenkundig als ein Ja interpretiert.

„Das würde ich gerne, allerdings gibt es hier nichts, was für mich infrage käme. Ich durchforste schon seit Wochen die Stellenanzeigen. Ich müsste schon in eine weitaus größere Stadt ziehen, da wäre es einfacher. Boston zum Beispiel. Da gäbe es gute Jobs, sogar welche in Teilzeit. Ich überlege, mich dort zu bewerben.“, antworte ich, ohne groß darüber nachzudenken; ich bin durch Ryans gekonnte Massage viel zu abgelenkt. Kurz hält er in seiner Bewegung inne.

„Boston ist verdammt weit weg, Lilly!“

„Ja, das ist es. Doch Michael wird wahrscheinlich nach New York ziehen, und wenn ich hierbleibe, wird es für Michelle schwer, ihn weiterhin alle zwei Wochen zu treffen. In Boston wären wir viel näher dran.“ Ich stöhne laut auf, als Ryan seine Fingerspitzen tief in meine verspannten Muskeln bohrt.

„Aha!“, sagt er, dann hört er auf. Einen kurzen Moment lang hält er inne, und ich habe das Gefühl, dass er noch etwas sagen möchte, aber er steht aus dem Bett auf.

„Ich muss los!“ Er ist schon dabei, in seine Hose zu steigen, bevor ich reagieren kann. „Ich habe noch einen Verabredung mit den Jungs.“

„Heute?“, frage ich verwirrt, denn in den letzten Wochen haben wir die meiste kinderfreie Zeit zusammen verbracht.

Ryan zuckt mit den Schultern.

„Nächste Woche geht das Training los. Ich will bis dahin so viel Zeit wie möglich mit ihnen verbringen. Das zahlt sich erfahrungsgemäß später aus. Man kann nur zu einem Team werden, wenn man sich gut kennt.“

„Aha!“, sage diesmal ich und sehe ihm voller Bedauern zu, wie er sich anzieht, mir noch einen letzten Kuss gibt und anschließend aus meinem Schafzimmer verschwindet.

Männer wie er werden immer andere Dinge im Kopf haben! höre ich Tante Gladices Stimme in meinem eigenen Kopf, und ich frage mich, ob sie wohl je irgendwann Ruhe geben wird.

+++

Tatsächlich geht Ryan noch mit den Jungs aus, ist aber dabei nicht richtig bei der Sache. Während alle um ihn herum darüber reden, wie wohl die nächste Saison werden wird, stochert er lustlos in seinem Essen herum und schiebt es von einer Seite des Tellers auf die andere.

Michaels Nähe ist ihr wichtiger als seine.

Das hat ihn wie einen Faustschlag getroffen.

Natürlich hat sie ihre Gründe dafür. Und natürlich hat er ihr auch nie gesagt, dass sich seine Gefühle ihr gegenüber irgendwie verändert haben, intensiver geworden sind, enger. Dass er mehr von ihr will, als eine einfache Affäre. Was genau, weiß er selbst noch nicht, doch wie soll man herausfinden, ob etwas funktioniert, wenn man es nicht ausprobiert?

Vielleicht will sie dich einfach nicht, du bist ihr halt nicht gut genug!

Scheiße!

Wütend beißt Ryan die Zähne zusammen und bestellt sich sein erstes Bier seit Jahren.

+++

Ich bin von Michael geschieden. Wir sind nun auch offiziell kein Ehepaar mehr. Ich habe mich dazu entschlossen, seinen Namen zu behalten, weil ich nicht anders heißen möchte als meine Tochter. Unser gemeinsames Kind und mein Nachname ist nun alles, das mich noch mit ihm verbindet. Nachdem alle Papiere unterzeichnet sind, bin ich offiziell wieder Single.

Irgendwie hatte ich gedacht, dass das etwas in mir ändern würde, aber wenn ich ehrlich bin, ist alles, das ich fühle, eine seltsame, dumpfe Leere. Ich dachte, dass ich Erleichterung empfinden würde, stattdessen fühlt es sich so an, als hätte mir jemand etwas weggenommen. Das ärgert und verwirrt mich, denn ich dachte, ich hätte die Trennung von ihm mittlerweile gut verarbeitet; doch heute, nach diesem verdammten Scheidungstermin, sind jede Menge Gefühle aufgewirbelt worden.

Ich wette, morgen sieht die Welt schon wieder ganz anders aus, doch jetzt fühlt sie sich einfach nur beschissen an.

Michelle verbringt den kompletten Tag bei ihrer Oma. Michael und ich wollten ihr einen solchen Termin nicht zumuten, und Mariah nutzt die Gelegenheit, mit ihr einen Ausflug zu unternehmen. Sie wird sie mir erst morgen zurückbringen.

Ich bin froh, dass unsere Scheidung ohne Schlammschlachten und fair über die Bühne gegangen ist. Vor dem Termin war ich unglaublich aufgeregt und jetzt sitze ich zu Hause und fühle mich irgendwie innerlich leer. Obwohl ich dachte, dass es eine gute Idee ist, wenn Michelle bei Mariah ist, bereue ich es gerade ein wenig, dass sie nicht hier ist. Denn das Haus wirkt ohne meinen kleinen Wirbelwind leer und unbewohnt, beinahe einsam, und ich fühle mich ähnlich. Es ist, als würde ich mich erst neu ordnen müssen, als müsse ich die Veränderung in mir, die ich mir durch die offizielle Scheidung erhofft hatte, nun irgendwie anders herbeiführen.

Ich beginne Kekse zu backen, damit ich irgendetwas Sinnvolles zu tun habe, denn auf das Fernsehprogramm kann ich mich auch nicht konzentrieren.

Irgendwann höre ich, wie jemand die Haustür aufschließt und ich bin mir sicher, dass es Ryan sein muss, weil er der Einzige ist, der außer Mariah und mir einen Schlüssel hat und meine Schwiegermutter würde immer klingeln, statt einfach so hereinzukommen.

„Hey Honey!“, begrüßt er mich, als er die Küche betritt, schlingt von hinten seine Arme um meine Taille und küsst meinen Hals. „Ich dachte, ich schaue mal bei dir vorbei und wir feiern, dass du nun wieder zu haben bist.“ Ich spüre sein Lächeln an meinem Hals und muss ebenfalls lächeln. Kurz lehne ich mich mit geschlossenen Augen gegen ihn und genieße seine Nähe, auch wenn sie mich noch mehr verwirrt. Ich hätte meine Gedanken gerne erst einmal sortiert, bevor ich ihm das nächste Mal begegnet wäre, gerade ist mir alles ein wenig zu viel. Nach feiern ist mir auch nicht zumute.

„Was machst du da?“, fragt er, während er mich loslässt und etwas von dem fast fertigen Teig stibitzt. „Hmm, kommt mir bekannt vor.“ Sein Lächeln wird schelmisch, wahrscheinlich denkt er genau wie ich an den Abend in seiner Wohnung, zu dem ich genau diese Kekse gebacken hatte.

Dann setzt er sich an den Tisch hinter mir und sagt eine Weile nichts, sieht mir nur still beim Arbeiten zu.

„Begleitest du mich am Samstag zur Hochzeit von Shepard und Yvette?“ Diese Frage kommt wie aus dem Nichts.

Erstaunt drehe ich mich zu ihm um, die Hände voller Plätzchenteig.

„Ich denke, dass das keine gute Idee ist!“ Ich würde mir wünschen, dass meine Stimme etwas kräftiger klingen würde.

„Ach komm schon, so schlimm wird es schon nicht werden. Es ist eine Hochzeit! Und wenn du nicht willst, musst du ja nicht mit Shepard tanzen. Auf so großen Feiern ist es einfach, jemandem aus dem Weg zu gehen, den man nicht leiden mag. Eric und Sarah werden übrigens auch dort sein. Und Theresa wird sich bestimmt über einen ausführlichen Bericht freuen." Er klingt dabei betont gut gelaunt, aber ich bin mir sicher, dass er das nicht ist, weil ich seine Blicke förmlich in meinem Rücken spüren kann.

Seufzend gebe ich die Hälfte der Mischung aus Schokolade und Nüssen in meine Schüssel und knete weiter.

„Auf so eine Hochzeit lässt man sich eher von regulären Partnern begleiten, als von … seiner Affäre, Ryan." Das Wort kommt mir nicht leicht von den Lippen, aber ich kann auch kein anderes finden. Außerdem bin ich heute völlig außerstande, mir Gedanken darüber zu machen, ob ich einen Schritt weitergehen will oder nicht.

„Eine Affäre?" Ryans Stimme steht jetzt kurz vor dem Gefrierpunkt. „So siehst du das zwischen uns, Lilly? Als nichts mehr als eine Affäre?"

Obwohl ich mich scheue, mich herumzudrehen und seinem Blick zu stellen, tue ich es trotzdem. Genau wie ich erwartet habe, schaut er starr geradeaus und fixiert mich, wie er es mit einem Gegner auf der Eisfläche tun würde. Gleichzeitig erkenne ich die Verletzung in seinem Gesicht.

Bevor ich antworte, muss ich heftig schlucken. „Du weißt selbst, dass es im Moment besser so ist, Ryan. Ich will einfach noch keine neue Beziehung. Ich bin doch erst seit heute geschieden! Und dann ist da Michelle … ich kann ihr schließlich unmöglich einen neuen Daddy vor die Nase setzen! Es reicht schon völlig, dass Michael so rücksichtslos ihr gegenüber ist. Ich bin eine Mutter, ich kann nicht einfach machen, was ich will."

Ryan starrt mich noch immer an, die Stille zwischen uns scheint alles zu ergreifen. Es fühlt sich an, als hätte uns jemand in Beton gegossen, niemand von uns rührt sich auch nur einen Millimeter und ich traue mich kaum zu atmen. Der Geschmack von weißer Schokolade in meinem Mund mischt sich unangenehm mit dem von Bitterkeit und Angst.

„Michelle ist drei Jahre alt, Lilly. Sie ist ein cleveres Mädchen, das durchaus mitbekommt, dass ich regelmäßig hier bin. Und in deinem Bett schlafe. Du warst nicht gerade sonderlich vorsichtig, was das angeht. Ich bin mir ziemlich sicher, dass sie längst davon ausgeht, dass ich mal ihr neuer Daddy werde. Und ich würde es gern werden. Und weißt du was? Ich glaube, dass es für ein kleines Mädchen sicherlich einfacher ist, zu begreifen, dass ihre Mommy sich neu verliebt hat, als dass sie einen Liebhaber hat. Auch Kinder haben schon eine Vorstellung von Liebe und romantischen Gefühlen. Sie kennen Märchen und Geschichten darüber. Aber sie haben keine Vorstellung darüber, dass zwei Menschen sich körperlich nahekommen, weil es ihnen um Sex geht. Also schieb es bitte nicht auf das Wohl deiner Tochter, dass du zu feige bist."

Ich sage nichts. Ich weiß auch gar nicht, was ich dazu sagen sollte. Ich schaue verlegen auf das Küchenhandtuch, an dem ich mir vorhin meine Hände abgewischt habe und in das ich nun meine Finger kralle.

Auch Ryan schweigt wieder eine ganze Weile. Irgendwann schiebt er geräuschvoll den Stuhl zurück, auf dem er gerade gesessen hat.

„Weißt du was, Lilly? Ich glaube, du willst mich einfach deshalb nicht, weil du selbst nach all den Jahren noch denkst, dass ich nicht gut genug für dich bin. Mein Leben lang habe ich es bereut, dass ich kein besserer Mensch, kein besserer Mann für dich sein konnte. Aber je länger ich darüber nachdenke, desto mehr komme ich zu der Einsicht, dass es eigentlich umgekehrt ist. Du bist nicht gut genug für mich! Weil du nämlich kaltherzig und egozentrisch bist und außerdem völlig oberflächlich. Was die Leute von dir denken könnten ist dir noch immer wichtiger als alles andere!"

Mit einem lauten Krachen fällt der Stuhl zu Boden, auf dem er gerade noch gesessen hat. Dann ist er zur Haustür heraus und weg. Einfach verschwunden.

Wie erstarrt bleibe ich in meiner Küche stehen. Erst, als meine Beine anfangen zu schmerzen, hebe ich den zu Boden gefallenen Stuhl auf, setze mich darauf und beginne zu weinen.

Viel schlimmer als seine Worte trifft mich die Erkenntnis, dass er wahrscheinlich recht damit hat.

+++

Vor ihm trödelt ein LKW herum und Ryan knirscht genervt mit den Zähnen.

Beschissener als heute kann ein Tag eigentlich kaum laufen!

Das erste Training war mies. Er ist in dieser Saison der einzige Neue in der Mannschaft und hat deutlich gemerkt, dass er noch nicht richtig dazugehört, all der guten Vorbereitung zum Trotz. Er hasst es, ein Außenseiter zu sein, und sei es nur auf Zeit. Am Ende des Trainings hätte er am liebsten die Kelle aufs Eis geschmissen und die Schlittschuhe an den Nagel gehängt.

Nur der Gedanke an Lilly hat ihn halbwegs die Beherrschung behalten lassen, aber auch Lilly war heute eine einzige Enttäuschung. Dass sie heute keinen Sex hatten, auch wenn er sich darauf gefreut hatte, oder dass ihr offenkundig nicht nach Feiern zumute war, ist nicht das Problem. Für ihn wäre es auch in Ordnung gewesen, einfach eine Pizza zu bestellen und eine DVD mit ihr zu schauen. Zeit mit ihr zu verbringen, so wie man das eben macht, mit Menschen, die einem am Herzen liegen.

Womit er nicht klarkommt, das ist ihre Ablehnung. Er kann nicht damit leben, dass er kein Teil *ihres* Leben sein darf. Dass sie überlegt, sich einen Job in Boston zu suchen war schon wie eine Ohrfeige für ihn. Dass sie sich allerdings sogar weigert, ihre Beziehung offiziell zu machen, dass er nicht mehr für sie ist, als … ja, nicht mehr ist als ein Sextoy, das macht ihn so wütend, dass er kaum Worte dafür finden kann.

Du bist ihr eben nicht genug!

Der LKW vor ihm bringt ihn mit seiner Langsamkeit zur Verzweiflung und Ryan setzt zum Überholen an.

In letzter Sekunde kann er dem ihm entgegenkommenden Auto, das er übersehen hat, noch ausweichen. Nicht jedoch dem Baum am Straßenrand.

+++

Kapitel 16

+++

Das Licht ist brennend hell und seltsam kaltweiß, nicht warm und angenehm, so wie es in seinem Schlafzimmer der Fall ist. Außerdem schmerzt es in seinen Augen, die er schnell wieder schließt. Nicht nur seine Augen schmerzen, auch alles andere tut ihm weh, als hätte ihn jemand durch den Fleischwolf gedreht. Er friert erbärmlich.

„Mr. Stanford, machen Sie die Augen bitte noch mal auf?“ Die Stimme ist ihm fremd und er öffnet seine Augen nur sehr widerwillig. Das Licht ist immer noch zu hell, er kann die Person, die ihn angesprochen hat, kaum erkennen. Es ist eine Frau und sie trägt irgendetwas Hellgrünes. Er hat sie noch nie zuvor gesehen. „Wissen Sie, wo Sie sind, Mr. Stanford?“

Um ehrlich zu sein hat er keine Ahnung und es ist ihm auch viel zu anstrengend, sich gerade weiter darüber Gedanken zu machen.

„Mir ist kalt!“, antwortet er stattdessen, und schläft erneut ein.

Als er das nächste Mal wach wird, ist das erste, was er wahrnimmt, ein lautes Piepen. Das Licht ist noch genauso unangenehm in seinen Augen wie vorher, doch der Nebel in seinem Kopf hat sich ein wenig verzogen.

Blinzelnd sieht er sich in einem fremden Zimmer um, stellt fest, dass er in einem fremden Bett liegt, angeschlossen an diverse Überwachungsmonitore.

„Da sind Sie ja wieder, Mr. Stanford!“ Eine lächelnde Krankenschwester schiebt einen Vorhang zur Seite und kommt auf ihn zu. Diesmal kann er ihr sagen, dass er in einem Krankenhaus ist, er erinnert sich allerdings nur noch schemenhaft daran, wie er hierhergekommen ist.

Da war ein LKW, alles danach versinkt in einer riesigen, schwarzen Erinnerungslücke.

Die Krankenschwester wirft einen Blick auf die Monitore, fragt ihn, ob er Schmerzen hat. Anschließend lächelt sie abermals, freundlich und professionell.

„Der Arzt wird gleich herkommen und mit Ihnen reden, Mr. Stanford."

„Aufgrund der schweren Verletzung konnten wir Ihr rechtes Bein leider nicht mehr retten."

Eine ganze Weile lang hat Ryan den Arzt einfach nur angestarrt, bis sein Gehirn den Satz verarbeitet hat. Es hat eine kleine Ewigkeit gebraucht, bis er begriffen hat, dass *wir konnten es nicht mehr retten* gleichzusetzen ist mit *es musste amputiert werden.*

Sein rechtes Bein ist weg.

Danach hat er kaum noch etwas mitbekommen. Der Arzt hat ihm erzählt, wie schwer die Quetschungen, die er erlitten hat, zu behandeln gewesen sind und dass sein Bein unterhalb des Knies nur noch Brei gewesen ist. Dann hat er ihm erzählt, wie viel Glück er hatte, dass sie wenigstens das Kniegelenk noch retten konnten.

Glück!

Das Wort hat in Ryans Ohren wie der reinste Hohn geklungen, egal, wie oft der Arzt betont hat, wie viel leichter es mit einer Prothese ist, wenn man ein noch intaktes Kniegelenk hat.

Prothese!

Eine Prothese ist etwas für alte Leute oder für Krüppel. Verdammt noch mal, er ist doch kein Krüppel!

Zum Glück dröhnt ihn das Schmerzmittel, das er bekommt, so sehr zu, dass er immer wieder in einen unruhigen Schlaf fällt und die nächsten Tagen nur wie aus weiter Ferne an ihm vorüberziehen.

Wenn er wach ist, ist er die meiste Zeit damit beschäftigt, die Decke über seinem Bein anzustarren. Man kann erkennen, dass darunter etwas fehlt. Was er als ziemlich makaber empfindet. Gerade deswegen braucht er drei Tage, um sie zur Seite zu ziehen, und sich den verbundenen Beinstumpf anzuschauen. Vorher hat er jedes Mal den Kopf weggedreht, wenn jemand kam, um die Verletzung zu versorgen, er hat es sogar geschafft, nicht hinzusehen, wenn die Physiotherapeutin kam, um mit ihm erste Übungen zu machen. Und selbst, nachdem er hingesehen hat, wirkt das alles noch seltsam surreal auf ihn, so als könnte das unmöglich sein eigenes Bein sein, das da kurz unter dem Knie einfach nicht mehr vorhanden ist. Unmöglich kann das sein eigenes Bein sein. Solche Dinge passieren schließlich nur den anderen …

+++

Es dauert drei Tage, bis ich davon erfahre, dass Ryan einen Unfall hatte. Drei verdammte Tage, in denen ich gedacht habe, er würde nicht mehr mit mir reden. Und in denen ich nicht auf die Idee gekommen bin, mir Sorgen um ihn zu machen, weil ich davon ausgegangen bin, er wäre nur einfach sauer auf mich und deswegen nicht mehr erreichbar. Erst war auch ich sauer, dann habe ich mir von Tag zu Tag mehr Sorgen gemacht.

Ich fühle mich elend. Weil es Ryan so schlecht geht, weil ich ihn beinahe verloren hätte, weil wir im Streit auseinander gegangen sind und ich ihn beinahe nicht mehr wieder gesehen hätte.

All meine Bedenken kommen mir plötzlich unendlich dumm vor. Wenn ich könnte, würde ich am liebsten noch einmal von vorne anfangen, ohne meine dämlichen Sorgen. Und so gerne würde ich irgendwie gut machen, was ich zu ihm gesagt habe.

Leider bin ich nicht clever genug. Da ich nicht mit ihm verwandt bin, lässt mich das Krankenhauspersonal nicht zu ihm, und Ryan ist anscheinend noch zu sehr neben der Spur, um normalen Besuch zu empfangen.

Sarah versucht mich so gut sie kann auf dem Laufenden zu halten, doch auch ihre Informationen sind eher spärlich. Das Krankenhaus hat sich bei ihrem Vater gemeldet, der ja Ryans Arbeitgeber ist.

Die Informationen, die sie erhalten hat, sind niederschmetternd.

Ein Körperteil zu verlieren ist vermutlich für jeden Menschen absolut entsetzlich. Ich kann mir kaum vorstellen, wie furchtbar das sein muss. Für Ryan, der stets wahnsinnig stolz auf seine sportlichen Leistungen gewesen ist, der eigentlich ständig in Bewegung gewesen ist – für ihn muss es noch viel schlimmer sein.

Ich denke an ihn, morgens, mittags, abends, nachts und in der Zeit dazwischen ebenfalls. Ich wäre unheimlich gerne bei ihm, um ihm beizustehen, ein bisschen Trost zu spenden, einfach da zu sein und seine Hand zu halten. Doch auch, als ich mit Engelszungen auf das Krankenhauspersonal einrede, lassen sie mich nicht zu ihm auf die Intensivstation. Wahrscheinlich hat die regionale und überregionale Presse es ebenfalls mit allen Tricks versucht und sie schirmen ihren Patienten deshalb besonders gründlich ab, zu seinem eigenen Schutz. Sicherlich bin ich nicht die Erste, die erzählt, sie sei seine Freundin, nur um zu ihm zu kommen.

Die Tage vergehen wie in Trance, irgendwie funktioniere ich, befürchte allerdings, dass ich Michelle eine entsetzlich schlechte Mutter bin. Zum Glück ist sie ein so zufriedenes kleines Mädchen, dass sie es mir nicht übel nimmt, wenn ich eigentlich nur körperlich anwesend bin.

Mechanisch koche ich Essen, backe Plätzchen, lese meiner süßen Tochter etwas vor oder spiele mit ihr.

Bis Sarah mich endlich anruft, um mir mitzuteilen, dass Ryan von der Intensivstation in ein normales Zimmer verlegt worden ist und nun auch wieder Besuch empfangen kann, scheint ein halbes Leben vergangen zu sein.

Gleich nachdem ich Michelle in den Kindergarten gebracht habe, fahre ich ins Krankenhaus.

Sarahs Informationen nach liegt Ryan in einem privaten Flügel der Klinik, die durch einen zusätzlichen Empfangsbereich abgeschirmt ist. Ohne sich persönlich angemeldet zu haben, kommt man hier nicht herein.

Die Wände hinter der kleinen Anmeldung sind strahlend weiß und der Linoleumboden wirkt nicht ganz so abgenutzt wie im Rest der Klinik. Die Bilder an den Wänden hängen akkurat gerade und zeigen Drucke impressionistischer Meisterwerke, leicht und pastellfarben.

Meine Absätze hallen laut auf dem Fußboden und die Dame am Empfang schaut lächelnd von ihrem Bildschirm auf, als sie mich kommen hört. Sie sieht genauso sauber und ordentlich aus wie der Rest hier. Sie ist vielleicht Ende zwanzig, blond und sehr hübsch, ohne dabei sonderlich auffällig zu sein. Ihre weiße Bluse sitzt tadellos, die kleinen Perlenohrringe sind elegant, waren sicherlich sehr teuer und wirken eine Spur langweilig. Die perfekte Besetzung für diese Kulisse.

„Ich möchte gerne Ryan Stanford besuchen", teile ich ihr mit dünner Stimme mit und klammere mich dabei an den kleinen Eisfuchs aus Plüsch, der eigentlich Michelle gehört. Als ich ihr heute Morgen erzählt habe, dass ich zu Ryan gehe, hat sie darauf bestanden, dass ich ihn mitnehme, damit er nachts nicht alleine im Krankenhaus sein muss. Ich kann nur hoffen, dass er sich darüber freuen wird. Ihre Reaktion hat mir dennoch einen weiteren Stich ins Herz versetzt, denn eigentlich hängt Michelle sehr an ihren Kuscheltieren. Ganz offenkundig hat sie Ryan akzeptiert, lange bevor ich es getan habe.

Die Dame am Empfang nimmt ein Telefon in die Hand und tippt auf zwei Tasten.

„Hier ist eine Ms. Hurlington, die gerne zu Mr. Stanford möchte." Es folgt ein kurzer Moment Stille, in dem sie mich ausgiebig mustert. „Nein, ich glaube nicht!", antwortet sie schließlich und zwinkert mir zu; anscheinend ist sie nicht der Meinung, ich wäre von der Presse. Zumindest vermute ich, dass es in dem Gespräch gerade darum geht. „Ja, ich warte", sagt sie schließlich, um einen kurzen Moment später die Stirn zu runzeln. „In Ordnung, vielen Dank." Dann legt sie auf. Sie lächelt noch immer, als sie sich mir zuwendet. Meine Hände sind mittlerweile schweißnass. Gleich werde ich Ryan sehen und ich habe keine Ahnung, was ich ihm sagen soll. Was sagt man schon jemandem, der gerade einen solchen Verlust erlitten hat? Und die Sache mit uns ist auch nach wie vor nicht geklärt. Dennoch kann ich es kaum erwarten, endlich zu ihm zu kommen.

„Es tut mir leid, aber Mr. Stanford sagt, er möchte Sie nicht empfangen."

Mein Blick fliegt zu der Dame vom Empfang.

„Wie bitte?" Ich muss mich einfach verhört haben.

„Er möchte Sie nicht sehen, es tut mir leid, Ma'am." Tatsächlich kann ich in ihrem Gesichts eine Spur Mitleid entdecken und ich murmle einen halbherzigen Dank, um anschließend so schnell ich kann aus der Klinik zu fliehen.

Am nächsten Tag fahre ich wieder hin, ich bin fest davon überzeugt, dass es sich um ein Missverständnis gehandelt haben muss. Vielleicht hat er meinen Namen falsch verstanden, oder er war nur gerade in einer Behandlung und hatte deswegen keine Zeit für mich.

Erneut melde ich mich an – aber Ryan will mich abermals nicht empfangen.

Ich fühle mich, als hätte mir jemand vor den Kopf geschlagen.

Wieder umklammern meine Hände den kleinen Eisfuchs, während sich in meinem Bauch ein riesiger, kalter Klumpen bildet und sich meine Augen mit Tränen füllen. Wie erstarrt bleibe ich am Empfang stehen und beginne zu frieren. Es war kein Irrtum. Er will mich tatsächlich nicht bei sich haben. Ich weiß nicht, was ich erwartet habe, vielleicht hatte ich gehofft, er würde sich freuen, wenn ich zu ihm komme, wir würden uns in die Arme fallen und alles wäre gut. Wir würden es gemeinsam irgendwie schaffen, unsere Zukunft meistern. Vielleicht hatte ich befürchtet, dass er immer noch böse auf mich ist und alles doch nicht ganz so einfach wird. Doch niemals hätte ich damit gerechnet, dass er mich nicht sehen will. Wie kann er mich nicht sehen wollen, wo ich mich so sehr nach ihm sehne? Ihn so sehr vermisse?

„Kann ich Mr. Stanford vielleicht etwas von Ihnen ausrichten, Ma'am? Wollen Sie ihm eventuell eine Nachricht zukommen lassen?" Die Empfangsdame ist aufgestanden und hat ihre Hand mitfühlend auf meine gelegt.

Meine Stimme gehorcht mir nicht gleich, als ich versuche, ihr zu antworten.

„Wenn Sie ihm vielleicht den kleinen Fuchs hier geben könnten?" Ein wenig verwirrt nimmt sie das Plüschtier von mir entgegen. „Er ist von meiner Tochter", füge ich deshalb schnell erklärend hinzu. „Sagen Sie ihm bitte, dass Michelle ihn für ihn mitgegeben hat, damit er nicht alleine schlafen muss." Sie nickt verstehend und ich wende mich schnell ab, weil ich nicht will, dass sie meine Tränen entdeckt.

Bevor ich erneut ins Krankenhaus fahre, brauche ich zwei Tage. Die Zeit nutze ich, um mit Sarah zu telefonieren, die verspricht, ein gutes Wort für mich bei Ryan einzulegen und damit, mir zu überlegen, was ich ihm sagen will. Als ich wieder vor dem Empfang stehe, bin ich fest entschlossen, mich dieses Mal nicht abwimmeln zu lassen.

+++

Es ist das dritte Mal, dass jemand Lillys Namen erwähnt und ihm mitteilt, dass sie vor der Tür steht und gerne zu ihm möchte. Mit zusammengebissenen Zähnen richtet er sich im Bett auf. Er will sie nicht sehen.

Aber er erträgt es auch nicht, dass sie weiterhin hier auftaucht.

Also wird er ihr sagen, dass sie in Zukunft getrennte Wegen gehen werden, und das ein für allemal. Er ist Problemen schließlich noch niemals aus dem Weg gegangen, und das mit Lilly lässt sich momentan so viel leichter lösen als alle anderen. Als das, was aus seinem Leben geworden ist.

Keine Minute später betritt Lilly den Raum und Ryans Herz zieht sich bei ihrem Anblick schmerzlich zusammen.

Sie ist genauso wunderschön wie in seiner Erinnerung, doch unter ihren Augen haben sich dunkle Ringe gebildet, außerdem hat sie abgenommen. Dennoch sitzt ihr Haar wie immer perfekt, nur das dunkelblaue Kleid, das sie trägt, ist an einer Seite ein wenig zerknittert, als hätte sie an der Stelle nervös den Stoff geknetet.

Er unterdrückt das Gefühl, sie beschützen und aufpäppeln zu wollen, mit aller Macht.

„Ryan …“ Sie kann ihre aufgewühlten Emotionen kaum verbergen und kommt leicht schwankend auf ihn zu. „Oh mein Gott, Ryan!“ Sie schlägt sich eine Hand vor den Mund, während sie die andere nach seinem Gesicht ausstreckt.

„Lass das!“, fährt er sie mit mehr Härte an, als er ursprünglich beabsichtigt hatte. Auf keinen Fall kann er es zulassen, dass sie ihn berührt. Es ist viel zu wahrscheinlich, dass seine gesamte mühsam aufrechterhaltene Selbstbeherrschung dann umgehend wie ein Kartenhaus in sich zusammenfallen würde.

„Es tut mir alles entsetzlich Leid“, flüstert sie tonlos. „Ich … du …“ In ihren Augen sammeln sich tränen. „Ich will so gerne für dich da sein, dir irgendwie helfen können.“

Er setzt sich so gerade im Bett auf, wie es ihm möglich ist.

„Ich brauche dein Mitleid nicht, Lilly."

Zwischen ihren Augenbrauen entsteht eine kleine Falte, die sich dort immer bildet, wenn sie etwas nicht richtig begreift.

„Ich bin hier, weil ich dich sehen wollte, Ryan. Es tut mir wahnsinnig Leid, dass ich dich nicht auf die Hochzeit begleiten wollte. Bitte lass es mich wiedergutmachen."

„Ich brauche dein Mitleid nicht, Lilly!", wiederholt er, diesmal mit mehr Nachdruck. „Und ich brauche auch dich nicht. Ich habe momentan genug Probleme, ich habe keine Zeit für eine Affäre und keine Energien übrig, um mich um deine verkorksten Gefühle zu kümmern." Deutlich sichtbar schnappt sie nach Luft und setzt an, etwas zu sagen, doch er lässt sie nicht zu Wort kommen. „Geh jetzt. Bitte! Geh einfach. Zwischen uns ist alles gesagt. Geh und erspar mir die Tränen."

Als sie nach kurzem Zögern stillschweigend den Raum verlässt, sieht sie aus wie ein geprügelter Hund. Und er selbst fühlt sich wie einer.

Aber egal, wie sehr es gerade schmerzt, ist er davon überzeugt, die richtige Entscheidung getroffen zu haben. Sie wollte ihn vor dem Unfall nicht, soviel ist Fakt. Er war ihr nicht gut genug.

Nun will er nicht mehr. Nur weil er auf einmal ein verdammter Krüppel ist und in ihr dadurch ein Helfersyndrom zum Vorschein kommt will er sie nicht.

Was wäre das schon für ein Leben?

Wenn Mitleid Liebe und Achtung ersetzt, kann man lieber gleich allein bleiben!

Ryan drückt auf den Knopf, mit dem er sein Schmerzmittel nach Bedarf selbst dosieren kann, obwohl seine Schmerzen in diesem Moment gar nicht so schlimm sind. Zumindest die körperlichen nicht. Vielleicht betäubt das Medikament ja gleich einfach alles an ihm.

Während er die Augen schließt, greift er nach Michelles kleinem Polarfuchs, der auf seinem Nachttisch liegt und legt ihn auf seine Brust, bevor er einschläft.

+++

Kapitel 17

Ich weiß nicht, wie ich es mit dem Auto heil nach Hause schaffe und auch nicht, wie ich die nächsten Tage überstehe.

Mein kleines Mädchen hilft mir dabei, weil sie einfach entzückend ist, mich ständig küsst und mir Bilder malt. Wahrscheinlich spürt sie, wie schlecht es mir geht und erinnert mich auf ihre eigene Weise daran, dass es auch noch andere Gründe zu leben gibt. Sogar wunderschöne.

Dennoch will sich bei mir keine rechte Lebensfreude einstellen. Ich fühle mich total erschöpft und antriebslos; wenn Michelle und Chelsea nicht wären, würde ich mich höchstwahrscheinlich den gesamten Tag in meinem Bett verstecken und nicht mehr hervorkommen.

Doch zum Glück gibt es die beiden. Also zwinge ich mich dazu, jeden Morgen aufzustehen und mich anzuziehen. Ich trinke meinen Kaffee und esse ein wenig Frühstück, soviel ich eben heruntergewürgt bekomme, egal wie fad es auch schmecken mag. Dann bringe ich erst mein Kind in den Kindergarten, mit Hund, danach den Hund nach Hause und im Anschluss gehe ich joggen, bis ich das Gefühl habe, umzufallen. Ohne den Hund, denn er ist ja noch so jung, dass er nicht so viel laufen darf. Wenn ich nach Hause komme, füttere ich Chelsea und gehe duschen, anschließend suche ich mir irgendetwas, um mich abzulenken, bis ich meine Tochter abholen muss. Den Nachmittag verbringe ich mit ihr. Die Tage, an denen sie bei Michael ist, sind schlimm. Da schaffe ich es manchmal nur mit viel Mühe, das Bett morgens zu verlassen. Heute stehe ich bloß auf, weil ich mit Sarah verabredet bin.

Lustlos ziehe ich eine Jeans und eine Bluse aus dem Schrank, die ich nach dem Waschen nicht gebügelt habe. Früher wäre mir das nie passiert, doch heute ist es mir einfach egal.

+++

Der Aufenthalt im Krankenhaus scheint sich ewig hinzuziehen, und tatsächlich redet ihm jeder gut zu, auch noch eine anschließende Reha zu besuchen.

Abby liegt ihm beinahe jeden Tag damit in den Ohren, sein Lieblingsstiefbruder hat bereits viermal deswegen angerufen und auch sein Trainer ist der Meinung, dass er das unbedingt machen sollte.

Sein Ex-Trainer!

Das Wort schmeckt wie Säure in seinem Mund.

In Zukunft wird er zwar trainieren, aber nicht mehr auf dem Eis. Stattdessen wird er für so simple Dinge trainieren, wie wieder laufen zu können; etwas, das den meisten Menschen spätestens anderthalb Jahre nach ihrer Geburt etwas völlig Selbstverständliches ist.

Er bekommt ständig Besuch, Eric kommt vorbei, genau wie der Rest der Mannschaft; solange, bis Ryan Anweisung erteilt, niemanden mehr zu ihm zu lassen.

Als sei seine gesamte Situation nicht bereits niederschmetternd genug, meint auch noch jeder, sich zu seinem neuen Motivationstrainer aufschwingen zu müssen. Dabei können sie ihr Mitleid kaum verbergen.

Mitleid, verdammt noch mal – er hat genug davon, dass jeder, von der Krankenschwester bis hin zu seinen Teamkollegen, Mitleid mit ihm hat. Nur verbergen es die einen mehr, die anderen weniger gut. Er kann es dennoch in ihren Blicken sehen, in der Art, wie sie verlegen ihre

Hände kneten, wenn sie bei ihm sind, und vor allem in der Art, wie sie sein Zimmer verlassen, sobald sie Gelegenheit dazu haben, und das immer ein bisschen schneller, als sie hereingekommen sind.

Dennoch lässt er sich irgendwann breitschlagen, eine Reha zu machen, schon allein deshalb, damit er endlich seine Ruhe hat.

„Wenn Sie nächste Woche in die Reha kommen, ist Ihr Beinstumpf soweit verheilt und abgeschwollen, dass Sie endlich Ihre erste Prothese bekommen können!" Die junge, hübsche Schwester schüttelt seine Bettdecke auf, als wäre sie bei Frau Holle angestellt, und klingt so freudig, als hätte sie ihm gerade mitgeteilt, er hätte einen Nobelpreis gewonnen. Ob sie sich eigentlich selbst reden hört? Sätze, die Wörter wie Prothese und Beinstumpf enthalten, können niemals eine gute Nachricht sein. Schon gar nicht, wenn es dabei um das eigene Bein geht.

+++

Ich will hier nicht weg, doch bleiben will ich auch nicht.

An Midway hängen so vielen Erinnerungen, und gleichzeitig sind es schlicht *zu viele* Erinnerungen.

Aber das Angebot aus Boston ist einfach zu gut.

Ich könnte wieder als Steuerberaterin arbeiten, halbe Tage, und wenn ich möchte sogar von zu Hause aus, solange es keine Außentermine gibt. Die Bezahlung wäre super, trotzdem zögere ich.

Wenn ich aus Midway weggehe, fühlt es sich so an, als würde ich symbolisch die letzten Brücken, die zu Ryan bestehen, einfach abreißen.

Andererseits … vielleicht wäre genau das gut für mich. Ein klarer, sauberer Neuanfang! Auch für Michelle wäre es eindeutig besser, denn von Boston bis zu Michaels neuem Wohnort in New York sind es bloß gute zwei Stunden mit dem Auto, während man von Midway aus immer in den Flieger steigen müsste.

„Du musst unbedingt nach Boston ziehen!", jubelt Theresa ins Telefon, als ich ihr von meinen Plänen erzähle. Dann wird sie ernsthafter. „Ich glaube, dass es dir hier gefallen würde. Und ein Neubeginn in einer Stadt, in der dich außer mir niemand kennt, das hätte doch auch etwas, oder? Im Ernst, Lilly. Du wärst bescheuert, wenn du es ablehnen würdest."

„Aber mein Haus in Midway …", wende ich halbherzig ein. Eigentlich weiß ich, dass sie recht hat.

„Vermiete es halt, so wie früher. Das hat doch vorher auch gut geklappt."

Am Ende lege ich seufzend auf und stütze meinen Kopf in beide Hände.

Natürlich spricht beinahe alles dafür zu gehen.

Allerdings habe ich mich die ganze Zeit der Hoffnung hingegeben, dass Ryan zumindest weiß, wo er mich finden kann, wenn ich hierbleibe.

Wahrscheinlich macht jedoch genau das die Dinge nicht besser, sondern noch schlimmer. Ich werde nie aufhören, an ihn zu denken, wenn ich im Grunde meines Herzens ständig hoffe, dass er eines Tages vor meiner Tür stehen und alles gut werden wird. Und wie wahrscheinlich ist das schon?

+++

Beinstumpf.

Wie sehr er dieses Wort hasst und wie oft er es sich anhören muss. Stumpf, das klingt wie Stummel und verstümmelt – und genauso fühlt er sich auch. Verstümmelt. Der verdammte Unfall hat ihn viel mehr gekostet als seinen Unterschenkel. Es fühlt sich so an, als hätte der Unfall ihn sein gesamtes Leben gekostet. Nichts von den Dingen, die er vorher gern gemacht hat, die vorher sein Leben ausmachten, werden in Zukunft Teil davon sein können. Viele seiner Kollegen haben darüber nachgedacht, was sie tun werden, wenn sie mit dem Profisport aufhören. Einige von ihnen haben sich darauf gefreut, mehr Zeit zu haben, für sich, für ihre Familien, für ihre Hobbys oder für was auch immer. Ein paar seiner Kollegen haben mit gemischten Gefühlen daran gedacht, dass sie irgendwann mal aufhören müssen, und anderen war der Gedanke schrecklich.

Für Ryan aber war er stets so schlimm, dass er es einfach vermieden hat, sich überhaupt darüber Gedanken zu machen; er hat sich ein Leben ohne den Sport niemals vorstellen können. Ohne das Training, ohne ein Team, in dem er ein fester Bestandteil sein kann, ohne den Jubel, das Adrenalin, den Erfolg, das Endorphin … Er ist stets davon ausgegangen, dass er zumindest als Trainer weitermachen wird, wenn er als Spieler zu alt ist.

„Wenn Sie erst mal wieder laufen können und mit Ihrer neuen Prothese gut zurechtkommen, können wir auch darüber nachdenken, Ihnen noch eine weitere anzufertigen. Es gibt spezielle Sportprothesen. Man kann damit übrigens sogar Schlittschuhlaufen!“ Der Orthopädietechniker lächelt ihm gut gelaunt zu, während er Ryan zeigt, wie er den engen Silikonstrumpf über dem Rest seines Beines abrollen muss, damit er genügend Halt hat. Die ständige gute Laune und die offenkundige Hingabe an seinen Beruf erinnert Ryan zwangsläufig an die Fernsehserie Dexter und dessen noch böseren Bruder, und bei all dem Gelächle hofft er beinahe, möglichst bald selbst das Opfer eines Serientäters zu werden.

Jeder verdammte Idiot meint momentan in seiner Nähe ständig lächeln zu müssen. Als würde das irgendetwas ändern, als könne es irgendetwas ungeschehen machen oder auch nur verbessern. Selbst ohne das nervige Lächeln hätte er nichts dagegen, wenn jemand seinem Leben ein baldiges Ende setzen würde. Eine ganze Weile hat er darüber nachgedacht, es einfach selbst zu beenden. Doch irgendwann hat er erkennen müssen, dass er dafür vielleicht einfach nicht der Typ ist. So sehr er es an manchen Tagen auch bedauern mag, gibt es etwas in ihm, das ihn daran hindert. Das ihn zwingt, weiterzumachen. Überlebenswille nennt man es vermutlich und das ist eine furchtbar schlechte Sache, wenn man eigentlich gar nicht überleben will. Für was würde es sich denn schon noch lohnen zu leben?

Er hat nichts mehr.

Er wird nie wieder Eishockey spielen können.

Er hat keine wirkliche Familie.

Und Lilly? Die wollte ihn schon vorher nicht. Jetzt, wo er ein Krüppel ist, ist er noch viel weniger wert, und er will ihr kein Klotz am Bein sein; er will ihr Mitleid nicht.

Aber wenn man Dinge nicht ändern kann, muss man sie wohl so hinnehmen, wie sie sind. Also erträgt er es, so gut wie er nur kann.

Er erträgt das verschissene Lächeln.

Er erträgt das dämliche Training.

Er erträgt die widerliche Prothese, die er beinahe ebenso sehr hasst wie seinen Beinstumpf.

Und er erträgt all die anderen Patienten.

Von wegen geteiltes Leid ist halbes Leid. Wenn auch noch alle anderen um einen herum meinen leiden zu müssen, kann es nahezu unerträglich werden.

Das allgemeine Rumgeheule. Die Krankheit, das ganze beschissene Elend. Er nimmt an einer so genannten Gesprächsrunde teil, weil das von ihm erwartet wird. Es geht darum, dass jeder berichtet, was er heute für positive Fortschritte gemacht hat. Doch wie positiv kann es schon sein, wenn man es geschafft hat, zehn Schritte am Stück zu machen, ohne umzufallen, obwohl man vorher locker einen Marathon geschafft hätte? Was ist daran positiv, wenn ein erwachsener Mensch stolz darauf ist, eine Gabel unfallfrei zum Mund zu führen, obwohl er noch vor drei Monaten ohne Probleme die tollsten Figuren für seine Enkelkinder schnitzen konnte? Und was bitte soll großartig daran sein, wenn jemand aufstehen kann, ohne dass er dazu Hilfe braucht, wenn derjenige vorher alleine gelebt hat und wunderbar zurechtgekommen ist?

Ryan kann nichts davon etwas Positives abgewinnen. Nichts davon und auch nichts mehr in seinem Leben.

Vielleicht hatte er am Anfang der Reha noch eine Spur von Hoffnung gehabt. Hoffnung darauf, dass vielleicht doch noch ein Wunder geschehen könnte und etwas passiert, damit es ihm endlich besser geht.

Stattdessen scheint jeder Tag ein wenig grauer und länger zu werden, bis es ihm so vorkommt, als wäre er in einer lichtlosen, kalten Blase gefangen, in der jegliches Leben nach und nach abstirbt, aber nie seinen Tod findet.

Kaum, dass er morgens die Augen aufschlägt, hofft er nur noch, dass der Tag endlich vorbei ist, um sich schließlich durch die Nacht zu quälen.

Einen Monat lang hält er in der Reha durch. Solange, bis Alex ihn besuchen kommt.

Alex, der Riese mit seinen traurigen braunen Augen, in denen Ryan zum ersten Mal sich selbst wiederfindet. Früher hat Ryan ihn um sein Aussehen beneidet, weil Alex immer die Indianer spielen durfte, während Ryan der Cowboy sein musste. Irgendwie war Winnetou eindeutig cooler als Old Shatterhand.

Eigentlich wollte sein Stiefbruder studieren, Archäologie, doch aus Gründen, die Ryan bis heute nicht verstanden hat, ist er stattdessen zur Army gegangen. Sechs Jahre hat er es dort ausgehalten, bis sie ihn vorzeitig aus Afghanistan heimgeflogen haben. Die Kopfverletzung die er sich dort zugezogen hatte, war die offizielle Begründung, aber Ryan weiß, wo er sie herhat: Alex wachte eines Nachts schreiend und desorientiert auf, schnappte sich eine Knarre und drohte, jeden abzuknallen, der ihm zu nahe kam – seine eigenen Kameraden. Einer von ihnen hat ihn schließlich niedergeschlagen und ihn überwältigt, seitdem ist er nie mehr der Alte geworden. Er ersteigert Trödel auf Auktionen und verkauft ihn weiter, gelegentlich nimmt er mal einen Handwerksjob an.

Ein Unfall, und er ist nie wieder derselbe gewesen – die beiden sind sich plötzlich ähnlicher als je zuvor.

„Nimm mich mit, Alex, ich muss hier weg."

Alex runzelt die Stirn. „Du spinnst doch, Ryan. Du musst hierbleiben, um wieder auf die Beine zu kommen!"

„Wenn ich hierbleibe, bringe ich mich um."

Alex hat genug gesehen, um zu wissen, wann ein Mensch eine Drohung ernst meint und wann es sich nur um hohles Gerede handelt. Ohne weitere Fragen zu stellen, packt er Ryans Sachen.

Keine zwei Stunden später sitzen die beiden in Alex' Wagen und fahren Richtung Nebraska.

+++

Kapitel 18

Mein Leben muss weitergehen, irgendwie muss es das. Michelle zuliebe – und mir selbst zuliebe. Auch ein klein wenig *mir selbst* zuliebe. Schließlich habe ich aller Voraussicht nach nur dieses eine Leben, und ich bin zu ehrfürchtig, zu demütig vor diesem Geschenk, um es nun wegzuwerfen.

Natürlich ist das leichter gesagt als getan, denn Lebensfreude findet man nicht einfach so auf der Straße und käuflich erwerben kann man sie auch nicht. Ich weiß es, sonst hätte garantiert schon jemand versucht, sie steuerlich geltend zu machen.

Am schlimmsten geht es mir, wenn ich alleine bin und nichts zu tun habe. Also sage ich dem wirklich verlockenden Jobangebot zu.

Der Umzug fällt mir genauso schwer wie beim letzten Mal, und wieder liegt es, neben den allgemeinen Unbequemlichkeiten, die ein Umzug so mit sich bringt, an einem Mann, dass ich permanent dabei heulen könnte.

Es fühlt sich so an, als würde ich die letzten Verbindungen zu Ryan kappen, indem ich aus Midway weggehe, denn Midway ist nun einmal der Ort, an dem unsere Geschichte stattgefunden hat, alle Erinnerungen an ihn sind hier.

Aber vielleicht, höchstwahrscheinlich sogar, ist es ganz gut, wenn ich nicht immer an ihn erinnert werde, denn das macht ja alles nur noch schlimmer.

Am Tag vor unserem Umzug gehe ich zu den Gräbern meiner Tante und meiner Mutter, denn auch die Möglichkeit, die beiden wenigstens auf dem Friedhof zu besuchen, werde ich hinter mir lassen, wenn ich Midway den Rücken zuwende.

Beide Gräber liegen nebeneinander, auch die Grabstätten meiner Großeltern sind nicht weit entfernt. Ich lege auf jedes einen kleinen Strauß Blumen, den ich vorhin im Garten gepflückt habe.

Wie wenige Erinnerungen ich an meine Mutter habe! Und wie viele an meine Tante.

Ryan und ich waren seit einem Jahr ein Paar, heimlich natürlich, vor allem, um Tante Gladice nicht zu belasten. Ihr ging es zunehmend schlechter; es hatte sich herausgestellt, dass sie ein schwaches Herz hatte, sie weigerte sich aber Medikamente zu nehmen.

„Gott wird mir helfen. Wenn es sein Wille ist, wird er mich heilen!“

Vielleicht bin ich deshalb kein sehr gläubiger Mensch geworden, weil meine Tante genug für uns beide geglaubt hat.

Ryan war immer häufiger unterwegs, sein Trainer schickte ihn von einem Nachwuchsspiel zum nächsten. Er flog über den halben Kontinent und verbrachte jedes Wochenende auf einer anderen Eisfläche, lernte Leute kennen, feierte Partys. Wenn er zurückkam, brachte er mir kleine Geschenke mit, die ich in meinem Zimmer unter einem losen Dielenbrett versteckte, damit meine Tante sie nicht fand.

Ich war so verliebt in Ryan – und dennoch hatte ich ständig mehr den Eindruck, ihm eine Last zu sein. Sarah hatte mir ohne böse Absicht erzählt, was auf den Partys so abging, die ihr Bruder feierte, der gerade einen Profivertrag als Wide Receiver bekommen hatte. Dabei spielte nicht nur jede Menge Alkohol eine wichtige Rolle, sondern auch ebenso viele Frauen.

Obwohl ich mir recht sicher war, dass Ryan mir treu war, war ich mir nicht sicher, ob er nicht das Gefühl hatte, etwas zu verpassen. Außerdem kam ich mir nach und nach dumm und unerfahren neben ihm vor. Er erlebte all diese spannenden Dinge, und ich hatte Midway noch nie wirklich verlassen – außer auf einer Klassenfahrt vor ein paar Jahren. Auch wenn er so etwas niemals angedeutet hat, hatte ich immer mehr die Empfindung, ihm ein Klotz am Bein zu sein und ihn zu bremsen.

Durch die Krankheit meiner Tante konnten wir uns viel weniger sehen, sie war ja meistens zu Hause und ich wollte sie auch nicht mehr alleine lassen, weil ich mir Sorgen um sie machte.

An einem Sonntagmittag waren Ryan und ich eigentlich verabredet. Er wollte mir erzählen, was sein Spiel in Kanada ergeben hatte – den letztendlich ging es dabei für ihn immer nur darum, einen Profivertrag zu bekommen.

Ich kam eine Stunde zu spät zu unserer Verabredung und beinahe wäre ich gar nicht erschienen. Tante Gladice ging es an diesem Tag besonders schlecht, und ich hatte gewartet, bis sie wenigstens eingeschlafen war.

„Es hat geklappt!", jubelte Ryan schon von Weitem und kam auf mich zugelaufen, um mich auf den Arm zu nehmen und herumzuwirbeln. „Ich habe einen Vertrag! Ich kann ab kommender Saison für einen Verein in Kanada spielen!"

Ich freute mich mit ihm, aber so richtig wurde mir erst klar, was das bedeutete, als er weitererzählte. Denn das Training für die kommende Saison würde bereits in der nächsten Woche beginnen. Ryan hatte den Vertrag nur deshalb bekommen, weil ein anderer Spieler einen Unfall erlitten hatte und sie händeringend kurzfristig nach Ersatz gesucht hatten. Er war nur nach Hause gekommen, um zu packen. Und um mich mitzunehmen.

Kanada war verdammt weit weg …

„Komm mit mir, Lilly." Ich werde die Eindringlichkeit in seiner Stimme niemals vergessen. „Komm einfach mit mir. Ich bitte dich!"

„Ich kann nicht …", habe ich tonlos geflüstert. „Meine Tante! Ich muss mich doch um sie kümmern!"

„Sie ist erwachsen, Lilly. Sie wird ohne dich zurechtkommen."

„Sie ist schwer krank. Außerdem bin ich noch nicht volljährig und Tante Gladice wird es niemals erlauben!"

Irgendwie gerieten wir in Streit, und ein Wort ergab das andere. Schließlich schrien wir uns an. Ich war irgendwann vollkommen außer mir. Ryan versuchte, mich unter Druck zu setzen, damit ich ihn nach Kanada begleite, aber ich wäre mir wie eine Verräterin vorgekommen, wenn ich es getan hätte. Gladice war meine Familie, sie hatte sich fast mein ganzes Leben lang um mich gekümmert und ich liebte sie, auch wenn unser Verhältnis zueinander manchmal schwierig war.

„Dann bleib halt hier!", hatte Ryan geschrien. „Dir ist dein Ruf wichtiger, als ich es bin. Hauptsache deine Tante weiß nichts von mir, sie könnte ja schlecht über dich denken, weil ich so ein Nichtsnutz bin!"

Ich konnte ihm nicht einmal widersprechen, denn genau das hätte sie gedacht. Mir schossen die Tränen in die Augen. Ich drehte mich still um und rannte nach Hause.

Ich sah den Krankenwagen schon von Weitem.

Meine Tante hatte einen Herzinfarkt erlitten, während ich nicht zu Hause war, von dem sie sich nicht mehr erholte, auch deshalb, weil sie nach wie vor jegliche Behandlung ablehnte.

Drei Tage später ist sie im Krankenhaus verstorben. Und Ryan war weit weg in Kanada. Er dachte wahrscheinlich, ich hätte mich nicht einmal mehr von ihm verabschieden wollen, als er am nächsten Tag abgereist war.

Nachdem die Beerdigung vorbei war und ich mich ein bisschen gesammelt hatte, versuchte ich, seine Adresse herauszufinden. Doch mit Ryan war auch sein Vater verschwunden; Mariah hatte ihn hinausgeworfen, weil sie von seinen ewigen Frauengeschichten die Schnauze voll hatte. Sie hatte weder zu ihm noch zu Ryan Kontakt, zu dem sie nie ein gutes Verhältnis hatte.

Ich habe weitergelebt – was blieb mir auch anderes übrig?

Zum Glück wurde ich nur wenige Wochen nach Tante Gladices Tod achtzehn, sodass ich alleine leben durfte. Ich vermietete das Haus, das ich geerbt hatte. Von den Mieteinnahmen sowie dem Ersparten, das ich ebenfalls geerbt hatte, konnte ich mir eine kleine Wohnung finanzieren und sogar aufs College gehen.

Ich weiß nicht, ob Ryan je versucht hat, mit mir Kontakt aufzunehmen, ich habe später erfahren, dass die Mieter meines Hauses alle Post an mich, die noch ankam, der Einfachheit halber weggeworfen haben, inklusive wichtiger Post vom Notar, die sich dorthin verirrte.

Als Michael und ich ein Paar wurden, war Ryan bereits drei Jahre nicht mehr in Midway. Ich redete mir immer ein, dass es normal sei, noch ab und zu an seine erste große

Liebe zu denken, aber dass deshalb dennoch kaum jemand den Rest seines Lebens mit ihr verbringt. Ich habe gedacht, dass alles gut und richtig war, es uns ergangen ist, wie Millionen anderer Paare auch, die sich zu jung kennenlernen.

Und nun ist es zu spät. Meine Ängste und meine Sorgen haben mir bis heute im Weg gestanden und jetzt ist es erneut zu spät.

Ich streiche noch einmal über den Grabstein meiner Mutter und auch den meiner Tante. Mariah hat mir versprochen, hier gelegentlich nach dem Rechten zu sehen, wenn ich in Boston bin.

Dann gehe ich und packe meine restlichen Sachen in Umzugskartons.

Kapitel 19

Unser Häuschen in Boston ist noch kleiner als das in Midway, doch für Michelle, Chelsea und mich reicht es vollkommen aus. Zum Glück dient unser Haus in Midway als Sicherheit, sodass ich problemlos einen Kredit genehmigt bekommen habe.

Wir sind erst zwei Wochen hier, bisher habe ich kaum etwas geschafft. Immerhin haben wir uns bereits ein bisschen eingelebt, was auch gut so ist, denn morgen wird Michael mit Michelle allein in den Urlaub fahren. Sie fliegen zunächst nach Midway, bleiben dort ein paar Tage und nehmen Mariah mit nach New York, wo diese auf Michelle aufpassen wird, während Michael arbeiten muss. Zum einen soll sie sich auch in Michaels neuer Wohnung zu Hause fühlen, zum anderen wollen die beiden mir vermutlich einen Gefallen tun und mir etwas Zeit für die Renovierung des Hauses und zum Auspacken der Kisten geben.

Der Gedanken daran, drei Wochen ohne mein kleines Mädchen zu sein, erfüllt mich bereits jetzt mit einer unglaublichen Sehnsucht nach ihr, gepaart mit einem vagen Gefühl von Vorfreude, das mir ein schlechtes Gewissen bereitet. Wahrscheinlich sollte man sich als liebende Mutter nicht so sehr auf das Alleinsein freuen: Allerdings ist es durchaus auch verlockend, drei ganze Wochen lang tun und lassen zu können, was ich will. Ich kann am Haus arbeiten, wann ich möchte, schlafen gehen, wann ich möchte und ich kann essen, trinken und im Fernsehen anschauen, was ich möchte. Ich kann in der Badewanne bleiben, bis ich schrumpelig werde, ohne dabei in rosa Kinderschaumbad sitzen und Piratenfee spielen zu müssen.

Ich bin unglaublich gerne Mutter und ich freue mich wahnsinnig darauf, wenn meine Tochter zurück bei mir sein wird. Aber ein paar Tage für mich zu haben, finde ich auch durchaus verlockend. Natürlich muss ich mich immer noch um Chelsea kümmern, im Vergleich zu meiner Dreijährigen ist er allerdings erstaunlich anspruchslos.

Als ich Michelle am Donnerstagmorgen bei ihrem Vater ins Auto setze, ihr einen dicken Kuss gebe und hinterherwinke, bin ich zwar traurig, dass wir uns verabschieden müssen, aber auch voller Pläne für die kommenden drei Wochen.

Kaum, dass sie das Haus verlassen haben, ruft Mariah mich an.

„Ich wollte nur mal hören, wie es dir geht, Liebes. Ich war heute auf dem Friedhof und habe über die guten, alten Zeiten nachgedacht. Es tat mir damals so leid, dass es mit Ryan und dir zu Ende gegangen ist. Der Junge war so verliebt in dich! Und dass ich danach nie mehr etwas von ihm gehört habe, war auch schrecklich. Ich habe ihn sehr gemocht, leider war er so verschlossen und erschien immer so furchtbar wütend! Ich bin nicht an ihn herangekommen. Und dann dieses seltsame Konkurrenzverhältnis, das Michael zu ihm hatte … Er hat ihm sogar mal ein Mädchen ausgespannt, mit dem Ryan zu einem Schulball wollte, hast du das gewusst? Aber dich hat er wirklich geliebt, haben sie beide, glaube ich.“ Mariah erzählt fröhlich weiter von früher und ich bin froh, dass sie mich gerade nicht sehen kann, denn ich bin wahrscheinlich so weiß wie die Wand hinter mir geworden. Sie hat immer davon gewusst, und wahrscheinlich doch nie schlecht über mich gedacht. Einmal mehr bereue ich all die vielen Dinge, die ich nicht mehr ungeschehen machen kann.

Nachdem wir aufgelegt haben, räume ich das Wohnzimmer auf und entdecke dabei Sparkle, Michelles kleine Stoffkatze, die sie von Theresa geschenkt bekommen. Nachdenklich bringe ich das Plüschtier hoch in ihr Zimmer. Hoffentlich wird das gut gehen! Das inzwischen teilweise haarlose Kuscheltier ist ihr absoluter Liebling und normalerweise schläft es jede Nacht bei ihr im Arm. Michael brauche ich gar nicht erst anzurufen – die beiden dürften längst im Flugzeug sitzen.

Ich schicke ihm zumindest eine Nachricht, sodass er vorgewarnt ist und sie eventuell mit einem neuen Stofftier ablenken kann.

Nachdem ich die Nachricht verschickt habe, betrachte ich noch einen Moment Michelles leeres Bettchen mit der einsamen Sparkle darauf und empfinde plötzlich ganz genauso. Einsam und verlassen. Ich fühle mich plötzlich so allein wie lange nicht mehr. Ich gehe herunter, um mir einen extragroßen Kakao zu kochen – vielleicht sorgt der ja dafür, dass meine Stimmung sich etwas hebt.

Ich habe gerade die Milch auf dem Herd stehen, als Chelsea anfängt zu bellen, unmittelbar danach klingelt es an der Tür. Als ich öffne, steht eine breit grinsende Sarah mit einer Pappschachtel sowie einer Flasche Champagner vor der Tür, hinter ihr sehe ich ein Taxi wegfahren.

„Überraschung!“, ruft sie gutgelaunt und umarmt mich mit vollen Händen. „Ich bin eigentlich bei Grayson zu Besuch, aber Theresa hat mir gesagt, du wärst alleine. Und weil ich doch weiß, wie ungern du dich von Michelle verabschiedest, bin ich vorbeigekommen, um dich ein bisschen abzulenken.“

Sowohl der Champagner als auch der Kuchen schmecken absolut köstlich und Sarah tut ihr Bestes, um mich aufzuheitern und abzulenken. Dennoch verfliegt meine schlechte Stimmung nicht ganz. Ich fühle mich einsam, und die Empfindung geht über Michelles Abwesenheit hinaus. In den letzten Tagen habe ich vermehrt an Ryan denken müssen und das Gefühl, dass er mir fehlt, ist wieder allgegenwärtig. Nicht, dass es jemals komplett verschwunden gewesen wäre, das ist es niemals – seit ich ihn mit siebzehn verlassen habe nicht. Manchmal habe ich den Eindruck, mit dem Schmerz leben zu können, dann wieder habe ich den Eindruck, damit wohl leben zu *müssen*.

„Ich habe übrigens von Ryan gehört, er ist bei seinem Stiefbruder Alex McLearie in Nebraska“, sagt Sarah in genau diesem Moment, als hätte sie meine Gedanken gelesen.

Ich murmle ein leises „Aha“, das meine Freundin zu einem schiefen Lächeln bringt.

„Du brauchst nicht so zu tun, als würde dich das nicht interessieren, Lilly. Ich kenne dich viel zu gut, um zu wissen, dass es das durchaus tut.“ Sie schiebt mir eine Visitenkarte über den Tisch. „Das hier sind die Kontaktdaten von Alex. Mach damit, was du willst. Wenn ich du wäre, würde ich mich dort mal melden. Schaden kann das sicherlich nicht.“

Ohne darauf weiter einzugehen, nehme ich die Karte vom Tisch und stecke sie in die Tasche meiner Jeans, damit ich sie nicht immerzu ansehen muss. Sobald Sarah weg ist, werde ich sie einfach in den Müll werfen. Ich will nicht ständig mit etwas, das Ryan betrifft, konfrontiert sein. Ich denke schließlich auch so schon oft genug an ihn.

Eine Weile unterhalten wir uns noch über diverse Belanglosigkeiten, bevor Sarah wieder aufbricht. Sie will am Abend mit Grayson und Cherry irgendeine Wohltätigkeitsveranstaltung besuchen und mich überreden mitzukommen, aber ich bin so gar nicht in der richtigen Stimmung, um auszugehen. Außerdem will ich Chelsea nicht den kompletten Abend alleine lassen, denn er ist mir kaum von der Seite gewichen, seit Michelle heute gefahren ist, so als würde er sie ebenfalls vermissen.

Abends nehme ich den restlichen Kuchen mit ins Wohnzimmer und schalte den Fernseher ein. Mit Michelle esse ich so gut wie nie vorm Fernseher, weil wir die Mahlzeiten nutzen, um uns zu unterhalten. Außerdem finde ich es schöner, wenn man das Essen bewusst genießen kann. Doch jetzt fühlt es sich am Esstisch viel zu still an – und es gibt ja auch niemanden außer mir selbst, um dessen Wohl und Erziehung ich mir Gedanken machen müsste. Chelsea frisst ohnehin nur in der Küche.

Irgendwie ist der ganze Tag so völlig anders gelaufen, als ich ihn mir vorgestellt habe. Wenigstens bei Michelle scheint alles gut zu laufen. Michael hat mir vorhin ein Bild von ihr aufs Handy geschickt, auf dem sie tief und fest schlafend ein kleines rosa-weißes Einhorn im Arm hält. Ursprünglich wollten sie mich anrufen, wenn sie bei Mariah sind, aber Michelle war wohl bereits auf dem Weg vom Flughafen nach Midway tief und fest eingeschlafen.

Ich beschließe, ebenfalls schlafen zu gehen.

Als ich im Badezimmer meine Jeans ausziehe, segelt mir die Visitenkarte von Ryans Bruder auf die Füße. Nachdenklich hebe ich sie auf und betrachte das weiße Pappkärtchen mit der Adresse, Telefonnummer und E-Mailadresse darauf.

Im Schlafzimmer lege ich es auf meinen Nachttisch und während Chelsea sich neben meinem Bett auf seiner Hundedecke zusammenrollt und mit einem zufriedenen Schnaufen einschläft, bleibe ich selbst noch lange wach.

Nicht zu wissen, wo Ryan ist und wie es ihm geht, hat sich schrecklich angefühlt, aber irgendwie hatte ich es akzeptiert – ich konnte es ja ohnehin nicht ändern. Nun jedoch habe ich die Möglichkeit, mit ihm in Kontakt zu treten, direkt vor der Nase liegen und ich frage mich, wie ich es vorher so lange ohne ausgehalten habe.

Es ist ein bisschen so, als würde man erst merken, wie hungrig man eigentlich war, wenn einem plötzlich der Duft von Essen in die Nase steigt: Mit einem Mal ist ein Gefühl, das man vorher kaum bemerkt hat so intensiv, dass es alles Denken und Handeln beherrscht.

Morgen, beschließe ich, morgen schreibe ich seinem Bruder eine Mail, nur um mich zu erkundigen, wie es Ryan geht.

Nach einer unruhigen Nacht und einer kurzen Runde mit dem Hund sitze ich am nächsten Morgen mit einer Tasse Kaffee in der Hand und dem Hund zu meinen Füßen am Schreibtisch.

Obwohl mein Notebook beinahe neu ist, habe ich heute Morgen den Eindruck, dass es ewig braucht, bis es hochgefahren ist. Dann endlich öffne ich mein Mailprogramm und gebe die E-Mail-Adresse von Ryans Bruder in die Empfängerzeile ein. Danach schreibe ich nichts mehr, weil ich nämlich nicht weiß, was ich ihm sagen soll. All die Dinge, die ich mir vergangene Nacht in meinem Kopf zurechtgelegt hatte, fühlen sich jetzt einfach falsch an, und es fällt mir auch nichts ein, was besser wäre.

Als ich das nächste Mal an meinem Kaffee nippe, ist dieser kalt geworden, die Mail ist immer noch ungeschrieben.

Nebraska!

Ich war noch niemals in Nebraska, das ist irgendwo am Arsch der Welt. Einöde, Felder und sonst nichts. Ich frage mich, was Ryan dazu bewogen hat, ausgerechnet dorthin zu gehen – aber vielleicht ist gerade die Abgeschiedenheit und Einsamkeit dort der Punkt, der ihn gereizt hat. Dort hat er seine Ruhe.

Statt mir weiter über die Mail den Kopf zu zerbrechen, tippe ich Postleitzahl und Name des Ortes in die Suchmaske über meinem Browserfenster ein und gerate auf die offizielle Seite des kleinen Ortes, der damit wirbt, seit einem Jahr eine neue Ärztin zu haben. Mehr Berichtenswertes scheint es dort nicht zu geben. Es gibt einen Gebrauchswarenladen und ein Lebensmittelgeschäft, die auf der Seite ihre Öffnungszeiten hinterlassen haben.

Schließlich entdecke ich ganz unten rechts etwas, was mir zum Verhängnis wird, nämlich die Stelle, an der die kleine Stadt hofft, ein paar Touristen anzulocken.

„Fliegen Sie bis zum Flughafen North Platte, machen von dort aus eine wunderschöne Tour durch die unvergleichliche Landschaft Nebraskas und statten uns einen Besuch ab."

Kein Tourist der Welt dürfte auf so eine Anzeige hereinfallen, aber wenn man das Wort „Flughafen" anklickt, öffnet sich ein neues Fenster, das einem zu einem Anbieter führt, der Flüge anbietet. Der Zielflughafen ist sogar schon eingegeben und ehe ich mich versehe bin ich dabei, Boston als Startflughafen einzugeben; bloß aus Neugierde, natürlich.

„Heute Abend geht noch ein Flug, Chelsea. Stell dir mal vor – man kann von hier aus tatsächlich nonstop nach Nebraska fliegen.“

Chelsea öffnet müde die Augen, gähnt und streckt sich, bevor er schwanzwedelnd aufsteht und mich anstupst, als würde er persönlich die Idee gar nicht so schlecht finden.

„Jede Menge Felder und Kühe, das würde dir gefallen, oder mein Dicker? Die könntest du alle jagen.“ Chelsea wedelt fröhlich mit dem Schwanz, läuft in Richtung Tür und scheint von dem Einfall regelrecht begeistert.

So schnell ich kann klappe ich mein Notebook zu und gehe mit Chelsea eine Runde spazieren, bevor ich noch auf dumme Gedanken komme.

Leider lassen sich manche Ideen, auch wenn sie noch so verrückt sind, einfach nicht mehr abstellen, wenn sie einmal in meinem Kopf aufgetaucht sind. Und genau wie sich der Hunger, den man empfindet, nur durch etwas Essbares befriedigen lässt, habe ich das Gefühl, dass sich meine Sehnsucht nur durch das Buchen des verdammten Fluges ausschalten lässt, der ja mittelfristig dazu führen würde, dass ich Ryan endlich wiedersehe.

Kaum sind Chelsea und ich zu Hause angekommen, tigere ich um meinen Schreibtisch herum, den ich ja eigentlich zu meiden versuche, aber der mich gleichzeitig wie magisch anzieht.

Am frühen Nachmittag gebe ich auf. Ich öffne die verdammte Kiste und buche einen Flug für den Hund und mich.

Danach habe ich Bauchschmerzen. Ich muss völlig verrückt sein, wirklich völlig.

„Wir machen Urlaub in Nebraska, Chelsea, freust du dich?“, sage ich zu meinem Hund, der mich verwirrt ansieht, weil ich so nervös in der Gegend herumrenne. Als Antwort wedelt er ein wenig unsicher mit seinem Schwanz und legt den Kopf leicht schief, während er mich aus seinen dunklen Augen nachdenklich mustert. „Ja, natürlich hast du recht und das ist alles sehr spontan. Aber wir hatten doch eh nichts anderes vor, oder? Wir zwei Hübschen machen einen netten Ausflug ins Grüne, und vielleicht begegnen wir dabei ein paar alten Bekannten. Klingt das nicht ganz wunderbar?“ Chelseas Schwanzwedeln verstärkt sich, und ich fahre damit fort, den Trip als kleine Urlaubsfahrt schönzureden, während ich gleichzeitig zu packen beginne.

Ich hasse es, wenn Dinge so unorganisiert sind, Spontanität in solchem Ausmaß ist eigentlich so gar nicht mein Ding. Natürlich ist es für mich in Ordnung, wenn Sarah mich spontan besuchen kommt, oder Theresa mich abends kurzfristig dazu einlädt, mit ihr auszugehen. Aber eine Flugreise mit Hund, für deren Organisation mir nur noch wenige Stunden und nicht mehrere Tage bleiben, das hat eine völlig andere Dimension, und versetzt mich in eine leichte Panik. Und wahrscheinlich ist es obendrein völlig leichtsinnig und egoistisch.

Dennoch werde ich das jetzt durchziehen – es wäre ja wohl gelacht, wenn ich das nicht hinbekommen würde.

Die wenigen Stunden, die mir bis zu unserem Abflug bleiben, verbringe ich mit Packen, sowie einem schnellen Besuch beim Tierarzt, der Chelsea ein leichtes Beruhigungsmittel für den Flug verschreibt. Außerdem buche ich ein Zimmer für morgen Nacht in der kleinen Pension, die ich auf der Homepage von Greenwish entdeckt hatte.

Ich packe Hundefutter und –decke ein, Bekleidung und alles Nötige für mich, und ich bin kaum fertig, als es auch bereits Zeit ist, ein Taxi zu rufen, das uns zum Flughafen bringt.

Beim Check-In klappt alles völlig reibungslos, im Gegensatz zu Chelsea und mir merkt man deutlich, dass für das Flughafenpersonal Flüge mit Hund zum Alltag gehören. Kurz bevor ich den Hund in seiner Transportbox dem Flughafenpersonal überlasse, gebe ich ihm noch die Beruhigungstablette, verpackt in ein kleines Leckerli.

„Es sind ja bloß ein paar Stunden, mein Dicker. Schlaf gut und wir sehen uns gleich", flüstere ich meinem Hund zu, dann wird er auch schon abgeholt.

Ehe das Boarding beginnt, schreibe ich Michael noch eine kurze Nachricht, dass ich mit Chelsea ein paar Tage wegfahren werde, verschweige ihm jedoch wohlweislich, wohin. Nach kurzem Zögern melde ich mich auch bei Theresa und Sarah ab, verrate ihnen aber ebenfalls nicht, wohin ich genau fahre. Ich komme mir bereits albern und leichtsinnig genug bei der ganzen Angelegenheit vor, wenn jetzt auch noch andere davon wüssten, würde es die Sache noch wesentlich schlimmer machen.

Der Flug nach Nebraska verläuft ruhig und ohne Zwischenfälle. Es gelingt mir sogar, ein bisschen auf meinem Sitz zu dösen, allerdings auch nur, weil ich mir konsequent einrede, bloß einen kleinen Urlaub mit Chelsea zu machen. Ryan verdränge ich dabei soweit wie möglich.

Erst als wir morgens um fünf aus dem Flugzeug steigen, erhöht sich mein Adrenalinspiegel wieder.

Nachdem ich Gepäck und Chelsea in Empfang genommen habe und kurz mit ihm an der frischen Luft gewesen bin, miete ich uns einen Wagen, der geräumig und komfortabel genug ist, um uns, die große Hundebox sowie unser Gepäck zu transportieren.

Seufzend reiche ich meine Kreditkarte sowie meinen Führerschein über den Tresen der Autovermietung. Diese Reise geht massiv an meine Ersparnisse. Für dasselbe Geld hätten Chelsea und ich uns bestimmt auch eine Woche Hawaii leisten können. Aber da mein Hund ohnehin nicht so der Blümchenkettenträger ist, wird er diesen Umstand wohl nicht sonderlich bedauern.

Kapitel 20

+++

Er trainiert wie ein Besessener. Nicht weil er hofft, so zu werden wie früher, sondern weil er gemerkt hat, dass die körperlichen Schmerzen irgendwann beim Training stark genug werden, dass sie alles andere in ihm betäuben. Dass die Erschöpfung irgendwann überwältigend genug ist, dass er an nichts Anderes mehr denken kann, als an eine Pause. Er trainiert so lange, bis sein eines verdammtes Bein zitternd unter ihm nachgibt und seinen Armen die Kraft fehlt, um ihn wieder hochzuziehen. Dann bleibt er einfach liegen.

„Du bringst dich noch um, wenn du so weiter machst." Alex steht breitbeinig vor ihm. „Und wenn du dich umbringst, bringt meine Mutter mich um. Ich kann die Vorträge schon hören, die viele Nächte, die sie vergebens an deinem Bett gewacht hat, als du als Kind nicht schlafen konntest, die verdammte Ice-Foxes Gürtelschnalle, für die sie Hunderte von Kilometern gefahren ist, die vielen Sorgen, die sie sich immer um dich gemacht hat …" Er greift nach einer Flasche mit Wasser, die neben dem Laufband steht und reicht sie Ryan. „Reiß dich zusammen, Kumpel. Ganz im Ernst. Dir mag es ja egal sein, dass du mittlerweile mehr tot als lebendig bist, aber es gibt Menschen, denen es nicht egal ist und für die hast du ebenfalls Verantwortung! Ich bin nicht bereit, mir noch länger anzusehen, wie du hier vor dich hin vegetierst. Entweder du nimmst wieder am Leben teil – oder du ziehst aus." Alex' Gesicht ist ernsthaft und entschlossen, die schwarzen Brauen sind zusammengezogen, ohne eine Spur von Mitleid.

„Drohst du mir gerade damit, mich rauszuwerfen?" Ryan schnappt sich die Flasche, dreht den Deckel auf und leert sie in einem Zug.

„Das fragst du noch? Ich dachte, ich hätte meine Worte eindeutig genug gewählt!" Mit vor der Brust verschränkten Armen lehnt sich Alex gegen die Wand in dem kleinen Trainingsraum und betrachtet Ryan eine Weile, nachdenklich und schweigend. „Ich kann verstehen, dass du dich neu finden musst, ich kann auch verstehen, dass das schwer ist. Du hast etwas verloren, dessen Verlust man nicht mehr ausgleichen kann. Aber verdammt noch mal – du hast dein Leben nicht verloren. Selbst wenn es dir am Anfang so vorgekommen sein mag, du bist lebendig. Ob mit Bein oder ohne. Und das ist um Einiges mehr, als viele von sich behaupten können."

„Wenn man nicht mehr lebt, kann man gar nichts mehr behaupten", erwidert Ryan mit rauer Stimme. Er hat in den letzten Wochen so wenig geredet, dass es für ihn selbst ungewohnt ist, sie zu hören. Der Blick, den er dafür von Alex erntet, ist getrost als vernichtend zu bezeichnen.

„Letztendlich muss jeder Mensch für sich selbst entscheiden, wie wertvoll ihm sein Leben ist. Ich persönlich hänge an meinem und ich habe mehr als einmal mitbekommen, wie kurz es sein kann und wie schnell es manchmal vorbei ist. Also bitte – mach was du willst. Aber lass dir gesagt sein, dass ich keinen Tag mehr länger dazu bereit bin, mir anzusehen, wie du deines einfach wegwirfst. Ich habe keine Lust, Zeuge zu werden, wie du dich halb zu Tode trainierst, nichts mehr isst, nicht mehr sprichst. Ich erwarte dich heute Abend zum Essen. Und ich erwarte, dabei mindestens hundert Wörter von dir zu hören. Außerdem will ich, dass du deine Medikamente wieder nimmst, wenigstens das Schlafmittel. Und dass ab sofort und zu jeder Mahlzeit. Mit deinem ewigen nächtlichen Herumgelaufe raubst du nämlich auch mir das kleine bisschen Schlaf, das mir vergönnt ist! Wenn du dazu nicht bereit bist, kannst du deine Sachen packen und verschwinden. Ich schaue nicht länger dabei zu, wie du dich jeden Tag ein bisschen mehr umbringst, und zu feige bist, es schnell zu tun."

Ohne sich noch einmal umzudrehen, verlässt er den Raum und lässt Ryan allein zurück.

+++

Die Fahrt zieht sich ewig dahin, aber uns erwartet schließlich niemand, sodass wir in aller Ruhe fahren können. Neben mir liegen diverse Straßenkarten, niemals würde ich mich in einer solchen Einöde rein auf das Navi verlassen.

Während die Umgebung zu Beginn noch ziemlich städtisch war, hat die Anzahl der Häuser nach und nach ab- und die der Felder ganz eindeutig zugenommen.

Es ist ein kühler, grauer Herbsttag, zum Glück regnet es bisher nicht.

Chelsea liegt auf der Rückbank und schläft, seit wir vom Flughafen aus losgefahren sind. Wahrscheinlich war der Flug anstrengend für ihn, das leichte Beruhigungsmittel, das der Tierarzt mir für ihn mitgegeben hat, wirkt vermutlich ebenfalls noch nach und ich habe ein entsetzlich schlechtes Gewissen, dass ich ihm das zugemutet habe. Früher habe ich über Leute, die ihre Hunde im Flugzeug mitnehmen immer den Kopf geschüttelt. Schließlich gibt es genug Möglichkeiten, seinen Hund versorgen zu lassen, sodass man ihm einen Flug im

Frachtraum ersparen kann. Doch zwischen Theorie und Praxis gibt es eben manchmal deutliche Unterschiede – und ich bin mir ziemlich sicher, dass Chelsea lieber mit mir kommt, als in einer fremden Tierpension zu bleiben. Zumal mir sowieso keine Zeit geblieben ist, mir noch welche anzusehen und ihn irgendwo unterzubringen.

Als hätte er meine Gedanken erahnt, wacht Chelsea in diesem Moment auf, gähnt und streckt sich. Dann klettert er vom Sitz herunter und kommt so weit zu mir nach vorne, wie es der Sicherheitsgurt, an dem sein Geschirr befestigt ist, zulässt. Ich strecke meine Hand nach hinten und streichle ihm über seinen mittlerweile ziemlich großen Kopf, woraufhin er tief seufzt und anschließend seine Schnauze mit einem zufriedenen Grunzen auf die flache Mittelkonsole legt, um weiterzuschlafen. Beinahe im selben Moment beginnt er laut zu schnarchen, um erst zweihundert Meilen später wieder wach zu werden. Als er unruhig wird, suche ich uns eine Tankstelle, gehe mit ihm ein paar Schritte auf und ab und lasse ihn sein Geschäft erledigen.

Da sein Hundefutter irgendwo ganz unten in meiner Reisetasche ist – das passiert eben, wenn man Dinge als so wichtig erachtet, dass man sie gleich als Erstes einpackt – kaufe ich uns ein Sandwich mit Schinken und ohne Remoulade und teile es mit ihm, auch wenn diese Art der Hundeernährung nicht gerade dem neuesten Stand der Wissenschaft entspricht.

„So ist das eben, wenn man sich so verrückte und verantwortungslose Besitzer aussucht wie du, Chelsea. Man bekommt Mädchennamen, obwohl man ein Rüde ist, man wird mit Medikamenten vollgepumpt und mit Fastfood vergiftet."

Der Hund legt den Kopf schief, leckt sich über die Schnauze und schaut begehrlich auf den Rest meines Brotes, das ich gerade essen will. Als ich es ihm überlasse, verschlingt er es in einem Stück und sieht dabei hochgradig zufrieden aus. Anscheinend hat er andere Vorstellungen von dem, was gut für ihn ist, als ich sie habe.

Ich bin als Stadtkind aufgewachsen und die Einsamkeit der Landschaft hier erfüllt mich mit einer gewissen Angst. Je weiter wir fahren, desto größer werden die Abstände zwischen den einzelnen Ortschaften und ich frage mich, was wohl passiert, wenn man an diesem Ort eine Autopanne hat. Wahrscheinlich ist man lange skelettiert, bis einen jemand findet – denn in dieser Einöde gibt es keinen Handyempfang.

Mir wir immer klarer, dass es eine absolute Schnapsidee gewesen ist, herzufahren, um Ryan zu treffen, und das gleich in vielerlei Hinsicht.

Eine Fahrt wie diese mit Hund als einzigen Mitfahrer, dazu noch zu dieser Jahreszeit, grenzt immer irgendwie an Wahnsinn. Wenn man obendrein noch ein kleines Kind zu Hause hat und über das Telefon nicht erreichbar ist, ist es an Leichtsinn eigentlich kaum noch zu überbieten. Selbst wenn ich wüsste, dass Ryan mich mit offenen Armen empfangen würde, wäre es also ziemlich töricht von mir gewesen, herzukommen.

Da mein Auftauchen bei ihm allerdings kaum etwas an unserer Situation ändern wird, ist es das absolut Bescheuertste, was ich in meinem Leben jemals getan habe.

Eine geschlagene halbe Stunde denke ich darüber nach, ob es nicht klüger wäre, umzukehren und mit meinem Hund so schnell wie möglich wieder zurück nach Hause zu fliegen. Dann wird mir aber klar, dass es dafür viel zu spät ist. Wir sind mittlerweile fast den ganzen Tag unterwegs, zum Flughafen würde ich es heute gar nicht mehr schaffen. Außerdem wird es bald dunkel und ich möchte ohne Tageslicht hier nur ungern allein unterwegs sein. Laut meinem Navi werde ich in einer Stunde an meinem Ziel ankommen. Selbst wenn ich mich dort nicht traue, Ryan zu kontaktieren, wartet immerhin ein reserviertes Zimmer mit einem hoffentlich bequemen Bett auf mich und vernünftiges Futter auf Chelsea.

Draußen fängt es an zu regnen und die ohnehin schon einsame Landschaft sieht auf einmal nahezu trostlos aus. Ein paar Hügel, wenige Bäume und abgeerntete Felder soweit das Auge reicht – sonst nichts. Im Frühjahr und Sommer mag die Landschaft durch jede Menge Grün noch einladend wirken, aber die kahlen Bäume und die graubraunen Stoppelfelder wirken, als hätte man sie jeglichen Lebens beraubt. In Filmen erwachen in solchen Kulissen Vogelscheuchen zu einem mörderischen Dasein oder durchgeknallte, blutverschmierte Mähdrescherfahrer beginnen unschuldige Menschen zu entführen und verstümmeln, um aus ihren Eingeweiden anschließend fragwürdige Wurstwaren herzustellen. Kurzum: Kein Ort, an dem man gerne seine Zeit verbringen möchte, im Dunklen schon gleich gar nicht.

Fröstelnd stelle ich die Heizung höher und fahre etwas schneller. Hier draußen wird es hoffentlich keine Geschwindigkeitskontrollen geben und wenn doch, bin ich gerne bereit, die Strafe dafür zu bezahlen. Hauptsache, ich komme so schnell wie möglich von dieser Straße herunter.

Das Glück und die Wunder der modernen Technik in Form meines Navigationssystems sind mir schließlich hold:

Eine Dreiviertelstunde später verlasse ich die Straße und fahre in eine kleine Ortschaft. Hübsche weiße Häuser mit roten Dächern stehen in Reih und Glied, als hätte jemand Perlen auf eine Schnur gezogen. Einige der Fenster sind hell erleuchtet und aus den meisten Schornsteinen dringt Rauch. Im Vergleich zu der einsamen Landstraße von vorher fühlt es sich nun an, als wäre ich aus Freddy Krügers Klauen entkommen und stattdessen direkt bei Winnie Pooh gelandet.

Als ich das altmodisch anmutende, weiße Schild mit der zarten Schnörkelschrift und dem Wort „Pension" darauf entdecke, kommen mir vor lauter Erleichterung beinahe die Tränen.

+++

„Ich will, dass du mit mir spazieren gehst!" Alex steht, ohne vorher anzuklopfen, in Ryans Zimmer.

Ryan selbst liegt auf seinem Bett und war damit beschäftigt, gedankenverloren die Decke anzustarren. Jetzt setzt er sich langsam und etwas schwerfällig auf.

„Wie bitte?"

„Du hast mich ganz genau verstanden. Steh auf und beweg deinen Arsch an die frische Luft. Und zwar sofort."

„Die Bedingung fürs Hierbleiben war, das ich am Essen teilnehme und hundert Wörter dabei spreche. Das habe ich getan."

Alex zeigt sich zu Ryans Ärger ziemlich unbeeindruckt. Mit einem kaum merklichen Schulterzucken lehnt er sich in den Türrahmen.

„Es waren bloß sechsundachtzig Wörter, ich habe mitgezählt. Wenn ich die gegrunzten Antworten, die man kaum als eigenständiges Wort bezeichnen kann – auch mit viel gutem Willen nicht – abziehe, waren es sogar nur achtzig.“ Einen kurzen Moment hält er inne, dann stößt er sich mit einer Hand vom Türrahmen ab. „Außerdem ist dies mein Haus und ich ändere die Bedingungen, wie und wann es mir passt. Wenn dir das hingegen nicht passen sollte, ist es dir selbstverständlich freigestellt zu gehen. Andernfalls, treffen wir uns in fünf Minuten unten zu einem Spaziergang. Frische Luft wird dir gut tun.“ Alex klingt wie eine gutmütige Gouvernante und Ryan hat ihn noch niemals so sehr gehasst wie in diesem Augenblick.

Dennoch will er auf keinen Fall bei Alex ausziehen müssen. Vielleicht, weil er sich an diesem Ort so wunderbar vor der Realität, vor dem wirklichen Leben verstecken kann. Kaum jemand weiß, dass er in Greenwish ist, Alex ist schließlich nur sein Stiefbruder und die Presse hat keine Ahnung von seiner Existenz – sodass niemand von denen im Vorgarten herumlungert. Außerdem ist er der einzige Mensch, den Ryan momentan um sich ertragen kann. Normalerweise ist Alex wunderbar ruhig und lässt jeden so sein, wie er sein will, stellt keine Fragen und hält auch sonst meistens die Klappe.

Zumindest hat er das bisher getan.

Zähneknirschend stützt sich Ryan vom Bett hoch, um nach unten zu gehen.

+++

Die kleine Pension ist ein absoluter Traum. Die Wände hell, die Holzfußböden von vielen Jahren Benutzung auf charmante Art und Weise abgenutzt, dazu Blümchenstoffe und viele Pastellfarben. Genauso stelle ich es mir in einem alten, englischen Cottage vor. Alles ist ein kleines bisschen kitschig, ohne dabei unmodern zu sein, und ich fühle mich rundum pudelwohl.

Ich werde freundlich in Empfang genommen und auch Chelsea bekommt zur Begrüßung herzlich den Kopf getätschelt.

Allie Chesterfield, die die kleine Frühstückspension leitet, sieht auf den ersten Blick aus, als wäre sie erst sechzehn. Die hellbraunen Löckchen, die ein puppenhaftes Gesicht mit runden Kulleraugen und jeder Menge Sommersprossen umrahmen, hüpfen bei jedem ihrer Schritte fröhlich auf und ab und geben ihr etwas mädchenhaft-verspieltes. Dazu hat sie eine zierliche Figur mit eher zart ausgeprägten weiblichen Kurven. Nur ihre Stimme, die für eine so kleine Person ungewöhnlich tief und rauchig ist, lässt darauf schließen, dass es sich um eine erwachsene Frau handelt, ebenso wie die Art sich zu bewegen, die erstaunlich ruhig und besonnen wirkt.

Ich mag sie auf Anhieb, doch wahrscheinlich bin ich nach der entsetzlichen Fahrt für jedes freundliche Gesicht einfach ganz besonders empfänglich.

„Morgen früh können Sie sich aussuchen, ob Sie lieber auf Ihrem Zimmer oder unten in unserem Speisesaal frühstücken wollen", sagt sie mit ihrer tiefen Samtstimme. Dann lächelt sie verschmitzt. „Wobei Speisesaal ein wenig übertrieben ist. Es ist eher ein größeres Wohnzimmer. Chelsea und Sie sind momentan die einzigen Gäste. Wenn Sie sie also mit nach unten nehmen möchten, habe ich nichts dagegen."

„Ihn", verbessere ich, ohne groß darüber nachzudenken und Allie sieht mich verwirrt an. „Chelsea ist ein Rüde." Die Falten in ihrer Stirn vertiefen sich noch ein wenig und ich seufze schulterzuckend. „Ich habe eine dreijährige

Tochter, die auf diesem Namen bestanden hat. Als sie deswegen in Tränen ausgebrochen ist, dachte ich mir, dass es dem Hund sicherlich egal ist, wie er heißt – im Gegensatz zu ihr. Aber glauben Sie mir, ich habe es seitdem beinahe jeden Tag bereut. Leider hört er mittlerweile so gut auf seinen Namen, dass ich ihn auch nicht mehr ändern will."

Allie bückt sich lachend zu Chelsea herunter und krault ihn hinter seinem rechten Ohr, woraufhin er sich wohlig schnaufend gegen ihr Bein lehnt.

„Einem echten Mann ist es egal wie er heißt, stimmt's, mein Junge?" Mein Hund gibt einen zufriedenen, grunzenden Laut von sich, den man durchaus als Zustimmung auffassen könnte, und ich muss lächeln. „Wenn Sie noch etwas essen wollen: Ungefähr hundert Meter die Straße herunter gibt es ein kleine Kneipe. Die Auswahl ist nicht sehr groß, aber heute ist Mittwoch und da gibt es immer einen Eintopf, der in der Regel hervorragend schmeckt. Ihren Hund dürfen Sie auch mitnehmen, hier auf dem Land sehen wir solche Dinge etwas lockerer."

Kapitel 21

Nach dem wirklich sehr schmackhaften Essen sowie einem großen Krug köstlichen dunklen Bieres sieht meine Welt schon wieder ganz anders aus.

Ich halte es zwar nach wie vor für eine völlig bekloppte Idee, dass ich hergekommen bin, aber ich habe zumindest nicht mehr das Gefühl, jeden Moment dabei draufzugehen, weil ich entweder brutal ermordet oder gegen den nächsten Baum fahren werde. Es ist doch jedes Mal aufs Neue erstaunlich, wie nahe einen Unterzuckerung an den Rand des Wahnsinns bringen und wie wohltuend im Gegenzug eine vernünftige Mahlzeit wirken kann.

Auf dem Weg zurück zur Pension trabt Chelsea müde neben mir her und ich überlege mir, was ich morgen machen will.

Je länger ich darüber nachdenke, desto sinnvoller erscheint mir der Gedanke, morgen so schnell wie möglich zurückzufahren und heimzufliegen. Vielleicht mache ich noch einen Zwischenstopp unterwegs, damit der Heimweg für Chelsea und mich nicht ganz so anstrengend wird wie der Hinweg. Die Idee, einfach vor Ryans Tür zu stehen und ihn erneut um Verzeihung zu bitten, kommt mir zunehmend dumm vor.

Wenn er mir damals im Krankenhaus nicht verziehen hat – warum sollte er es hier tun? Er hat jetzt schließlich genauso wenig oder viel Anlass dazu, wie noch vor vier Monaten.

Vielleicht bin ich ein Feigling, aber seit ich in Greenwish bin, habe ich bei der Vorstellung, Ryan zu begegnen, nur einen Wunsch: so schnell wie möglich zu fliehen.

Ich weiß nicht, was ich mache, wenn er mich zurückweisen würde; ich bin mir nicht sicher, ob ich das momentan verkraften könnte. Zu Hause ging es mir schließlich bereits besser und ihn zu treffen würde bedeuten, eine kaum verheilte Wunde erneut aufzureißen.

Mein letzter Gedanke an diesem Tag gilt meiner morgigen Rückfahrt und die Vorstellung, so schnell wie möglich von hier zu verschwinden sorgt dafür, dass alle Anspannung mit einem Mal von mir abfällt. Die Dinge durchzuziehen, die man sich vorgenommen hat, ist eine feine Sache. Das Recht, seine Meinung ändern zu können, eine noch bessere.

Am liebsten würde ich gleich meinen Rückflug buchen, leider hat mein Handy in diesem Kaff kaum Empfang, und es ist zu spät, um Allie noch um die Zugangsdaten für das W-LAN zu bitten.

Das wird mich trotzdem nicht daran hindern, gleich morgen zurückzufahren. Zur Not verbringen Chelsea und ich eben noch ein, zwei Tage in einem Hotel am Flughafen, bevor wir einen Rückflug bekommen.

Normalerweise habe ich in fremden Betten ein Problem damit, einzuschlafen. Heute bin ich jedoch so erledigt, dass ich schon fast schlafe, als mein Kopf das Kissen berührt.

+++

Die Sonne ist gerade erst aufgegangen, als es an Ryans Zimmertür klopft.

Allerdings ist es kein Klopfen von der höflichen und leisen Art, mit der man vorsichtig um Einlass bittet, sondern eines, bei dem man das Gefühl hat, dass die

Zimmertür jeden Moment aus den Angeln gehoben wird und man sich besser unter dem Bett verstecken sollte.

„Verpiss dich, Alex", knurrt Ryan genervt, und legt sich das Kissen über den Kopf.

„In zehn Minuten erwarte ich dich am Frühstückstisch. Und zieh dir vorher was Anständiges an." Alex zeigt mit dem Finger auf das graue, verwaschene T-Shirt, das Ryan gerne zum Schlafen trägt.

„Ich habe gesagt, du sollst dich verpissen!", wiederholt Ryan und wirft das Kissen in Richtung Tür, aber Alex ist schneller und weicht geschickt aus.

„Ich habe dich auch beim ersten Mal verstanden, Ryan. Doch ich war nett genug, deine Unhöflichkeiten einfach zu ignorieren." Mit einer geschmeidigen Bewegung hebt er das Kissen auf und wirft es zurück, dabei trifft er Ryan mitten am Kopf. „Übrigens zählen Beleidigungen nicht zu unseren vereinbarten zweihundert Wörtern." Grinsend wendet er sich ab und ignoriert Ryans Fluchen und dessen Bemerkungen über sich ständig ändernde Bedingungen.

+++

Ich werde davon wach, dass Chelsea meine Hand ableckt. Einen Moment lang bin ich völlig orientierungslos, bis mir endlich einfällt, wo ich bin.

„Guten Morgen, mein Junge. Du bist heute ja früh wach!" Draußen ist es noch nicht ganz hell und ich steige in meine Jeans und stopfe mir das Nachthemd in den Hosenbund, weil Chelsea bereits unruhig vor der Terrassentür steht und quietscht. Mit der einen Hand öffne ich ihm die Tür und greife mit der anderen nach meiner Jacke.

Die kleine Terrasse, die zum Zimmer gehört, geht in einen kleinen Garten und von dort aus nahtlos in ein abgeerntetes Feld über, an dessen Rand Chelsea aufgeregt buddelt. Vermutlich hat er eine Maus oder ein Kaninchen gewittert.

Die Sonne geht gerade auf, schiebt sich rotgolden über die am Horizont liegenden Bergkuppen und taucht alles in sanfte, goldene Strahlen.

Bei diesen Lichtverhältnissen wirkt die Landschaft, die ich gestern als so karg und abweisend empfunden habe, beinahe romantisch und zart.

Ich atme die kühle Luft ein, die nach Erde und Herbst riecht und bekomme eine Gänsehaut. Ich muss hier weg! Vorher brauche ich allerdings Frühstück und einen extra starken Kaffee. Sonst überstehe ich vermutlich den Tag nicht.

+++

„Lass mich raten: Du möchtest noch mit mir spazieren gehen.“ Ryan stützt sich vom Küchenstuhl hoch, als er Alex mit zwei Jacken unterm Arm hereinkommen sieht.

„Oh!“ Alex lächelt ironisch. „Du magst ja dein Bein verloren haben, es freut mich jedoch feststellen zu dürfen, dass deine hellseherischen Fähigkeiten nicht gelitten haben.“ Er wirft Ryan den schwarzen Parka zu. „Das Wetter heute ist einfach herrlich, und ich dachte mir, dass wir zwei ledigen Kerle zusammen einen Spaziergang machen könnte. Wo wir schon zusammen wohnen, wäre das doch wahnsinnig romantisch …“

„Du bist ein Arschloch!“, zischt Ryan und zieht sich seine Jacke an.

„Dieses Kompliment kann ich nur zurückgeben. Und dabei war mir, als wärst du früher mal ein netter Kerl gewesen."

Ryan sagt nichts mehr, schon alleine deswegen nicht, weil Beleidigungen nicht zu dem Wörtersoll gehören, das er zu erfüllen hat – obwohl es beinahe einen Versuch wert wäre, da sich die Bedingungen ja ohnehin minütlich und völlig willkürlich zu ändern scheinen.

Ärgerlich vor sich hin brummend durchquert er die kleine, helle Küche und folgt seinem Stiefbruder auf den Flur, wo dieser bereits im Hauseingang steht und auf ihn wartet.

Draußen ist gerade richtig hell geworden, die Sonne scheint so golden, als hätte sie nichts Besseres zu tun, als ihn zu ärgern. Kein Mensch will solchen Sonnenschein und dämliche Spaziergänge braucht auch niemand.

„Willst du die Wörter, die ich dir noch schulde lieber sofort oder später? Das sind übrigens achtzehn Stück." Ryan hat sie tatsächlich vorher bereits im Kopf zusammengerechnet, wie ein trotziges, kleines Kind.

„Zählt eine Zahl als Wort? Dann wären es nämlich nur siebzehn." Eine Weile betrachtet Alex scheinbar völlig unbekümmert die Landschaft und schweigt nachdenklich. „Wobei es ja Zahlwort heißt, insofern lasse ich es mal gelten", fährt er nach einiger Zeit im Plauderton fort. „Du kannst dir übrigens aussuchen, ob du gleich oder später mit mir sprechen willst. Aber du weißt ja wie es ist: Wenn man es sofort macht, hat man es hinter sich!"

Ryan sagt nichts, schon aus Prinzip, und versucht stattdessen mit Alex Schritt zu halten, was erstaunlich gut funktioniert. Das viele Training macht sich nun positiv bemerkbar. Auch wenn es nicht zu diesem Zweck gedacht gewesen war. Er wollte sich eher selbst damit bestrafen, er wollte etwas anderes spüren als ein fehlendes Bein, das anscheinend nicht einmal mehr zu Phantomschmerzen fähig ist.

Aber nun fällt ihm das Gehen bemerkenswert leicht, das ist ihm bereits gestern aufgefallen – auch wenn es auf dem unebenen Boden des Feldweges natürlich etwas ganz anderes als auf dem glatten Laufband ist. Dass er ein paar Meter hinter Alex zurückbleibt, hat eher etwas mit seiner generellen Einstellung als mit Notwendigkeit zu tun. Dieser Vollpfosten soll bloß nicht glauben, der Spaziergang würde ihm womöglich noch gefallen.

„Oh, sieh mal einer an – was ist denn das?“ Alex klingt zwischen erstaunt und erfreut, beinahe ein wenig entzückt, der Spinner. Obwohl es Ryan eigentlich einen Scheißdreck interessiert, was es da vorne Spannendes gibt, genau wie ihn das ganze Leben momentan einen Scheißdreck interessiert, geht er doch ein paar Schritte weiter, um besser an Alex vorbeischauen zu können.

Viel zu sehen bekommt er allerdings nicht, denn kaum, dass er auf derselben Höhe wie sein Stiefbruder angekommen ist, stürzt etwas Helles mit übergroßen Schlappohren freudig schwanzwedelnd auf ihn zu und reißt ihn zu Boden.

+++

Das Frühstück, das ich zusammen mit Allie eingenommen habe, die mir netterweise Gesellschaft geleistet hat, war vorzüglich. Sie legt eine nahezu ansteckende Heiterkeit an den Tag und gehört zu den Menschen, die man einfach mögen muss, schon deshalb, weil man sich in ihrer Gegenwart ein bisschen unbeschwerter fühlt als vorher.

„Wir backen die Brötchen selbst!", hat sie mir mit kaum überhörbaren Stolz erzählt und mir ein weiteres der kleinen, dunklen Hefegebäckstücke über den Tisch gereicht. Tatsächlich waren die Brötchen, genau wie der Kaffee und die selbstgemachte Marmelade, absolut hervorragend und ich konnte gar nicht genug davon bekommen.

Als ich ihr erzählt habe, dass ich nach dem Frühstück direkt weiterfahren möchte, hat sie mir so sehr von dem Erntefest vorgeschwärmt, das heute Abend stattfinden soll, dass ich ihr versprochen habe, noch einmal darüber nachzudenken, länger zu bleiben. Auch wenn ich das natürlich nicht wirklich vorhabe, doch sie erschien mir so geknickt, dass ich bereits fahren will, dass ich es einfach nicht übers Herz gebracht habe, ihr sofort eine Absage zu erteilen.

Bevor ich mich endgültig von Allie verabschiede und zurück zum Flughafen fahre, gehe ich noch eine Runde mit Chelsea spazieren.

Normalerweise nehme ich ihn an die Leine; wenn es viel Ablenkung gibt, hört er noch nicht so gut, wie er sollte. Aber der Feldweg hinter der Pension scheint so menschenleer zu sein, dass ich es riskiere, ihn ohne Leine laufen zu lassen. Schließlich wird das arme Tier heute noch genug Zeit im Auto und später in seiner Transportbox verbringen müssen, da will ich es ihm wenigstens zugestehen, sich vorher ein wenig austoben zu können.

Gut gelaunt und freudig springt er durch das hohe Gras am Rande des Feldes; manchmal sehe ich nur noch seine

Schnauze und die Spitzen seiner wehenden Ohren aus den verschiedenen Gräsern wie aus einem Meer auftauchen.

Meine Großzügigkeit bereue ich allerdings gleich an der nächsten Wegbiegung, denn bevor ich dazu komme zu reagieren, rennt der blöde Köter auf einmal los – und ich wider besseres Wissen hinterher. Dass er mir jetzt abhaut, hätte mir gerade noch gefehlt zu meinem Glück. Am besten bleibt er bei dieser Aktion noch in einem Mauseloch hängen und bricht sich irgendwas und der nächste Tierarzt ist vermutlich so weit entfernt, dass ich tausend Tode gestorben bin, bis wir endlich dort sind.

„Chelsea!", rufe ich so laut ich kann, um das Tier irgendwie auf mich aufmerksam zu machen und stürze hinter ihm her um die Ecke.

Ich bin viel zu spät.

Ich sehe gerade noch die beiden Männer, von denen einer in genau diesem Moment zu Boden geht, weil das blöde Mistvieh von Hund ihn aus dem vollen Lauf heraus angesprungen hat.

+++

Hart schlägt er auf dem Boden auf und landet so überraschend auf dem Rücken, dass ihm für einen Moment die Luft aus den Lungen gepresst wird.

Bevor er dazu kommt, sich vom Sturz zu erholen, zu sammeln und wieder aufzustehen, stellen sich zwei Pfoten auf seine Brust und eine warme, nasse Hundezunge verpasst ihm einen Kuss der ganz besonderen Art.

„Was zum Teufel …"

Im Hintergrund hört er Alex' amüsiertes Lachen sowie eine Frauenstimme, die panisch etwas ruft.

Es dauert ein bisschen, bis Ryan auf die Reihe bekommt, was hier eigentlich genau passiert.

„Chelsea, du alter Höllenhund!“, ruft er aus, noch bevor er es richtig realisiert hat. Er schiebt den Hund von sich herunter und nimmt Alex‘ Hand an, die ihm aufhilft.

Der Hund freut sich derweil so sehr, dass er mit seinem ganzen Hinterteil derart heftig wackelt, dass es aussieht, als würde er jeden Moment durchbrechen.

Noch während Ryan fassungslos auf Chelsea starrt, hat eine völlig atemlose Lilly sie erreicht.

„Oh Gott! Das tut mir so leid, das macht er sonst schon lange ni…“ Mitten im Satz bricht sie ab, weil sie ihn erkennt.

Zuerst wird sie blass, danach rot, anschließend wieder blass. Sie wirkt genauso, wie Ryan sich fühlt – nämlich als hätte sie einen Geist gesehen.

„Ryan!“ Lillys Stimme klingt auf einmal tonlos. „Ryan“, wiederholt sie noch einmal, als könne sie es kaum glauben und müsse sich selbst davon überzeugen, dass er real ist. Fassungslos starrt sie ihn an, bis sie sich schließlich bei seinem Anblick die Hand vor den Mund schlägt und ihre Augen sich mit Tränen füllen.

Kurz hält Ryan ihren Blick, dann wendet er sich kommentarlos ab. Die Zähne so fest zusammengebissen, dass ihm davon der Kiefer schmerzt, humpelt er davon, so schnell er nur kann.

Ihr Mitleid und ihr Entsetzen über seinen Zustand ist mehr, als er ertragen kann. Schlimm genug, ihr überhaupt wieder zu begegnen.

Jetzt endlich zahlt sich das viele Training der letzten Wochen doch noch für ihn aus, denn er schafft den kurzen Weg zurück nach Hause in Rekordgeschwindigkeit.

„Nett, deine Lilly." Alex bringt das Thema so gnadenlos auf den Tisch, als hätte er in seinem Leben das Wort Empathie noch niemals gehört. „Ich weiß zwar nicht, was sie nach Greenwish verschlägt – auch wenn ich den Verdacht hege, dass sie wegen eines Typen hier ist, der weder am Leben noch an anderen Menschen sonderliches Interesse hegt – aber sie gefällt mir ausgesprochen gut. Du hast einen wirklich exzellenten Geschmack, Brüderchen."

„Sie ist Vergangenheit!", presst Ryan zwischen noch immer zusammengebissenen Zähnen hervor. „Sie ist mir total egal." Er steht an der Spüle und befüllt ein Glas mit Wasser, aus dem er anschließend betont langsam mehrere Schlucke trinkt.

„Für jemanden, dem sie total egal ist, siehst du ganz schön durch den Wind aus." Alex verschränkt die Arme vor der Brust und betrachtet intensiv die am Küchenfenster vorbeiziehenden Wolken. „Aber wenn dem so ist, wird es dich ja sicherlich nicht stören, wenn ich sie heute Abend zum Erntefest einlade. So hübsche Frauen findet man selten und ich kann es mir in meinem Alter eindeutig nicht mehr leisten, solche Chancen völlig ungenutzt an mir vorüberziehen zu lassen."

Alex verlässt die Küche gerade noch rechtzeitig, um dem Wasserglas zu entgehen, das an der Tür zerschellt, unmittelbar nachdem er sie geschlossen hat.

„Du bist erst einunddreißig, du Arschloch!", brüllt Ryan ihm nach.

Dann atmet er ein paar Mal tief durch und holt Eimer und Besen unter der Spüle hervor, um die Scherben zu beseitigen.

+++

Fassungslos lasse ich mich auf das Bett fallen und starre die elfenbeinfarbene Zimmerdecke an.

Natürlich habe ich gewusst, dass Ryan hier lebt und natürlich bin ich ursprünglich hergekommen, um ihm zu begegnen. Aber dass Chelsea ihn über den Haufen rennt, nachdem ich schon längst beschlossen hatte, unverrichteter Dinge zu verschwinden, ist gerade mehr, als ich fassen kann.

Das Lachen, das mir unwillkürlich entschlüpft, klingt leicht hysterisch, was meinen Hund dazu bewegt, zu mir zu kommen und mir irritiert den Handrücken abzulecken, als würde er sich ernsthafte Sorgen um meinen Geisteszustand machen.

„Alles gut, Chelsea!", sage ich zu ihm und komme mir dabei vor wie eine Lügnerin, weil nämlich eigentlich gar nichts gut ist. Ich bin völlig durcheinander.

Ryan wiederzusehen das war … ja das war … aufwühlend. Seltsam. Traurig. Schön. Und es war angsteinflößend.

Er hat abgenommen und seine Haare sind noch länger geworden, der Vollbart ist ebenfalls neu. Außerdem hat sein Gesichtsausdruck etwas so Verhärmtes angenommen, dass ich ihn beinahe nicht wiedererkannt hätte. Er wirkt, als wäre er ein lebender Toter. Nicht, weil er so viel Gewicht verloren hat, sondern weil es so scheint, als wäre auch das kleinste bisschen Lebensfreude von ihm gewichen. Es hat mich erschreckt, ihn so zu sehen, weil so wenig von dem lebenslustigen Draufgänger geblieben ist, den ich kenne. Stattdessen hat er gewirkt wie ein heruntergekommener Landstreicher ohne Lebensmut, der seine Seele für zwei Flaschen Schnaps verkaufen würde.

Und dennoch hat mein dummes, verräterisches Herz höher geschlagen und ich habe mich nach ihm gesehnt. Danach mit ihm zu sprechen, ihn zu berühren, mich wie ein kleines, ängstliches Mädchen in seine Arme zu stürzen.

Selbst in dem kurzen Moment, in dem ich ihn gesehen habe ist mir eines klar geworden: Ich kann auf keinen Fall abreisen, bevor ich nicht noch einmal mit ihm gesprochen habe. Ich muss ihn noch einmal treffen und herausfinden, ob unter dem griesgrämigen, verbitterten Mann, der mir heute begegnet ist, noch ein Stück meines alten Ryan zu finden ist.

„Ich habe gute Nachrichten für dich, du musst heute nicht den ganzen Tag im Auto verbringen."

Chelsea schnaubt zufrieden und ich mache mich auf die Suche nach Allie, um ihr mitzuteilen, dass wir noch ein wenig bleiben werden.

Kapitel 22

Der Platz vor dem kleinen Rathaus ist wunderschön geschmückt. Irgendwer hat sich wahnsinnige Mühe damit gegeben. Weizenhalme mit reifen Ähren wurden zu dicken Zöpfen geflochten, überall stehen Kürbisse, die so rund und prall sind, als würden sie bald aus ihren eigenen Schalen platzen, dazwischen stehen Windlichter, in denen dicke Kerzen flackern und gelbe Maiskolben beleuchten.

Es riecht nach einer Mischung aus Bier, Gegrilltem und Zuckerwatte, als ich den kleinen Marktplatz betrete, die Klänge von Countrymusik begleiten das Ganze.

Ich muss, ohne es zu wollen, an den Western-Abend denken, nach dem Ryan und ich miteinander im Bett gelandet sind. Das war erst vor einem knappen halben Jahr, aber mir kommt es so vor, als wäre seitdem ein halbes Leben vergangen. Damals, nur wenige Monate nach der Trennung von Michael, hatte ich gehofft, dass mein Leben mit jedem vergehenden Tag wieder unkomplizierter wird und mehr Routine einkehrt. Wie gut, dass mir an jenem Abend noch nicht klar war, wie kompliziert es noch werden wird.

Natürlich ist manches tatsächlich besser geworden. Ich bin über die Trennung von Michael hinweg, und wir haben uns auf einer freundschaftlichen Ebene zusammengefunden, wie es für getrennte Eltern gut ist. Es fühlt sich mittlerweile fast an, als wäre es schon immer so zwischen uns gewesen. Wenn ich darüber nachdenke, war eine Trennung wahrscheinlich langfristig unvermeidbar, denn die Gefühle, die ich Ryan entgegenbringe, habe ich in dieser Form für Michael niemals empfunden. Ihm wäre ich wohl nicht nach Nebraska hinterhergefahren. Seit ich Ryan in Midway begegnet bin, hatte ich das Empfinden, dass ich nicht bereit für ihn bin, weil ich noch an Michael hänge. Mittlerweile glaube ich jedoch, dass ich keinesfalls wirklich für Michael bereit gewesen war, weil ich mich emotional nie ganz von Ryan gelöst habe.

Nach der Begegnung mit Ryan heute ist mir endgültig klar geworden: Ich muss die Sache mit ihm klären. So oder so will ich Gewissheit haben, und die will ich bekommen, bevor ich Greenwish verlasse. Denn die Feigheit, die mich dazu veranlasst hat, unverrichteter – und unversuchter – Dinge verschwinden zu wollen, passt gar nicht zu mir. Dinge, die ich einmal angefangen habe, bringe ich auch zu Ende. Und ohne die Beziehung zwischen Ryan und mir geklärt zu haben, werde ich niemals zur Ruhe kommen können.

Ich richte mich auf und straffe meine Schultern, ehe ich zu der kleinen Menschenmenge hinübergehe, die sich bereits um den Getränkestand herum versammelt hat. Schon bevor ich sie erreicht habe, erkenne ich Alex und Allie, die mir fröhlich zuwinken. Nur Ryan sehe ich nirgends. Wenn ich ehrlich sein soll, hätte es mich auch gewundert, wenn er hier gewesen wäre. Dennoch spüre ich einen Anflug von Enttäuschung in mir aufsteigen, gepaart mit einer gewissen Ratlosigkeit, weil ich nicht weiß, wie ich überhaupt an ihn herantreten soll.

„Schön, dass Sie noch geblieben sind!", ruft Allie zu mir hinüber, und ich geselle mich zu ihr und Alex.

Alle auf der Feier sind ausgesprochen nett zu mir, auch wenn mich der eine oder andere mit einem mitleidigen Seitenblick bedenkt. Anscheinend hat sich schnell herumgesprochen, dass ich nicht wegen der schönen Landschaft hergekommen bin, und offenkundig sind die meisten der Ansicht, mein Vorhaben sei vergebene Liebesmüh, und zwar im Wortsinn.

Der Abend ist nett. Wenn ich unter anderen Umständen da wäre, würde ich ihn bestimmt genießen. Es wird gelacht und getanzt, und auch das Essen ist ganz nach meinem Geschmack.

Dennoch fühle ich mich, als würde ich nicht hierher gehören, denn ich würde den Abend lieber mit Ryan verbringen, als mit all diesen Fremden. Den gesamten Abend halte ich nach ihm Ausschau, in der Hoffnung, dass er sich vielleicht noch blicken lässt. Ich hoffe vergebens.

„Komm morgen vorbei, vielleicht redet er ja dann mit dir. Er wäre zumindest ein Vollidiot, wenn er es nicht täte." Sein Stiefbruder Alex tanzt mit mir. „Ansonsten stehe ich auch gerne für ein Date zur Verfügung, wo du doch schon so weit gefahren bist ..." Er zwinkert mir gut gelaunt zu. Ich kenne ihn bloß aus Ryans früheren Erzählungen und von unserer kurzen Begegnung heute, bin mir jedoch ziemlich sicher, dass er Ryan niemals auf diese Art und Weise hintergehen würde.

Danach tanze ich mit William Tucker, der sich als „Der Mann der Ärztin" vorstellt, was mich zum Lachen bringt. Er erzählt mir während unseres Tanzes Geschichten darüber, wie er seine Frau kennengelernt hat. Die Geschichten sind wirklich charmant und witzig, aber sie lassen mir gleichzeitig das Herz schwer werden, weil auch die beiden sich bereits aus ihrer Jugend kannten und zwischenzeitlich aus den Augen verloren hatten.

Ich wünsche mir gerade nichts sehnlicher, als dass auch Ryan und ich unser Happy End bekommen, und eines schönen Tages anderen davon erzählen können – und über das Vergangene lachen.

+++

Ryan beobachtet die Szenerie aus sicherer Entfernung. Aus dem Schutz einer dichten Reihe Bäume heraus hat er die beste Sicht auf den Platz und die feiernde Menge. Durch das kleine Fernglas, das er bei Alex in der Schublade gefunden hat, entgeht ihm kaum ein Detail.

Wie ein perverser Spanner!

Der Gedanke schießt ihm kurzfristig durch den Kopf, und verschwindet dann genauso schnell wieder, wie er gekommen ist, weil er nun Lilly entdeckt hat, die fröhlich und gut gelaunt mit dem verdammten William Tucker tanzt. Als sie den Kopf in den Nacken legt und lacht, vermutlich über eine ach so witzige Bemerkung dieses verdammten Spinners, erschrickt Ryan selbst über das Knurren, das er von sich gibt.

Er beobachtet die Menschenmenge eine ganze Weile lang, bis es sich so anfühlt, als bestünde alles in ihm bloß noch aus schwarzer Galle.

Lilly scherzt und lacht mit jedem von ihnen. Und für ihn hatte sie nichts übrig als Tränen und Entsetzen.

Er hat genau das in ihrem Blick erkannt, was er niemals bei ihr sehen wollte. Bei keinem Menschen, bei keiner Frau und schon gar nicht bei ihr. Sie hat ihn betrachtet wie einen verdammten Krüppel. Einen bemitleidenswerten, abstoßenden Krüppel.

Obwohl er gar nicht hier sein wollte, kann er sich erst überwinden zu gehen, als auch Lilly das Fest schließlich verlässt. In der Dunkelheit der Nacht verborgen folgt er ihr bis zu ihrer Pension und beobachtet sie durch die Terrassentür, als das Licht in ihrem Zimmer angeht.

Sie ist allein, nur Chelsea begrüßt sie stürmisch und sie tätschelt ihm liebevoll den Kopf.

Dann beginnt sie sich auszuziehen, entblößt Zentimeter für Zentimeter sahnig weißer Haut.

Ryan spürt Erregung in sich aufwallen, eine Empfindung, die er so lange nicht mehr hatte, dass es sich nun befremdlich anfühlt.

Erregung, Eifersucht, und dieses warme Gefühl darunter, das er sich selbst nicht eingestehen will. Dies sind die ersten Gefühle, die seit langem den grauen Panzer der Abgestumpftheit durchdringen.

So schnell er kann läuft er zurück zu Alex' Haus, das Fernglas lässt er vor dem Haus achtlos fallen, weil er sich plötzlich vor sich selbst ekelt. Erst, als er die Tür hinter sich ins Schloss fallen lässt, bemerkt er, dass er dabei kaum noch gehumpelt hat.

Als er am nächsten Morgen die Küche betritt, diesmal vor dem unerträglichen Weckkommando seines bekloppten Stiefbruders, steht das Fernglas an seinem Platz auf dem Küchentisch. Mitten auf der weißen Spitzentischdecke, über die er sich immer mokiert, weil er sie als viel zu weibisch für einen Männerhaushalt empfindet, steht das schwarze Fernglas, als wolle es ihn verhöhnen. Kurz ist er versucht, es einfach stehenzulassen, aber dann entschließt er sich, es in die Tasche seines Parkas zu packen. Er wird es bestimmt noch einmal gebrauchen können. Als es ganz in der Tasche verschwunden ist, freut er sich einen Augenblick darüber, wie klein technische Geräte heute geworden sind und wie viel einfacher sie viele Dinge machen. Und sei es nur, Menschen hinterherzuspionieren, die davon nichts mitbekommen sollen.

+++

Man kann noch so entschlossen sein, mit einem anderen Menschen endlich reinen Tisch zu machen – wenn dieser sich einfach nicht blicken lässt, wird es schwierig.

Zweimal habe ich bei Ryans Bruder geklingelt, zweimal hat er mir mitgeteilt, dass Ryan mich nicht sehen will. Darüber schien er nicht sonderlich begeistert zu sein und beim zweiten Mal hatten die beiden anschließend eine so laute Auseinandersetzung darüber, dass ich es bis auf die Straße hinaus hören konnte.

Beim dritten Mal warte ich, bis Alex weg ist. Ich weiß, dass er abends mit Allie und ein paar ihrer Freunde in eine Bar gehen will; sie hatten auch mich gestern dazu eingeladen, doch ich habe dankend abgelehnt. Ich bin nicht in Greenwish, um zu feiern, sondern um mit Ryan zu sprechen, auch wenn ich mich langsam wie eine durchgeknallte Stalkerin dabei fühle.

Wenn ich die Male hinzuzähle, die er mich im Krankenhaus abgewiesen hat, komme ich mir regelrecht schäbig vor. Diesen einen letzten Versuch werde ich noch starten, bevor ich mir meinen Hund schnappe, mich ins Auto setze und die Rückreise nach Boston antrete.

Ryan mag sich für stur halten, aber ich kann mindestens ebenso stur sein und ich finde, wenigstens ein letztes Gespräch ist er mir schuldig.

Als ich an die Tür klopfe, versuche ich, es lauter und kräftiger klingen zu lassen, in der Hoffnung, dass er nicht gleich ahnt, dass ich es bin, die dort um Einlass bittet. Ich bin von meinen Methoden selbst nicht begeistert, weiß allerdings auch keine andere Lösung.

Mein Plan scheint aufzugehen, denn keine zehn Sekunden später öffnet sich die Tür und ein verdrießlich dreinblickender Ryan steht davor. Als er mich erkennt, will er die Tür wieder ins Schloss werfen, doch ich bin schneller und schiebe meinen Fuß dazwischen. Er ist so perplex, dass es mir gelingt, mich einfach an ihm vorbei zu drängeln.

„Was willst du hier?", knurrt er mich an. Sein Blick ist wild und unstet; wenn ich ehrlich bin, macht er mir ein wenig Angst. Vielleicht ist wirklich viel weniger von dem Ryan in ihm, in den ich mich verliebt habe. Vielleicht bin ich zu spät oder der Unfall hat ihn stärker verändert, als ich es jemals geahnt habe.

„Ich bin hier, um mit dir zu reden! Ich dachte, das wäre offensichtlich." Nervös verhake ich meine Finger ineinander und weiß plötzlich nicht mehr, was ich ihm ursprünglich sagen wollte.

„Es gibt nichts mehr zu reden. Das habe ich dir bereits im Krankenhaus mitgeteilt. Du bist nichts als ein Kapitel aus meiner Vergangenheit."

„Aber du bist für mich keine Vergangenheit." Ich fühle mich, als würde ich mich völlig entblößen. Was soll's. Noch schlimmer kann es zwischen uns schließlich kaum werden und noch mehr vor ihm demütigen kann ich mich wohl auch nicht. Jetzt bin ich bei ihm und dies wird vermutlich meine einzige Chance sein, ihm überhaupt etwas zu sagen. Also hole ich tief Luft. „Es ist kein Tag vergangen, an dem ich nicht an dich gedacht habe, Ryan. Und das nicht erst seit deinem Unfall, sondern seit ich ein kleines Mädchen bin. Ich denke an dich an jedem einzelnen Tag. Früher bin ich davon ausgegangen, dass es so etwas wie die eine große Liebe nicht gibt, dass man andere Menschen trifft, mit denen man ebenso glücklich werden kann. Wahrscheinlich ist das auch bei vielen Menschen so. Vielleicht wäre es auch bei mir so gewesen, wenn ich mich mehr angestrengt, es mehr gewollt hätte. Da liegt vermutlich das Problem – ich wollte es nie wirklich. Alles, was ich wollte, warst schon immer du! Nur weil ich dich nicht haben konnte, habe ich mich mit weniger zufriedengegeben. Weil ich zu feige war, für das einzustehen, was ich wirklich will und viel zu viel Rücksicht auf die Dinge genommen haben, von denen ich dachte, dass andere sie wollen. Schau, wo uns das hingeführt hat!“ Ich breite die Arme aus, in einem schwachen Versuch, mich mehr zu öffnen. „Keiner von uns ist glücklich“, flüstere ich dann und spüre die ersten Tränen, die mir über die Wange laufen.

„Du willst mich?“ Ryans Stimme ist gefährlich leise und ich weiche unwillkürlich einen Schritt zurück in Richtung der Tür. „Du hast doch auch vorher nicht zu mir gestanden, Lilly. Auch nicht, als ich noch beide Beine hatte. Selbst da war ich dir nicht gut genug. Und jetzt, wo ich ein Krüppel bin, da willst du mich?“

„Es hat nichts mit deinen Beinen zu tun, du bist immer noch Ryan! Du bist es, den ich will.“ Ich nehme eine Bewegung von ihm war und sehe, dass er beginnt, sich die Hose auszuziehen, mitten in unserem Gespräch. „Was machst du da?“, flüstere ich irritiert, aber er ignoriert mich. In seinem Gesicht steht eine Spur von Wahnsinn, während er die Hose davonschleudert und sich auf die unterste Stufe der Treppe fallen lässt. Anschließend zerrt er sich die Prothese vom Bein und steht auf. Dabei klammert er sich am Treppengeländer fest, um nicht zu fallen.

„Du behauptest, mich zu wollen, Lilly?“, zischt er. „Sieh mich an und sag mir das noch einmal.“ Ich vermute, dass er mich einschüchtern und schockieren wollte, indem er mir seinen Beinstumpf zeigt, aber sein fehlendes Bein ist mir völlig egal. Etwas in seinem Blick ist weicher geworden, verletzlicher, und unter all dem wirren Haar und ungepflegtem Bart erkenne ich den Ryan, nach dem ich hier gesucht habe.

Ohne zu zögern lege ich die wenigen Schritte zwischen uns zurück, ohne dabei den Blickkontakt zu ihm abzubrechen. Dann lege ich meine Lippen auf seine und küsse ihn, einfach aus einem Impuls folgend. Ich fühle mich so wahnsinnig zu ihm hingezogen und ich habe nicht gelogen, als ich sagte, dass ich ihn noch immer will. Vielleicht auch noch mehr als je zuvor.

Einen kurzen Moment erstarrt er unter meinem Kuss, wahrscheinlich, weil ich ihn völlig überrumpelt habe. Schließlich spüre ich, wie sich seine Arme um mich schlingen und fest gegen seinen Körper pressen. Er ist schlanker geworden, sehniger, dabei nach wie vor muskulös, als hätte er viel trainiert.

Mein Herz rast.

Alles in mir steht auf einmal lichterloh in Flammen.

Ryan, mein Ryan!

Ich kann kaum fassen, dass ich ihn in den Armen halte und wir uns küssen, heftig, wild.

Unsere Zähne knallen gegeneinander, ich habe schon gekonntere Küsse erlebt, doch nie einen schöneren.

Als sich seine Hände in mein Haar krallen und er meinen Kopf leicht nach hinten biegt, um meinen Hals zu küssen, stöhne ich leise auf.

„Ryan, oh mein Gott!“

In diesem Moment lässt er mich los. So plötzlich, dass ich stolpere und mich an der Wand abstützen muss. Irritiert öffne ich die Augen und schaue ihn an. Alle Leidenschaft ist aus seinem Gesicht gewichen, stattdessen ist dort nichts mehr zu sehen als Kälte und Verachtung.

„Es gibt einen Begriff für Menschen wie dich, für Menschen, die auf Krüppel stehen. Ich glaube, man nennt sie pervers." Noch bevor ich weiß, was ich da tue, hole ich aus und schlage zu. Mit der flachen Hand schlage ich ihm so fest ins Gesicht, wie ich nur kann und zucke selbst zusammen, weil mir von diesem Hieb die Hand schmerzt.

Meine Geduld ist am Ende.

Mit aller Macht kratze ich das letzte bisschen meiner Selbstachtung zusammen, streiche meinen derangierten Mantel glatt und fahre einmal über mein Haar. Was genug ist, ist genug und ich muss mich beim besten Willen nicht auch noch von ihm beleidigen lassen. Ich habe mich eindeutig ausreichend demütigen lassen.

„Es gibt auch einen Begriff für Menschen wie dich, Ryan Stanford. Ich bin mir sicher, dass man sie Arschloch nennt." Dann verschwinde ich und knalle dabei die Tür so laut ins Schloss, dass ich selbst dabei zusammenzucke.

+++

Die zuschlagende Haustür verursacht einen lauten Knall und er sackt auf der Treppe zusammen, als wäre es ein Schuss gewesen, der ihn niedergestreckt hat. Sein Kopf sinkt wie von selbst in Richtung seiner Hände, in denen er sein Gesicht verbirgt.

Zum ersten Mal seit Jahren hat er das Bedürfnis, zu weinen, leider kann er keine Tränen finden. Stattdessen ist da ein nur trockenes Schluchzen, das aus seiner Kehle emporsteigt und einen rauen Schmerz verursacht. Er fühlt sich auf einmal völlig entkräftet, als hätte er einen Marathonlauf hinter sich und vorher eine Woche gehungert. Jemand setzt sich neben ihn und legt ihm die Hand auf die Schulter. Er braucht nicht hochzuschauen, um zu wissen, dass es Alex ist.

Eine unbestimmte Zeit sitzen die beiden auf der Treppe, bis Alex schließlich tief seufzt.

„Das hast du wohl gründlich versaut, Bruderherz“, sagt er und reicht ihm die Hand, um ihm aufzuhelfen. „Aber mach dir nichts draus, bei mir laufen die Frauen schon weg, bevor ich überhaupt dazu komme, sie zu beleidigen.“

Zum ersten Mal seit seinem Unfall beginnt Ryan zu lachen. Und auch, wenn es sich dabei um die ungesunde und eher hysterische Art eines Lachens handelt, ist es irgendwie befreiend.

„Lilly wohnt übrigens bei Allie.“ Alex nimmt den pfeifenden Wasserkessel vom Herd und gießt es in die vorbereitete Teekanne.

„Ich weiß“, murmelt Ryan und beobachtet den aufsteigenden Wasserdampf, der sich an der Fensterscheibe absetzt, und diese beschlagen lässt.

„Ach richtig, du warst ja die letzten Tage fleißig damit beschäftigt, ihr samt Fernglas hinterher zu spionieren.“ Zwei angeschlagene Becher werden auf den Tisch gestellt. „Ich glaube, du kannst von Glück reden, dass dich in der Woche, seit sie in Greenwish ist, niemand angezeigt hat. Keine Ahnung, ob es einen juristischen Begriff für Spanner gibt, aber erlaubt ist es sicherlich nicht. Und wenn nicht, ist einigen Menschen hier ohnehin nicht klar, dass Selbstjustiz auf alle Fälle verboten ist …“

„Du musst dich über Spanner gerade aufregen!“ Ryan gießt Tee in seinen Becher, obwohl dieser sicherlich noch nicht fertig gezogen ist. „Oder warum schaust du mir dabei zu, wie ich die Hose ausziehe, statt einfach zu verschwinden?“ Der Tee ist, wie erwartet, viel zu dünn und so heiß, dass er schmerzhaft zusammenzuckt, als er versucht, davon zu trinken.

„Du hasst dich doch selbst viel zu sehr, als dass du dir etwas gönnen würdest, das Spaß macht, wie zum Beispiel Sex. Dabei müsstest du ja zumindest für ein paar Minuten damit aufhören, dir selbst Leid zu tun. Nicht auszudenken, was dann alles passieren könnte … Außerdem hatte ich kaum Gelegenheit, durch die Hintertür, durch die ich hereingekommen war, wieder zu verschwinden. Bevor ich gecheckt habe, was gerade vor sich geht, war das ganze Drama schon vorbei.“

Auch Alex gießt sich nun Tee ein, schafft es aber, vorsichtiger davon zu trinken.

„Ich tue mir nicht leid“, zischt Ryan zwischen zusammengebissenen Zähnen hervor.

„Natürlich tust du das. Du hast dich so sehr in Selbstmitleid vergraben, dass du überhaupt nichts anderes mehr mitbekommst. Da reist eine wirklich tolle Frau deinetwegen durch das halbe Land, mitten in die Einöde, bloß um dich zurückzugewinnen. Obwohl du aussiehst wie der letzte Penner und dich benimmst wie der letzte Vollidiot, sie will dich trotzdem noch. Und statt dem lieben Gott – und dieser wunderbaren Frau – auf Knien dafür zu danken, dass das so ist, hast du nichts anderes zu tun, als sie so zu beleidigen, dass sie schreiend davonläuft.“

„Sie hat nicht geschrien.“ Die Teetasse landet mit so viel Schwung auf dem Tisch, dass sie einen Sprung erleidet, die hellgelbe Flüssigkeit langsam herausläuft und von der weißen Tischdecke aufgesogen wird. Ryan beobachtet wie gebannt den hässlichen, größer werdenden Fleck.

„Hätte sie aber tun sollen! Ich kann nur für sie hoffen, dass sie bereits den nächstbesten Flug zurück nach Boston gebucht hat und so schnell wie sie kann von hier verschwindet und in Zukunft ein Bannzeichen schlägt, wann immer jemand auch bloß deinen Namen erwähnt." Alex räumt den Tisch ab, nimmt die ruinierte Tischdecke herunter und wischt die abgenutzte Holzplatte darunter trocken. „Du kannst froh sein, dass ich ein solches Helfersyndrom habe und schlechte Gesellschaft gewohnt bin. Sonst hätte ich dich schon lange herausgeworfen."

Ohne ein weiteres Wort lässt er Ryan alleine in der Küche zurück.

Die komplette Nacht träumt Ryan von Lilly, wenn es ihm für wenige Minuten gelingt, überhaupt einzuschlafen. Er träumt davon, wie er nach ihr greift und sie nie erreichen kann. Er träumt davon, dass er ihr seine Liebe gesteht, aber sie ihn auslacht, er träumt davon, dass er ertrinkt, während sie ihm dabei zusieht.

Draußen ist es noch stockdunkel, als er trotz der Kühle des Zimmers schweißgebadet das Bett verlässt. Eine ganze Weile steht er am Fenster und betrachtet den Sternenhimmel, ohne ihn tatsächlich wahrzunehmen. Er denkt daran, wie es sich anfühlt, sich von Lilly zu trennen, wie schmerzhaft der Verlust das erste Mal gewesen ist, wie unerträglich es sich diesmal anfühlt. Ohne es zu wollen muss er an all die schönen Momente mit ihr denken, ihre Nähe, ihr Lachen, ihre unwiderstehlichen Küsse. Sie gestern von sich zu stoßen hat ihn beinahe unmenschliche Willenskraft gekostet. Auch, wenn er es ungern zugibt, hat Alex tatsächlich recht. Sie von sich zu stoßen – und zu vergraulen – war eine Art Panikreaktion. Denn als er Lilly gekússt hat, hat er etwas in sich gespürt, das er seit seinem Unfall nicht mehr gespürt hat. Nämlich Lebensfreude. Es war schön, sie zu küssen. Paradoxerweise war es genau das, was ihn zu dieser Reaktion getrieben hat.

Da er keine Prothese trägt, greift er nach seinen Gehstützen, um ins Bad zu humpeln und einen Schluck Wasser trinken. In der grellen Beleuchtung des kleinen Raumes betrachtet er zum ersten Mal seit Wochen wieder bewusst sein Spiegelbild – und erschrickt vor sich selbst. Sein Gesicht wirkt ausgemergelt, der ungepflegte Vollbart bringt die dunklen Ringe unter seinen Augen noch zusätzlich zur Geltung.

Am schlimmsten sind seine Augen, die irgendwie tot und leblos wirken.

„Du siehst aus wie ein Wrack, Alter", sagt er zu sich selbst.

Das liegt wohl daran, dass ich eins bin – fügt er in Gedanken dazu.

Dann stellt er das heiße Wasser an und geht duschen.

Als Alex am nächsten Morgen in die Küche kommt, sitzt Ryan frisch rasiert am Küchentisch, auf dem eine saubere Decke liegt, und trinkt Kaffee.

+++

Die ganze Nacht habe ich wachgelegen und mich über mich selbst geärgert. Natürlich ist es gut, um die Dinge zu kämpfen, die einem am Herzen liegen. Aber ich komme mir vor, als hätte ich mich zum absoluten Vollidioten ohne das kleinste Fünkchen Selbstachtung gemacht.

Ich hätte niemals hierherkommen sollen! Normale Menschen hätten eine E-Mail geschickt, einen Brief oder eine Karte, vielleicht hätten sie auch angerufen, eventuell auch noch ein zweites oder drittes Mal. Und wenn danach keine Reaktion gefolgt wäre, hätten sie es auf sich beruhen lassen, ihr Leben einfach weitergelebt, noch ein Weilchen getrauert und den dämlichen Vollidioten von Ex-Lover irgendwann einfach vergessen.

Nur ich fahre Tausende von Kilometern, um mich dann demütigen zu lassen.

Schon gestern Abend habe ich alles in meinen Koffer geschmissen und gepackt, am liebsten wäre ich sofort aus Greenwish verschwunden.

Jedoch bin selbst ich nicht verrückt genug, um mitten in der Nacht alleine durch Nebraska zu fahren, außerdem bekomme ich erst heute Mittag einen Ersatzwagen. Meiner springt seit gestern Abend nicht mehr an, mein Versuch, Chelsea im Supermarkt neues Hundefutter zu kaufen, ist an einem stotternden Auto gescheitert, das danach kein weiteres Geräusch mehr von sich gegeben hat. Allie musste mich schließlich fahren, was ihr nichts auszumachen schien, mir allerdings unangenehm war, zumal der nächste Supermarkt ein gutes Stück entfernt ist.

Das bedeutet zwar, dass Chelsea und ich heute keinen Flug mehr bekommen werden, weil die Strecke viel zu weit ist, aber das ist mir egal. Alles, was ich will, ist, so schnell wie möglich so viele Meilen wie möglich zwischen Ryan und mich zu bekommen. Wohin ich dabei fahre, ist erst einmal nebensächlich.

Die Zeit bis zum Mittag zieht sich so träge dahin wie Kaugummi. Beim Frühstück bekomme ich kaum einen Bissen herunter und Allie beobachtet mich mitleidig.

„Du warst wohl gestern nicht sonderlich erfolgreich?“, fragt sie und tätschelt mir dabei zögerlich die Hand. Was dazu führt, dass ich mich noch viel mehr wie eine erbärmliche Vollidiotin fühle, als ich es ohnehin schon tue.

„Nein“, seufze ich. „Es war absolut entsetzlich.“ Aus reiner Höflichkeit greife ich nach einem der Schokoladenbrötchen, die Allie extra meinetwegen gebacken hat, obwohl es sicherlich köstlich ist, schmeckt es mir heute nicht.

„Das tut mir leid“, antwortet sie und ich bin mir nicht sicher, ob sie die Situation mit Ryan oder das nur halb aufgegessene Brötchen meint, das ich zurück auf meinen Teller gelegt habe.

Ich murmle irgendetwas Unverständliches, weil ich weder über das eine, noch über das andere reden will und Allie akzeptiert meine Wortkargheit mit einem freundlichen Schweigen, für das ich ihr sehr dankbar bin.

Gegen Mittag kommt endlich der von mir erwartete Ersatzwagen. Während ich ihn belade, und auch, als ich danach noch einen kurzen Spaziergang mit Chelsea mache, bevor er anschließend stundenlang im Auto wird sitzen müssen, sehe ich mich immer wieder verstohlen um. Ich weiß nicht recht, ob ich befürchte, dass Ryan noch einmal auftaucht, oder ob ich es mir heimlich wünsche.

Aber als ich schließlich aufbreche, ohne ihn noch einmal gesehen zu haben, spüre ich nichts als Wut und Enttäuschung.

Kapitel 23

Meinen restlichen Urlaub verbringe ich damit, mich mit mäßigem Erfolg dazu zu bringen, jeden Gedanken an Ryan aus meinen Kopf rigoros zu verbannen. Sogar ich erkenne, wann es Zeit ist, endlich aufzugeben und loszulassen, auch wenn es bestimmt noch eine ganze Weile dauern wird, bis mir das endgültig gelingen wird. Selbst, wenn ich bis dahin alt und vertrocknet sein sollte, werde ich die Hoffnung nicht aufgeben, ihn eines schönen Tages einfach zu vergessen.

Mit deutlich größerem Erfolg erledige ich die letzten Renovierungsarbeiten an unserem neuen Häuschen. Als Überraschung für Michelle ist ihr Zimmer bei ihrer Rückkehr mit rosa und zartgelben Streifen an der einen Wand und mit einer dazu passenden Einhornbordüre an der gegenüberliegenden Wand versehen. Außerdem habe ich einen Baldachin für ihr Bett gekauft, sodass selbiges einem Himmelbett sehr nahe kommt, von dem sie schon seit längerem immer mal wieder spricht.

Als ich sie nach drei Wochen endlich wieder in die Arme schließe, würde ich sie am liebsten gar nicht mehr loslassen, während Chelsea aufgeregt bellend um uns herumspringt.

„Es war soooo toll, Mama!“, erzählt sie, löst sich dabei aus meinen Armen, und ich merke, dass ich ihr offensichtlich nicht zu schlimm gefehlt habe. Was mich zwar einerseits freut, da ich es gut finde, wenn sie entspannt Zeit mit ihrem Vater verbringen kann, andererseits versetzt es meinem Mutterherz aber doch einen kleinen Stich. Ich gebe ihr noch einen Kuss, bevor ich sie aus meiner Umarmung entlasse und sie stattdessen fröhlich über ihren Aufenthalt bei Daddy und Grandma erzählen lasse. Anschließend begutachten wir ausgiebig ihr neues Zimmer und ich koche ihr Lieblingsessen für sie, das wie bei so vielen Kindern aus Nudeln mit Tomatensauce besteht.

Abends lese ich ihr noch eine Geschichte vor, bei der sie schon nach der Hälfte einschläft; offenkundig hat sie einen anstrengenden Tag gehabt.

Nachts kommt sie zu mir ins Bett, wie sie es oft macht, und schmiegt ihren kleinen, weichen Kinderkörper voller Vertrauen an mich. Während ich den Duft ihres Haars einatme, das nach dem Erdbeershampoo riecht, das sie immer benutzt, frage ich mich, ob sie wohl weiß, wie viel Geborgenheit sie mir dadurch schenkt, dass ich ihr welche schenken kann.

Bevor ich einschlafe denke ich, dass ich eigentlich auch ohne Mann ganz glücklich sein kann.

Mit Beginn der neuen Woche muss Michelle das erste Mal in ihren neuen Kindergarten und ich muss den ersten Tag zu meiner neuen Arbeit. Wir sind beide ziemlich aufgeregt.

Ich gebe Michelle mit einem dicken Kuss bei ihrer neuen Kindergärtnerin ab, und sie wird von den anderen Kindern sofort fröhlich in Empfang genommen. Zum Glück hatte sie ja vor dem Aufenthalt bei Michael ein paar Tage Zeit, sich hier alles anzusehen und durfte auch bereits einen halben Tag zur Probe hierbleiben, sodass ich nun davon ausgehe, dass es mit dem neuen Kindergarten gut klappen müsste; zumal Michelle eine wirklich unkomplizierte und offene Art hat, mit Neuem umzugehen.

Dennoch stecke ich mein Handy in die Tasche meines Blazers und stelle es auf Vibrationsalarm, damit ich auf keinen Fall einen Anruf verpasse, sollte der Kindergarten sich bei mir melden.

Das graue Kostüm, das ich mir extra für meinen ersten Arbeitstag gekauft habe, fühlt sich noch fremd an mir an. Auch wenn ich immer auf mein Äußeres geachtet habe, bin ich in den Jahren nach Michelles Geburt doch deutlich legerer gekleidet gewesen.

Meine neue Chefin begrüßt mich sehr freundlich und mit Handschlag. Mrs. Armstrong ist eine attraktive, schlanke Frau Anfang fünfzig, ihr grauer Pagenkopf bringt ihre zarten Gesichtszüge vorteilhaft zur Geltung und sie wirkt gepflegt und seriös von den Haarspitzen bis zu den Sohlen ihrer schwarz glänzenden Ballerinas.

„Schön, dass Sie endlich da sind, Elisabeth. Ich ersticke hier momentan in Arbeit!" Elisabeth – so nennt mich sonst eigentlich nie jemand und es klingt beinahe seltsam, doch zugleich nach einem Neubeginn. Ich überlege nur kurz, ob ich meine neue Chefin bitte, mich Lilly zu nennen, entscheide mich aber dagegen. Ich beschließe, dass ich es mag, so genannt zu werden. Wenigstens bei der Arbeit; ich bin schließlich kein kleines Mädchen mehr.

Mrs. Amstrong führt mich kurz herum, stellt mich der Sekretärin vor und zeigt mir anschließend meinen Arbeitsplatz in einem winzigen Zimmerchen mit einem noch kleineren Fenster, aber einem umso größeren Schreibtisch, der sich vor lauter darauf liegenden Akten durchzubiegen scheint. Zwischen den ganzen Papieren wartet ein kleiner Strauß mit Blumen zur Begrüßung auf mich und ich bin mehr als zufrieden. Egal, wie klein der Raum auch ist, ich habe ihn für mich alleine; ich habe

Großraumbüros schon immer gehasst. Außerdem werde ich in Zukunft einen Teil der Arbeit von zu Hause aus erledigen können, was vor allem praktisch ist, wenn Michelle mal krank sein sollte, oder der Kindergarten geschlossen ist.

Ich schaue die Unterlagen durch, die einen Teil der Steuer für ein mittelständisches Unternehmen umfassen, begutachte noch kurz den Firmenlaptop, der mir ab nun zur Verfügung steht, und mache mich dann an die Arbeit. Ich bin froh, dass ich mich in den letzten Jahren stetig fortgebildet habe. Zum Glück gab es in den Bereich, den ich hier zu bearbeiten habe, sehr wenige Änderungen. Nur das betriebsinterne Computerprogramm bereitet mir noch einige Probleme, aber die Sekretärin ist sehr nett und hilft mir damit gerne weiter.

Der Vormittag ist im Nu vorbei, und als ich Michelle abhole, freue ich mich sehr festzustellen, dass bei ihr ebenfalls alles bestens gelaufen ist.

In den nächsten Wochen stellt sich ziemlich schnell eine angenehme Routine ein. Michelle liebt ihren neuen Kindergarten und hat bereits eine neue Freundin gefunden. Ich liebe meine neue Arbeit und arbeite teils von zu Hause, teils aus der Firma, was mir eine willkommene Abwechslung ist. Einfach weil ich ab und zu mal herauskomme und Kontakt zu Kunden und meiner neuen Chefin habe.

Nur Chelsea findet die Vormittage, die er alleine zu Hause sein muss, vermutlich nicht ganz so nett. Sie werden ihm aber dadurch versüßt, dass Graysons Frau Cherry ihn regelmäßig abholt und mit auf die Arbeit nimmt. Die beiden arbeiten ehrenamtlich mit sozial schwachen Kindern und Cherry meint, dass die Kinder sich über den Kontakt zu einem Hund riesig freuen würden.

Es könnte alles so perfekt sein, wenn dieses andauernde Gefühl von Einsamkeit nicht so schwer an mir nagen würde – egal wie viele Menschen um mich herum sind und wie sehr ich auch versuche, es zu ignorieren.

Kapitel 24

„Du musst unbedingt mitkommen, wie oft kommt es schon vor, dass sowohl Sarah als auch ich gleichzeitig in Boston sind? Ich habe das Gefühl, als wäre es eine halbe Ewigkeit her, dass wir drei zusammen aus waren. Cherry wird auch mitkommen! Sie kennt auch einen seriösen Babysitter für Michelle, falls du einen brauchst."

Michelle ist dieses Wochenende bei Michael, seit seinem Umzug nach New York verbringt sie wieder jedes zweite Wochenende bei ihm. Ich verschweige Sarah lieber erst einmal, dass sie nicht da ist – sonst habe ich gar keine Chance mehr, Theresas Angebot abzulehnen. Denn eigentlich hatte ich mich auf einen gemütlichen Abend zu Hause gefreut, an dem ich einfach mal nichts tun kann.

Der neue Job macht mir zwar Spaß und es läuft alles ziemlich reibungslos, dennoch ist es eine ziemliche Umstellung gewesen und ich fühle mich eher nach dicken Socken, einem Schlafanzug und einem Liebesfilm im Fernsehen als nach Party mit meinen Freundinnen.

„Los, Lilly! Gib dir einen Ruck und komm mit. Wir gehen schick essen und vielleicht danach noch in eine Bar. Du hast ja die Möglichkeit, nach Hause zu gehen, wenn du keine Lust mehr hast. Aber begleite uns wenigstens ins Restaurant – essen musst du doch so oder so, dann kannst du es auch genauso gut mit uns tun."

Dieser Logik kann ich natürlich nur schwer widersprechen, also sage ich schließlich zu.

Vielleicht wird der Abend ja ganz nett werden, ich bin wirklich schon lange nicht mehr ausgegangen, und zumindest verhindert es, dass ich zu viel Zeit zum Nachdenken habe, was mir meist nicht gut tut.

Statt des Schlafanzuges ziehe ich also ein graues Strickkleid mit Wickelausschnitt an und statt der dicken Socken rote Mary Janes aus Lackleder, kombiniere alles mit ein wenig Schmuck und einem ausgehtauglichen Make-up, und rufe mir ein Taxi.

Wir treffen uns in einem netten kleinen Restaurant, das sich auf Fischgerichte spezialisiert hat, was für mich die Wahl meines Essens ziemlich zügig vonstatten gehen lässt. Da ich mir nach Fisch heute nicht der Sinn steht, habe ich die Auswahl zwischen drei Sorten Salat, French Fries mit Steak oder Pasta mit Hühnchen. Ich entscheide mich nach weniger als dreißig Sekunden für die Pasta und klappe die Karte zu.

Manchmal vergehen Stunden wie Minuten – und dann wieder kommen einem Minuten wie Stunden vor. Diese Erkenntnis ist nicht neu, ich gebe es zu. Doch obwohl bestimmt nur wenige Minuten vergehen, bis meine Freundinnen sich entschieden haben, langweile ich mich.

Ich betrachte das etwas zu spärlich ausgeleuchtete Lokal, das durch zu viele Kerzen versucht, romantisch zu erscheinen. Ich beobachte die Frau am Eingang, die durch zu viel Make-up versucht, jünger auszusehen. Ich schaue mir meine Freundinnen an, die mit gerunzelter Stirn die Speisekarten studieren und dabei irgendwie komisch wirken.

Als sie merken, dass ich sie beobachte, lassen sie eine nach der anderen ihre Karten sinken und fangen an zu lachen.

Wir unterhalten uns über Gott und die Welt und wie so oft landen wir irgendwann bei nostalgischen Geschichten von früher.

Cherry, die die meisten Geschichten noch nicht kennt, amüsiert sich köstlich über Theresas und Sarahs Anekdoten. Die drei sind so sehr mit Lachen und Erzählen beschäftigt, dass sie zum Glück nicht bemerken, dass ich immer stiller werde.

Meine Jugend wurde von einem einzigen Thema dominiert: Ryan Stanford.

Was mich zu einem Problem führt. Denn wenn ich an meine Jugend denke, denke ich an ihn. Und wenn ich an ihn denke, macht mich das wahnsinnig. Es ist ja nicht so, als würde ich das nicht ohnehin ständig tun, aber ich hatte gehofft, heute Abend mal auf ein paar andere Gedanken zu kommen.

„Da drüben sitzt ein Typ, der schon die ganze Zeit zu dir herüberschaut." Cherry beugt sich zu mir und nickt mit dem Kopf sehr diskret in seine Richtung. Ich zucke mit den Schultern.

„Wenn ich ehrlich sein soll, habe ich von Männern erst mal für eine Weile die Schnauze voll. Die Scheidung von Michael, die Geschichte mit Ryan … das reicht für dieses Jahr. Und weil dieses bald herum ist, auch noch für das nächste."

Ich nippe an meinem Chardonnay, von dem wir zwischendrin eine Flasche bestellt haben.

„Verstehe ich gut!", antwortet Cherry. „Wann hast du eigentlich das letzte Mal etwas von Ryan gehört? Wie geht es ihm mittlerweile?"

Vor ein paar Wochen und er sah aus wie ein Zombie und hat sich verhalten wie ein Arschloch.

Ich räuspere mich und trinke noch einen weiteren Schluck Wein.

„Ich weiß es nicht, wir haben keinen Kontakt mehr", antworte ich schließlich. Von dem Desaster in Greenwish habe ich niemandem etwas erzählt. Ich fand es auch so bereits demütigend genug und es ist mir lieber, wenn keiner etwas davon weiß. Manche Dinge werden nicht besser davon, dass man mit jemanden darüber redet, ganz im Gegenteil. Ich vermute zwar, dass Sarah zumindest ahnt, dass ich versucht habe, mit Ryan in Kontakt zu treten – sie hat mir schließlich die Adresse besorgt – aber sie hat nie danach gefragt, was ich ihr hoch anrechne.

Der Kellner, der unser Essen bringt, rettet mich vor weiteren Fragen. Den größten Teil meines Essens schiebe ich auf dem Teller zusammen, sodass es aussieht, als hätte ich etwas davon gegessen. Die paar Bissen, die ich mir in den Mund schiebe genügen gerade eben so, dass meine Freundinnen keine lästigen Fragen stellen. Der Appetit ist mir irgendwie vergangen.

Nach dem Essen verabschieden wir uns recht schnell, denn auch wenn die anderen drei es nicht zugeben mögen, sind sie alle ganz verrückt nach ihren Männern und jedes Mal froh, wenn sie wieder mit ihnen zusammen sein können.

Der einzige Mann, der auf mich zu Hause wartet, hat ein haariges Problem und Schlappohren – aber wenigstens gehorcht er aufs Wort und küsst mir ab und zu mal die Füße. Ich muss lächeln, als ich an Chelsea denke, es ist schön, wenn sich jemand freut, sobald man nach Hause kommt. Auch wenn ich vorher nie einen Hund haben wollte und er jede Menge Dreck und Arbeit macht, bin ich doch froh, ihn zu haben.

Die Begrüßung ist dann auch tatsächlich so stürmisch wie immer und ich atme erleichtert auf, als ich zurück in meinen eigenen vier Wänden bin. Ich habe nicht mehr so viel Spaß daran auszugehen wie früher. Früher war es das Größte für mich, abends wegzugehen, und mehr als einmal habe ich Theresa oder Sarah dazu gedrängt, mich zu begleiten. Aber die letzten Monate waren so anstrengend, dass ich mich nach mehr Ruhe sehne, zumal ich ja erst heute wieder festgestellt habe, dass es keine wirksame Ablenkung gibt. Ich denke so oder so an Ryan, ich werde lernen müssen, damit zu leben.

Seufzend gehe ich in die Küche, um Chelseas Napf mit frischem Wasser zu füllen und mir selbst noch eine Tasse Tee zu kochen; ich fühle mich weit davon entfernt, schon schlafen zu können.

Meine hohen Absätze machen laute, klackende Geräusche auf dem Fliesenboden, die im ganzen Haus widerzuhallen scheinen. Einem sehr leeren Haus. Ich denke an meine drei Freundinnen, die heute Nacht vermutlich in den Armen ihrer Männer liegen und gar nicht wissen, wie gut sie es haben.

Auf einmal habe ich keine Lust mehr auf Tee, setze mich an den Küchentisch lege die Arme auf die glatte Holzlatte und bette meinen Kopf darauf. Mir wäre nach weinen zumute, aber das habe ich mir abgewöhnt, nachdem ich die lange Fahrt von Greenwish zum Flughafen hinter mir hatte. Es bringt ja ohnehin nichts.

Chelsea legt sich auf meine Füße und spendet mir ein wenig Wärme, bis er plötzlich knurrend aufspringt und die Küche verlässt.

Mein Leben lang habe ich gedacht, dass man sich mit einem Hund im Haus, dazu noch einem nicht gerade kleinen, sicherer fühlen würde. Das war allerdings, bevor mir jemand gesagt hat, dass die Biester bei jedem Mist meinen, knurren und bellen zu müssen, bevorzugt dann, wenn es sich die Nachbarskatzen vor der Tür bequem machen, oder ein Eichhörnchen auf der Fensterbank sitzt. In solchen Situationen machen sie so ein Theater, dass man meinem könnte, die Einbrecher stünden schon längst im Schlafzimmer.

Vielleicht härtet man dabei irgendwann ab, aber da ich ja sozusagen noch Neuhundebesitzerin bin, bekomme ich jedes Mal einen furchtbaren Schrecken. Obendrein hat es in der Nachbarschaft in den letzten Wochen vermehrt Einbrüche gegeben, und ich will lieber auf Nummer sicher gehen, falls der Hund tatsächlich mal auch aus einem für mich sinnvollen Grund anschlagen sollte.

Ich nehme eine Dose Pfefferspray, die ich sicher vor Michelle ganz oben im Küchenschrank aufbewahre, in die eine Hand, in die andere kommt das Telefon, den Finger immer auf der Kurzwahltaste für den Notruf. Ich gebe es ja zu: Seit ich alleinstehend bin, neige ich bezüglich solcher Dinge etwas zur Hysterie. Aber lieber einmal zu vorsichtig, als es hinterher zu bereuen, außerdem sieht mich ja zum Glück niemand, während ich hysterisch durch das Haus tapse.

Auf meinem Weg zur Haustür überprüfe ich noch einmal den Riegel der Terrassentür, der natürlich sicher verschlossen ist.

Chelsea liegt mittlerweile aufgeregt vor der Tür und versucht, unter dem kleinen Spalt darunter zu schnüffeln.

Dabei knurrt er und kratzt an der Tür und ich bin mir sicher, dass er nur irgendein Tier gewittert hat.

„Alles gut, mein Dicker!“, beruhige ich ihn leise und spähe durch das kleine Fenster hinaus, kann allerdings nichts erkennen. Da Chelsea dennoch keine Ruhe gibt, beschließe ich, ihn kurz verjagen zu lassen, was immer sich dort auch befinden mag, damit wir den restlichen Abend in Ruhe verbringen können. Ich kenne meinen Hund, er wird sonst die gesamte Nacht hechelnd vor der Tür verbringen.

Vorsichtig drücke ich mit dem Ellbogen die Türklinke herunter und kaum, dass sich die Haustür einen Spaltbreit öffnet, stürmt Chelsea laut kläffend heraus.

Dann geht alles so schnell, dass mein Körper reagiert, bevor ich überhaupt so wirklich mitbekommen habe, was los ist.

Eine große Gestalt taucht auf, die anscheinend direkt neben der Haustür in der Dunkelheit gestanden und sich versteckt hat. Mit der einen Hand entsichere ich das Pfefferspray und ziele dahin, wo ich das Gesicht vermute, mit der anderen Hand drücke ich auf die Taste, die den Notruf wählen soll.

Ein Mann schreit laut und erschrocken auf, während ich den Hörer an mein Ohr halte und Adrenalin durch meine Adern pumpt. Ich sollte zurück ins Haus gehen und die Tür abschließen, aber ich will meinen Hund draußen nicht alleine lassen. Außerdem scheint der Kerl im Moment außer Gefecht gesetzt zu sein, ich habe offenbar gut getroffen. Ich ziehe mich langsam in Richtung des Eingangs zurück und rufe nach meinem Hund, während mein Anruf bei der Notrufzentrale entgegengenommen wird.

„Hier versucht gerade jemand einzubrechen!“, quieke ich mit seltsam dünner und viel zu hoher Stimme in das

Telefon, nachdem ich hektisch meine Adresse bestätigt habe.

„Die Polizei ist bereits unterwegs. Ist der Einbrecher noch da, Ma'am?“ Die Frau von der Notrufzentrale klingt sehr ruhig und sachlich, während ich das Gefühl habe, jeden Moment in eine Art Schockzustand fallen zu müssen.

„Ja! Vor meiner Tür und ich auch, aber ich kann nichts ins Haus gehen, weil mein Hund nicht mitkommt! Ich habe ihm Pfefferspray ins Gesicht gesprüht, dem Mann, nicht dem Hund.“ Ich klinge genauso hysterisch, wie ich mich fühle. Mittlerweile habe ich mich hinter der Tür verkrochen, sie gerade so weit offen gelassen, dass der Hund noch herein kann, jedoch bereit, sie zuzuschlagen, wenn es notwendig sein sollte. Ich beobachte den Mann davor durch das kleine Fenster. Was macht Chelsea da bloß? Er ist überhaupt nicht von dem Kerl wegzubekommen. Die Frau am Telefon spricht mit mir, aber ich höre ihr nicht zu, ich rufe stattdessen meinen Hund, der mich nicht wahrzunehmen scheint, und stattdessen aufgeregt um den verdammten Einbrecher herumspringt, als gelte es, einen alten Bekannten zu begrüßen. Erst jetzt fällt mir auf, dass er tatsächlich eher freudig als aggressiv oder auch bloß ängstlich wirkt. Während der Mann sich immer noch völlig perplex die Augen reibt, versucht Chelsea, an ihm hochzuspringen, um ihm das Gesicht abzulecken.

Dann schiebt sich der dicke runde Vollmond hinter einer Wolke hervor, und leuchtet die Szene hell aus.

Mein rasendes Herz hört einen Moment auf zu schlagen, anschließend hämmert es wieder wie verrückt gegen meine Brust und mir wird erst heiß und dann eiskalt. Chelsea hat es endlich geschafft, das Gesicht des Mannes zu erreichen und quietscht beinahe im selben Augenblick laut auf.

„Ma'am? Hallo? Sind Sie noch da, Ma'am?", fragt die Frau von der Notrufzentrale laut und eindringlich. „Gehen Sie bitte ins Haus und lassen den Hund draußen stehen, die Polizei ist jeden Moment bei Ihnen und kümmert sich um alles. Gehen Sie bitte rein und schließen hinter sich ab. Hallo? Hören Sie mich?"

„Es hat sich gerade erledigt", flüstere ich ins Telefon. „Die Polizei braucht nicht mehr zu kommen. Bitte entschuldigen Sie den Anruf. Es war falscher Alarm."

Dann lege ich auf, ohne ihre Antwort abzuwarten.

„Ryan!" Meine Stimme versagt und ich bringe nur noch ein raues Krächzen zustande. „Was machst du denn hier?"

Fassungslos betrachte ich den Mann, der sich über mein Spülbecken beugt und sein Gesicht und seine Augen mit Wasser abspült, sowie Chelsea, der seinen Napf leertrinkt, als gäbe es kein Morgen mehr. Vermutlich hat er etwas von dem Spray abgeleckt, als er Ryans Gesicht endlich erreicht hat.

Mir zittern Hände und Knie und ich lasse mich auf einen Küchenstuhl fallen, nur um einen Moment später wieder aufzustehen und die Flasche Tequila aus dem Schrank zu holen, die Theresa mir in Erinnerung an alte Zeiten zum Einzug geschenkt hat. Das ist das Hochprozentigste, was ich im Haus habe. Theresa hat es gut mit mir gemeint und nicht das billige Zeug gekauft, und die Flasche ist statt eines simplen Schraubverschlusses mit einem Korken und einer dieser bescheuerten Schrumpfkappen versiegelt, die man selbst mit ruhigen Händen kaum aufbekommt. Mit zittrigen Fingern ist es schier unmöglich. Ich hole ein Messer aus der Küchenschublade, das erstbeste, das ich finde. Weil es zu groß ist, rutsche ich ein paar Mal ab, doch schließlich ist die Flasche geöffnet.

Ich verzichte auf ein Glas, trinke direkt aus der Flasche und schüttle mich anschließend, da das Zeug ohne Salz und Zitrone völlig widerlich schmeckt. Immerhin – es wärmt meinen Magen, wenigstens für einen kurzen Augenblick.

„Ryan, was machst du hier?“ Anscheinend ist auf meine Stimme mittlerweile halbwegs Verlass, auch wenn sie immer noch ziemlich dünn klingt.

„Ich spüle meine Augen aus!“, kommt es vom Waschbecken zurück und ich runzle die Stirn, bevor ich einen weiteren großen Schluck Tequila trinke.

„Das sehe ich selbst. Ich meinte, warum du hier bist!“

Noch ein weiterer Schluck Tequila folgt, und langsam gewöhne ich mich daran und finde es bereits nicht mehr ganz so scheußlich.

Bevor er mir antworten kann, klingelt es an der Haustür. Ich will es eigentlich ignorieren – egal was es ist, es kann nicht so wichtig sein – aber dann klingelt es erneut und ich nehme das Blaulicht vor dem Fenster wahr.

Den Notruf, den hatte ich total verdrängt. Natürlich kommen sie her, obwohl ich gesagt habe, sie müssen nicht. Dafür war die Situation wahrscheinlich zu undurchsichtig und dass ich einfach aufgelegt habe, war bestimmt auch nicht hilfreich.

Ich stehe auf, um die Tür zu öffnen, damit die Polizisten sich davon überzeugen können, dass ich wohlauf bin. Chelsea und Ryan bleiben in der Küche.

Vor der Tür stehen ein Mann und eine Frau, die mich beide mit ernsten Mienen mustern.

„Sie hatten den Notruf gewählt und einen Einbrecher gemeldet, Ma‘am. Geht es Ihnen gut?“

Ich nicke und beginne erneut zu zittern, der Schreck sitzt mir noch in den Knochen und der Alkohol trägt auch nicht gerade dazu bei, dass meine Beine sich stabiler anfühlen.

„Ma‘am?“ Die Polizistin klingt auf einmal besorgt. „Ma‘am, Sie bluten!“

Fassungslos schaue ich auf den Ärmel meines grauen Kleides, der sich rot verfärbt hat und blicke auf meine Hand, von der Blut heruntertropft und sich als kleine Lache auf dem Fußboden sammelt. Ich konnte noch nie gut Blut sehen …

Ich öffne meinen Mund, aber es kommt kein Ton heraus. Ich beginne zu zwinkern, weil sich auf einmal graue Flecken vor mein Sichtfeld schieben und ein seltsam dumpfes Gefühl stellt sich in meinem Kopf ein; und dann werde ich das erste Mal in meinem Leben ohnmächtig.

„Hallo, Ms. Hurlington." Als ich die Augen aufschlage, blicke ich in die freundlich-besorgten Augen eines Sanitäters; sie sind gerade dabei, mich auf einer Trage in den Krankenwagen zu schieben. „Sie waren einen Moment ohnmächtig und haben sich beim Fallen den Kopf gestoßen. Außerdem habe Sie eine ziemlich hässliche Schnittwunde am Arm, die im Krankenhaus genäht werden muss. Haben Sie sonst noch irgendwo eine Verletzung? Tut Ihnen irgendetwas weh?"

„Bloß der Kopf", murmle ich abwesend und betaste die Beule, die sich an meiner rechten Kopfseite gebildet hat. Mein linkes Handgelenk ziert nun ein strahlend weißer Verband, und erst, als mir das bewusst wird, spüre ich auch ein deutliches Brennen.

„Wo ist Ryan?", frage ich den Sanitäter, der gerade dabei ist, meinen Blutdruck zu messen.

„Sie meinen den Mann, der Ihnen das angetan hat? Den hat die Polizei mitgenommen. Machen Sie sich keine Sorgen, er kann Ihnen nicht mehr gefährlich werden."

„Mir das angetan?" Ich überlege, wie ich zu der Verletzung gekommen bin und das Einzige, was mir einfällt, ist die Tequilaflasche, die ich mit dem Messer zu öffnen versucht habe. Man sollte so etwas nicht machen. Michelle predige ich solche Dinge jeden Tag. Aber verdammt noch mal, ich stand eben ziemlich unter Stress. Ryan hat mir das ganz bestimmt nicht angetan. Gefährlich werden könnte er mir allerdings auch noch, wenn er hinter Schloss und Riegel säße. Zum Glück aber nicht auf die strafbare Art und Weise. „Ryan war das nicht, es war ein dummes Missverständnis." Verlegen schaue ich auf den Verband an meinem Handgelenk. „Und obendrein ein kleiner Unfall mit der Tequilaflasche", gebe ich dann noch ziemlich kleinlaut zu.

Der Sanitäter zeigt sich völlig unbeeindruckt, wahrscheinlich bekommt er bei seinen Einsätzen noch ganz andere Sachen zu hören.

„Die Polizei wird Sie dazu sicherlich später noch vernehmen, Ma'am."

Ich komme nicht dazu, noch irgendetwas dazu zu sagen, weil in diesem Moment der Krankenwagen losfährt und die Sirene angeht. Ich weiß zwar nicht, warum wir mit Blaulicht ins Krankenhaus fahren müssen, denn so schlecht geht es mir bestimmt nicht, aber vielleicht haben die Jungs Langeweile und wollen noch ein bisschen Spaß haben. Vielleicht haben sie sich auch kurz vor dem Einsatz eine Pizza bestellt, zu der sie nun möglichst schnell zurückkehren wollen, wer weiß das schon so genau.

Die Untersuchungen sowie die Befragung durch die Polizei dauern ewig. Ich habe meine liebe Not, sie davon zu überzeugen, dass das blutige Messer auf meinem Küchentisch in keinem direkten Zusammenhang zu dem Mann gestanden hat, der sich an meiner Spüle das Pfefferspray aus dem Gesicht gewaschen hat.

Die Ablenkung durch die Behandlungen im Krankenhaus sowie durch die Befragung ist so groß, dass ich kaum dazu komme, mir darüber Gedanken zu machen, was Ryan eigentlich in meinem Vorgarten zu suchen hatte.

Als endlich alle Untersuchungen abgeschlossen sind, die Schnittverletzung an meinem Handgelenk genäht und verbunden ist und eine Gehirnerschütterung ausgeschlossen werden konnte, wird es am Horizont bereits hell und ich bin so übermüdet, dass ich kaum noch klar denken kann.

Ich gebe dem Taxifahrer, der mich nach Hause bringt, viel zu viel Trinkgeld, begrüße einen völlig verwirrten Chelsea, ignoriere das Blut auf meinem Flur und wanke ins Schlafzimmer. Etwas mühsam ziehe ich mein Kleid aus und streife mir stattdessen den erstbesten Schlafanzug über, den ich finde kann. Ich schlafe sofort ein, träume jedoch die gesamte Zeit von Ryan, bis ich schließlich davon wach werde, dass es an der Haustür klingelt.

Diesmal zücke ich kein Pfefferspray und wähle auch nicht die Nummer des Notrufs. Ich bin nicht einmal sonderlich erstaunt, als ich Ryan vor der Tür stehen sehe. Dennoch bekomme ich erneut Herzrasen, diesmal allerdings nicht vor Panik. Oder vielleicht doch, ich bin mir da noch nicht ganz sicher.

Es ist seltsam, ihn zu sehen. Das auf alle Fälle.

Bevor ich ihm öffne, betrachte ich kurz den Ausschnitt von ihm, den ich durch das kleine Fenster in meiner Tür erkennen kann. Gestern ging alles viel zu schnell und ich habe ihn gar nicht richtig angesehen.

Er wirkt müde, dennoch deutlich besser als bei unserer Begegnung in Greenwish. Der Vollbart ist dem gewohnten Dreitagebart gewichen, seine Haare sind nun etwas kürzer, aber vor allem seine Augen haben sich verändert und wirken nicht mehr so stumpf und tot.

Langsam öffne ich die Tür und Ryan hebt die Hände.

„Bitte tu mir nichts. Ich komme in friedlicher Absicht und bin unbewaffnet."

Ich muss lächeln.

„Ich auch." Meine Hände wandern ebenfalls in die Luft, was sich sofort als Fehler erweist, denn so muss ich die Tür loslassen und Chelsea, der hinter mir bereits in den Startlöchern gewartet hat, nutzt seine Chance, um sich auf Ryan zu stürzen und ihn zu begrüßen.

„Hallo, mein Junge!" Er beugt sich zu ihm herunter, damit er nicht weiter an ihm hochspringt. Ich befürchte, diese Unart werde ich meinem Hund niemals abgewöhnen. „Bist du wieder auf Verbrecherjagd? Dann bist du bei mir richtig, denn ich habe die komplette Nacht im Knast verbracht."

„Oh!" Fröstelnd wickle ich mich enger in meinen Morgenmantel und sehe Ryan erschreckt an. „Das tut mir sehr leid. Alles, was gestern passiert ist, tut mir leid. Ich wollte dich nicht angreifen, ich dachte nur …"

Er hebt abwehrend die Hand, um meinen Redeschwall zu unterbrechen.

„Ich bin derjenige, der sich entschuldigen muss, Lilly." Dann zögert er einen Moment. „Aber vielleicht können wir ja reingehen und das alles drinnen besprechen? Es ist kalt hier draußen, und deine Nachbarn sind ganz schön neugierig." Er deutet auf das Fenster schräg hinter uns, in dem sich in diesem Moment besonders auffällig-unauffällig ein Vorhang zurück in seine Ausgangsposition bewegt. Die alte Mrs. Mansons scheint wie so oft regen Anteil am Leben ihrer Mitmenschen zu nehmen.

Ich mache die Haustür komplett auf und lasse ihn herein.

„Die Küche kennst du ja!“ Ich zeige trotzdem auf den entsprechenden Raum. „Ich bin gleich bei dir, ich ziehe mir schnell etwas anderes an.“ Was auch immer er hier will, ich möchte ihm gerne in etwas Würdevollerem als einem uralten Schlafanzug, von dem ich außerdem festgestellt habe, dass er ein großes Loch im Schritt hat, gegenüber sitzen,. Meine Zähne möchte ich mir auch gerne putzen, sonst habe ich bei jedem Wort das Gefühl, unangenehm zu riechen.

Der Duft von frisch aufgebrühtem Kaffee dringt bis nach oben und wird mit jeder Stufe nach unten stärker.

Ich trage Jeans, eine saubere Bluse, und weil ich auf die Schnelle nichts anderes gefunden habe, meine Schuhe von gestern Abend. Vielleicht ist das albern, aber Schuhe sind wichtig, ohne fühle ich mich nicht vollständig angezogen und irgendwie erscheint es mir unbedingt erforderlich, Ryan ordentlich gegenüberzutreten.

+++

Die Absätze ihrer Schuhe klappern auf der Treppe und er lehnt sich mit der Hüfte an die Arbeitsplatte, um sie beobachten zu können, wenn sie in die Küche kommt.

Sie wirkt erschöpft und ist trotz der Ringe unter den Augen und der Bluse, die sie schief zugeknöpft hat, die schönste Frau, der er je begegnet ist. Sein Herz zieht sich bei ihrem Anblick schmerzvoll zusammen, zumal er sich sicher ist, dass er an den Augenschatten sowie an den verlorenen Kilos nicht ganz unschuldig ist.

Jetzt entdeckt sie die Rosen auf dem Tisch, die er aus seinem Wagen geholt hat, während sie oben war. Ihre Augen weiten sich leicht, ansonsten lässt sie sich nichts anmerken. Stattdessen zieht sie sich einen der Stühle zurück, setzt sich und greift nach der Tasse Kaffee, die er dort für sie hingestellt hat. Sie nippt an der heißen Flüssigkeit, schließt kurz die Augen und trinkt dann einen etwas größeren Schluck.

„Ein Stück Zucker und vier Löffel Kaffeesahne, so wie du es magst."

Oh Mann! Was für eine miese Einleitung, um ein Gespräch zu beginnen, doch sie lächelt. Immerhin.

„Was du dir alles merkst …"

Alles! denkt er. *Ich merke mir beinahe alles, was dich betrifft.*

Vielleicht ist das ein wenig zu schnulzig, auch wenn es der Wahrheit entspricht.

„Vor allem habe ich mir gemerkt, dass ich ein Arschloch bin", sagt er dann sanft und sieht wie sie rot anläuft und etwas erwidern will, aber er ist schneller. „Sag nichts. Das Problem ist, dass du völlig recht hattest. Ich habe mich wirklich wie ein Arschloch verhalten." Er setzt sich ihr gegenüber an den Tisch, obwohl sie ihn nicht darum gebeten hat. Lange zu stehen fällt ihm schwer; schwerer, als mit der Prothese zu gehen oder zu laufen. Dann beginnt er zu erzählen, vom Hass auf sich selbst und auf das Leben, den er auf alles und jeden projiziert hat, von der Verbitterung, die er empfunden hat, und auch davon, wie sehr es weh getan hat, dass sie nicht zu ihm stehen und ihn auf die Hochzeit begleiten wollte. Unter normalen Umständen hätte er sich wahrscheinlich am nächsten Tag wieder beruhigt, aber die Umstände waren durch den Unfall eben alles andere als normal.

Die ganze Zeit hört Lilly ihm zu, still und in sich gekehrt, nur ab und an hebt sie ihre Tasse zum Mund, um einen Schluck zu trinken. Als die Tasse leer ist, steht sie auf und geht zur Kaffeemaschine, um sich Nachschub zu besorgen.

Ryan betrachtet ihren schmalen Rücken und das blonde Haar, das sie zu einem Pferdeschwanz zusammengebunden hat.

„Weißt du eigentlich, warum ich mich damals nicht von dir verabschiedet habe? Als du nach Kanada gegangen bist?“ Sie verzieht das Gesicht, weil der Kaffee zu heiß ist und sie sich anscheinend daran verbrannt hat.

Ryan schüttelt den Kopf und Lillys Blick verklärt sich, als sie innerlich in die Vergangenheit wandert.

„Als ich von unserem Treffen nach Hause kam, stand der Krankenwagen vor der Tür, weil Tante Gladice einen Herzanfall hatte. Den Rest des Tages – und auch den nächsten, habe ich im Krankenhaus verbracht. Sie ist dort gestorben. Und als ich endlich wieder halbwegs klar denken konnte, da warst du bereits weg. Ich musste unser Haus vermieten, um meinen Lebensunterhalt finanzieren zu können. Die Nachmieter waren sehr nachlässig mit der Post, die nicht an sie adressiert war. Und ich hatte keine Adresse und auch sonst nichts von dir. Dein Vater ist mit dir aus der Stadt verschwunden, und obwohl ich irgendwann all meinen Mut zusammengenommen habe und Mariah gefragt, ob sie weiß, wo du steckst, habe ich es nicht herausgefunden. Ich bin davon ausgegangen, dass du dich schon melden wirst, denn du wusstest ja, wo ich bin.

Ich dachte lange, lange Zeit, dass du mich finden würdest. Irgendwann habe ich aufgegeben und Michael geheiratet."

Ein nachdenkliches, trauriges Lächeln umspielt ihre Lippen, während sie in ihre Tasse starrt. Ryan betrachtet ihr zartes Gesicht, den traurigen Ausdruck darin und als sie hochschaut und sich ihre Blicke treffen, ist es für einen Moment, als könne er bis ins Innerste ihrer Seele sehen. Oder sie in seine.

„Ich habe dich immer gewollt, Ryan. Und ich habe dich immer geliebt. Aber das ist mir erst viel später klargeworden. Wahrscheinlich hatte ich auch Angst davor, denn wenn ich mich auf dich einlasse, ganz und gar, und das nicht gut gehen sollte … Ich habe keine Ahnung, ob ich das noch einmal durchstehe."

Sie schweigen beide eine Weile, weil man manchmal keine Wörter braucht, um zu wissen, wie nah der andere einem in diesem Moment ist.

Es ist Ryan, der das Schweigen irgendwann bricht.

„Vielleicht hatte der Unfall auch sein Gutes. Ich habe erkannt, dass ich weiterlebe, auch wenn mein Leben nicht mehr so läuft, wie ich es geplant hatte. Ich kann ohne den Sport leben und wahrscheinlich auch ohne alle möglichen anderen Dinge, die ich vorher für unverzichtbar gehalten habe. Ich mache Fortschritte, ich esse vernünftig, ich gehe unter Menschen … Selbst wenn ich noch nicht richtig weiß, was ich in Zukunft mit meinem Leben anfangen will – es geht weiter, Schritt für Schritt. Auch mit nur einem Bein.

Ich würde lügen, wenn ich behaupten würde, dass ich nicht ohne dich leben könnte, denn genau das habe ich all die Jahre getan, in denen wir getrennt waren und es hat ja funktioniert.

Doch ich habe etwas erkannt: Ohne dich zu leben tut mir deutlich mehr weh, als ohne mein Bein zu leben. Und deswegen bin ich hier. Ich bin hier, um dich zu fragen, ob du wieder Teil meines Lebens sein möchtest.“ Mühsam steht er von Stuhl auf und sinkt hinter ihr auf die Knie. „Ich möchte dich bitten, meine Frau zu werden, Elizabeth Frances Hurlington. Würdest du mir die Ehre erweisen?“

Ihr fällt die Tasse aus den Händen, die laut krachend auf dem Boden zerschellt. Dann dreht sie sich zu ihm um, langsam, wie in Zeitlupe, als würde diese Bewegung sie viel Mühe kosten.

Sie ist kreidebleich geworden, ihr Gesicht zu einer steinernen Maske erstarrt.

Verdammt, das ist gar nicht gut!

+++

Ich starre auf die Scherben und den Kaffee zu meinen Füßen, dann auf den vor mir knienden Ryan, der mir ein Kästchen mit einem Ring darin entgegenstreckt. Ich erkenne den Ring, es ist der Verlobungsring seiner Großmutter, mit dem wunderschönen Opal in der Mitte.

Ohne auf seine Frage zu antworten, gehe ich an ihm vorbei, lasse ihn da knien und setze mich zurück auf meinen Stuhl. Einmal ohnmächtig werden binnen vierundzwanzig Stunden reicht und ich fühle mich gerade alles andere als sicher auf meinen Beinen.

Ryan dreht den Kopf in meine Richtung, seine Miene wechselt von ernsthaft und feierlich zu besorgt.

Statt ihm endlich zu antworten starre ich ihn noch immer an, es ist, als würden mir auf einmal alle Wörter fehlen.

Ich brauche ziemlich lange, bis ich sie wiederfinde. Dann sage ich das Einzige, was ich als richtig empfinde.

„Nein", flüstere ich dann und räuspere mich, um es mit festerer Stimme noch einmal zu sagen. „Nein, ich werde dich nicht heiraten."

Ryans Gesichtsausdruck verschließt sich, während er mühsam vom Boden aufsteht. Es würde sicherlich leichter gehen, wenn ich ihm helfen würde, aber ich glaube nicht, dass er das gerade will.

„Okay", sag er schließlich und klopft sich verlegen Staub von der Hose, von dem ich mir sicher bin, dass keiner da ist. Anschließend klappt er das kleine Schmuckkästchen zu und schiebt es in seine Tasche zurück. „Okay, das habe ich irgendwie erwartet. Und wohl auch nicht anders verdient." Einen kurzen Augenblick hält er sich an der Lehne des Stuhls fest, auf dem er vorher gesessen hat, dann wendet er sich ab, um zu gehen. „Ich danke dir dennoch, Lilly. Auch für die Zeit, die du dir genommen hast." Er bewegt sich in Richtung Haustür. „Leb wohl, Lilly." Seine Stimme ist nun völlig tonlos und er humpelt deutlich. Kurz bevor er die Tür erreicht, stehe ich auf und gehe ihm hinterher.

„Ryan?", frage ich, als seine Hand bereits die Klinke erreicht und er dreht sich zu mir um. „Wie wäre es, wenn du den wunderschönen Ring gut aufbewahrst und mich vielleicht in einem Jahr noch einmal fragst? Und bis dahin, ich verspreche es, begleite ich dich auf jede Hochzeit, auf die du mit mir gehen willst. Und auch sonst überall hin, wann immer es mir möglich ist. Allerdings nur, wenn du dir endlich abgewöhnst, ständig bei mir einzubrechen."

Mit zwei schnellen Schritten ist er bei mir und zieht mich an sich. Als wir uns endlich küssen, bin ich mir nicht sicher, ob es seine oder meine Tränen sind, die da über mein Gesicht laufen. Aber eines weiß ich: Ich fühle mich zum ersten Mal seit Jahren wieder vollständig.

Wir sind zusammen auf viele Hochzeiten gegangen, es ist erstaunlich, wie viele Einladungen man bekommt, wenn man wie Ryan viele Leute kennt und einen Promi-Status genießt. Ich bin fest davon überzeugt, dass einige der Hochzeitspaare mehr als erstaunt gewesen sind, dass Ryan die Einladungen tatsächlich angenommen hat.

Ryan hat langsam wieder Fuß gefasst im Leben, er unterstützt Sarahs Bruder Grayson bei der Sportförderung für sozial schwächer gestellte Jugendliche. Seit ein paar Wochen überlegt er, sich wieder aufs Eis zu wagen, um eventuell als Jugendtrainer zu arbeiten. Aber der Schritt fällt ihm schwer, bisher hat er sich noch nicht getraut.

Ich habe im vergangenen Jahr so viel Torte gegessen, dass es mich wundert, dass ich immer noch in meine alten Jeans passe. Aber wer geht schon auf so eine Feier, ohne nicht wenigstens ein einziges Stück dieser kalorienreichen Köstlichkeiten probiert zu haben? Ich jedenfalls nicht und ich hätte es auch als persönliche Beleidigung angesehen, wenn es jemand auf meiner eigenen Hochzeit versäumt hätte.

Zum Glück gab es nicht viele Gäste auf meiner zweiten Hochzeit, die einen solchen Frevel hätten begehen können, denn wir haben heute ganz alleine in einem kleinen Urlaubsort am Meer geheiratet, nur Ryan und ich, und natürlich Michelle. Die allerdings etwas enttäuscht gewesen ist, weil ich kein üppiges weißes Kleid getragen habe, so wie sie es von den vielen anderen Hochzeiten gewohnt war, auf die wir sie ständig mitgenommen haben. Ich genieße es trotzdem, dass wir alleine und im kleinen Rahmen geheiratet haben. Wenn wir zurück in Boston sind, werden wir noch eine kleine Feier veranstalten, aber die Hochzeit selbst soll nur für uns sein. Ich habe schließlich erkannt, dass es nicht wichtig ist, was andere von einem denken- Viel wichtiger ist es, dass man einen Weg für sich selbst findet.

„Du siehst trotzdem wunderschön aus, Mommy!", versicherte mir Michelle mir, lieb wie sie ist. Beinahe, als wollte sie mich trösten, bevor sie in die Kapelle gelaufen ist, bis nach vorne vor zum Altar. Dann hat sie Ryan einen Kuss gegeben und sich in die leere Bank in der ersten Reihe gesetzt und auf mich gewartet, Chelsea fest im Arm, den wir natürlich niemals alleine zu Hause gelassen hätten, und der ja irgendwie auch dazu gehört.

Ich bin alleine zum Altar gegangen. Es wäre mir lieber gewesen, ich hätte jemanden gehabt, an dem ich mich hätte festhalten können, weil meine Beine auf einmal so sehr zitterten.

Vielleicht hat Ryan das geahnt, als er mir plötzlich entgegengelaufen kam, mir auf halber Strecke seinen Arm anbot, um gemeinsam mit mir vor den Friedensrichter zu treten.

Man sollte annehmen, dass man bei seiner zweiten Hochzeit ruhiger wird, weniger aufgeregt ist, doch bei mir war das Gegenteil der Fall. Ich kann mich kaum noch an unsere Gelübde erinnern, nur noch an den Kuss und an Michelles entzücktes Klatschen.

Jetzt stehe ich auf dem Balkon unserer Suite, obwohl es eigentlich viel zu kalt ist, um draußen zu stehen.

Ryan hat gerade Michelle ins Bett gebracht und ihr vorgelesen, bis sie eingeschlafen ist; jetzt höre ich hinter mir die Tür aufgehen. Ich spüre seine Wärme, als seine Arme mich von hinten umfangen.

„Hallo, Mrs. Stanford!“, flüstert er in mein Ohr, und der Name klingt noch fremd, fühlt sich aber großartig an. Zu meiner großen Freude hat Michael recht problemlos eingewilligt, das Michelle in Zukunft einen Doppelnamen tragen darf, seinen und den von Ryan. „Der Ring steht dir hervorragend. Meine Großmutter hätte sich sicherlich gefreut, dass er doch noch jemanden gefunden hat.“

Ich muss lächeln und schaue auf den zierlichen und wunderschönen Opalring an meinem Finger, den Ryans Vater nie einer Frau hat geben wollen.

„Hast du eigentlich die Gravur gesehen?“, fragt mich mein frischgebackener Ehemann und zieht den Ring vorsichtig von meinem Finger, als ich verneine.

„Für Lilly, mein unverkäufliches Liebhaberstück“, lese ich die filigrane Inschrift und muss lächeln.

„Dabei bist du doch gar nicht mein Liebhaber, sondern mein Ehemann!“ Ich drehe mich zu ihm um, um ihn zu küssen und er lacht leise.

„Da ich doch sehr hoffe, dass du dir nie einen Liebhaber nehmen wirst, muss ich wohl beides sein.“

Dann küsst er mich, so berauschend wie immer, und ich habe auf einmal ganz andere Dinge im Kopf, als unnütze Diskussionen über Wortdefinitionen.

ENDE

Weitere Bücher von Hannah Kaiser

„Die Verführung des Mondes"

Eigentlich will sich Luna nur einen ruhigen, kinderlosen Abend zu Hause machen, als sie überraschend in das Leben des ebenso reichen wie attraktiven Anwalts Phillip Dawn stolpert.

Zwischen den beiden knistert es gewaltig, aber Luna ist sich nicht sicher, ob es zwischen ihnen tatsächlich eine Zukunft geben wird.

Und während sie sich noch Gedanken über die Zukunft macht, wird sie von ihrer Vergangenheit eingeholt.

(März 2013)

„Die Verlockung des Glücks"
Teil 1

Sophie hat, nach einigen herben Enttäuschungen, den Männern eigentlich schon lange abgeschworen. Sie ist fest davon überzeugt, dass es sich alleine einfach viel besser lebt.

Doch eines Tages tritt Matt, der amerikanische Enkelsohn ihrer Nachbarin, auf sehr ungalante Art und Weise in ihr Leben. Sophie ist sich ganz sicher, dass sie diesen überheblichen Typ auf den Tod nicht ausstehen kann, denn er benimmt sich kaum besser als ein eingebildeter Neandertaler. Wäre da nur nicht dieses verdächtige Kribbeln, das sich in ihr breit macht, wann immer er in ihrer Nähe ist …

(Juni 2013)

„Die Verlockung des Glücks“
Teil 2

Zweiter und letzter Teil der Reihe „Die Verlockung des Glücks“.

Endlich hat Sophie der Verlockung des Glücks nachgegeben und ist zu Matt in die USA geflogen.

Dort angekommen ist ihr gemeinsames Leben allerdings nicht so ungetrübt wie erhofft. Das große Interesse der Öffentlichkeit an Matt, Sophies Selbstzweifel und eine Frau, die aus Matts Vergangenheit zu kommen scheint, legen ihnen immer wieder Steine in den Weg.

Werden sie es dennoch schaffen, einen gemeinsamen Weg zum Glück zu finden?

(August 2013)

„Die Versuchung der Hoffnung“

Hopes Leben ist auch ohne die große Liebe schon voll genug: Studium, Job, die Familie und ihr kranker Bruder fordern all ihre Zeit und Energie. Doch dann tritt John Petterson in ihr Leben, Sänger einer Rockband kurz vorm großen Durchbruch, und wirbelt ihre Gefühle und ihr Leben ordentlich durcheinander. Trotzdem reichen tiefe Gefühle allein manchmal nicht aus, um auf Dauer miteinander glücklich zu sein … oder?

(Dezember 2013)

"Der Kuss von Vergissmeinnicht"

Junes Leben besteht vor allem aus einem – nämlich aus Arbeit.
Doch eines Tages fällt ihr das Schicksal geradezu vor die Füße. Und zwar in Form eines Mannes, der vom Mountainbike gestürzt ist und sich nun an nichts mehr erinnern kann.
Allerdings verschwindet er nach ein paar Tagen genauso abrupt wieder aus ihrem Leben, wie er darin aufgekreuzt ist. Und das, obwohl June gerade dabei war, sich in ihn zu verlieben …
(März 2014)

„Herzkirschen"

(Juni 2014) Grayson White hat zwei große Leidenschaften: Football und Frauen. Zu seinem großen Frust darf er jedoch nach einem Unfall nicht mehr als Profi spielen und stürzt sich stattdessen in wilde Partys, ebenso wilde Affären und diverse Prügeleien.

Leider findet sein Werbepartner die negative Aufmerksamkeit, die Grayson dadurch auf sich zieht, gar nicht witzig.

Um sein Image wieder aufzupolieren, zwingen sie ihn, ehrenamtlich in einer Einrichtung für sozial benachteiligte Kinder zu arbeiten. Andernfalls winkt ihm eine dicke Vertragsstrafe. Grayson findet das überhaupt nicht witzig, zumal die Chefin der Einrichtung, Cherry Devenor, eine frustrierte Zicke zu sein scheint, die gegen seine Reize völlig immun ist …

„Sein Kuss und andere Katastrophen"

(Juli 2014) Chloe Winterfield kauft eine Farm in ihrer alten Heimat Nebraska und hofft dort, die unliebsamen Erinnerungen an ihren Ex-Verlobten loszuwerden. Aber leider bleiben Erinnerungen nicht einfach an Ort und Stelle, sie reisen immer mit. Zusätzlich ist Chloe im Nu auch noch mit einer anderen Episode ihrer Vergangenheit konfrontiert, die sie beinahe schon vergessen hatte.

- Kurzroman - ca. 135 Taschenbuchseiten

„Zimtzucker"

Sarah Wellington hat ihren Job verloren, der bisher ihr ganzer Lebensinhalt war. Nun macht sie sich auf den Weg zu ihrem Vater und ihrer fünfzehnjährigen Halbschwester, um den beiden in einer schweren Lebenslage zur Seite zu stehen. Doch bereits am Flughafen begegnet sie einem geheimnisvollen Fremden, den sie einfach nicht mehr aus dem Kopf bekommt.

„Pfefferminzeis"

Als Theresa Bennetts Kerzenladen abbrennt, steht sie vor dem finanziellen Ruin. Ihr bleibt nichts anderes übrig, als in einer Bar zu arbeiten, damit sie wenigstens die nächste Mahlzeit für sich und ihre neurotische Katze bezahlen kann. Dort lernt sie Devon Frenley kennen, einen Eishockey-Torhüter auf der Flucht vor einer aufdringlichen Stalkerin. Er macht Theresa ein Angebot, das sie nicht ablehnen kann. Allerdings bringt es die beiden schnell in die unmöglichsten Situationen und auch Theresas traumatische Vergangenheit lässt sich nicht so einfach ignorieren, wie sie es gerne hätte.

Impressum

Hannah Kaiser
c/o Papyrus Autoren-Club
Pettenkoferstr. 16-18
10247 Berlin
Tel.: 030 / 49997373
E-Mail: hannah.kaiser79@gmx.de

17467536R00166

Printed in Poland
by Amazon Fulfillment
Poland Sp. z o.o., Wrocław